DEIN COACH ZUM ERFOLG!

Dein ActiveBook auf My**STARK**:

Du kannst auf alle digitalen Inhalte zu diesem Band online zugreifen. Registriere dich dazu unter **www.stark-verlag.de/mystark** mit deinem **persönlichen Zugangscode:**

C08587-000142

Die Inhalte dieser Auflage stehen bis Schuljahresende zur Verfügung.

MySTARK

Das Active**Book** *bietet dir:*

- Die Original-Prüfungsaufgaben von 2022 mit vollständigen Lösungsvorschlägen
- Interaktive Aufgaben mit sofortiger Ergebnisauswertung
- Videos zur Veranschaulichung der Analyse von Karikaturen und Diagrammen sowie zu zentralen Themen

DEIN COACH ZUM ERFOLG!

So kannst du interaktiv lernen:

Interaktive Aufgaben

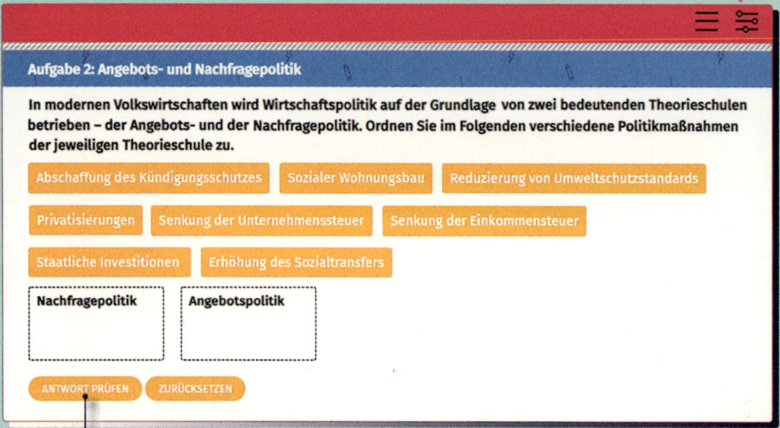

Sofortige Ergebnisauswertung

Lernvideos

Anschauliche Erklärungen zur Analyse von Karikaturen und Diagrammen sowie zu zentralen Themen

Systemvoraussetzungen:
- Windows 7/8/10 oder Mac OS X ab 10.9
- Mindestens 1024×768 Pixel Bildschirmauflösung
- Chrome, Firefox oder ähnlicher Webbrowser
- Internetzugang

STARK

2023

Abitur

Original-Prüfungsaufgaben
mit Lösungen

Gymnasium · Baden-Württemberg

Gemeinschaftskunde

STARK

19. neu bearbeitete Auflage
www.stark-verlag.de

Inhalt

Das Fach Gemeinschaftskunde – Tipps und Hinweise

1 Ein Blick in den Bildungsplan lohnt sich II

2 GFS – G(leichwertige) F(eststellung von) S(chülerleistungen) II

3 Die schriftliche Abiturprüfung III
3.1 Rahmenbedingungen und Inhalte III
3.2 Verrechnungspunkte III
3.3 Anforderungsbereiche und Operatoren III
3.4 Der Umgang mit Tabellen und Grafiken VIII
3.5 Die politische Rede XII

4 Die mündliche Abiturprüfung XIII
4.1 Gemeinschaftskunde als freiwillige mündliche Zusatzprüfung XIII
4.2 Gemeinschaftskunde als mündliches Prüfungsfach (Kombinationsprüfung) XIV

Übungsaufgaben zur schriftlichen Abiturprüfung im Fach Gemeinschaftskunde

Übungsaufgabe 1: Gesellschaft
Leitthema: Wohnungsnot in Deutschland – Muss der Staat eingreifen? 1

Übungsaufgabe 2: Gesellschaft
Leitthema: Herausforderungen und Perspektiven des Sozialstaats:
Ende oder Wende? 15

Übungsaufgabe 3: Politisches System
Leitthema: Europa nach der Wahl: Wie stärken und schützen wir die Demokratie? . 29

Übungsaufgabe 4: Politisches System
Leitthema: Corona – Hat das politische System seine Bewährungsprobe bestanden? 47

Übungsaufgabe 5: Politisches System
Leitthema: Zukunft der Demokratie – Demokratie der Zukunft: Wie soll politische
Partizipation gefördert werden? 59

Übungsaufgaben zur mündlichen Abiturprüfung Gemeinschaftskunde/Geographie

Übungsaufgabe 6
Schwerpunktfach Gemeinschaftskunde
Thema: Kann die UNO den Weltfrieden sichern? 68

Übungsaufgabe 7
Schwerpunktfach Gemeinschaftskunde
Thema: Politische Partizipation als Grundlage demokratischer Herrschaft 74

Übungsaufgabe 8
Impuls Gemeinschaftskunde: Nicht-Schwerpunktfach Gemeinschaftskunde
Thema: Sicherheitspolitische Herausforderungen und Lösungsversuche 78

Übungsaufgabe 9
Impuls Gemeinschaftskunde: Nicht-Schwerpunktfach Gemeinschaftskunde
Thema: Politische Partizipation als Grundlage demokratischer Herrschaft 82

Übungsaufgabe 10
Impuls Geographie: Schwerpunktfach Gemeinschaftskunde
Thema: Klimawandel 86

Übungsaufgabe 11
Impuls Geographie: Schwerpunktfach Gemeinschaftskunde
Thema: Das System Erde 92

Auswahl an Originalprüfungen

Abiturprüfung 2016 (passend zu: Politisches System)
Aufgabe II: Leitthema: (K)Eine Zukunft für die Parteien? 2016-1

Abiturprüfung 2017 (passend zu: Politisches System)
Aufgabe II: Leitthema: Krise der Medien – Krise der Demokratie: Lassen sich durch neue Medien Partizipationsmöglichkeiten verbessern?.... 2017-1

Abiturprüfung 2018 (passend zu: Politisches System)
Aufgabe I: Leitthema: Wehrhafte Demokratie – wie kann die Demokratie gegen ihre Gegner verteidigt werden? 2018-1

Abiturprüfung 2019 (passend zu: Gesellschaft)
Aufgabe I: Leitthema: Integration von Migranten – Wie kann sie gelingen? 2019-1

Abiturprüfung 2020 (passend zu: Gesellschaft)
Aufgabe I: Leitthema: Herausforderungen für den Sozialstaat – Wie kann der Sozialstaat reformiert werden? 2020-1

Abiturprüfung 2021 (passend zu: Gesellschaft)
Aufgabe I: Leitthema: Soziale Ungleichheit – Wie kann sie bekämpft werden? – 2021-1

Abiturprüfung 2022 .... **www.stark-verlag.de/mystark**
Sobald die Original-Prüfungsaufgaben 2022 freigegeben sind, können Sie sie als PDF auf der Plattform MyStark herunterladen (Zugangscode vgl. Farbseite vorne im Buch).

Autorinnen und Autoren

Dr. Gerhard Altmann (Tipps und Hinweise, Ü 1, Ü 4, Ü 7, Ü 8, Abituraufgaben 2019, 2020, 2021); Nikola Knies (Tipps und Hinweise, Ü 2, Ü 3, Ü 5, Ü 6, Ü 9, Abituraufgaben 2016, 2017, 2018); Johannes Schellhammer (Ü 10, Ü 11); Rolf Mattes (Tipps und Hinweise)

Das Fach Gemeinschaftskunde – Tipps und Hinweise

Liebe Schülerinnen und Schüler,

wenn Sie dieses Buch zur Abiturvorbereitung in Händen halten, haben Sie sich wahrscheinlich entweder bei Ihrer Leistungsfachwahl für Gemeinschaftskunde entschieden oder Sie bereiten sich auf die Prüfung im Kombinationsfach Gemeinschaftskunde/ Geographie vor. Wir freuen uns über Ihre Wahl, da wir meinen, dass Gemeinschaftskunde interessant und attraktiv ist – unter anderem wegen seiner inhaltlichen und methodischen Vielfalt.

Sie können in diesem Kurs eine Menge für viele Studiengänge und auch für das Leben außerhalb der Bildungsinstitutionen lernen – und wir bekommen immer wieder Rückmeldungen von Schülerinnen und Schülern, die sich bei Bewerbungsverfahren mithilfe ihrer in Gemeinschaftskunde erworbenen Kompetenzen erfolgreich durchsetzen konnten. Um in Gemeinschaftskunde gute Semester- und Abiturergebnisse zu erzielen, ist es nach unseren Erfahrungen besonders hilfreich,

- wenn Sie mit Freude und Interesse viele Medien nutzen: Presse, Fachlektüre, Funk und Fernsehen und das Internet; insbesondere die regelmäßige Nutzung von Tages- und Wochenzeitungen ist schon fast so etwas wie „die halbe Miete“, da Sie sich auf diese Weise quasi „automatisch“ wesentliche Teile des Fachwissens auf dem aktuellen Stand aneignen;
- wenn Sie sich für Politik, Wirtschaft, Gesellschaft und Recht interessieren;
- wenn Sie eine Aufgabenstellung schnell und präzise erfassen können und rasch eine gut gegliederte Stichwortsammlung auf Konzept entwerfen können;
- wenn Sie zügig umfangreiche Lösungen zu Papier bringen können;
- wenn Sie gerne mit statistischem Material umgehen und wenn Sie – um dazu etwas zu verdeutlichen – ggf. einfachere mathematische Berechnungen durchführen können.

Darüber hinaus hat Gemeinschaftskunde im Unterschied zu manch anderem Fach den Charme eines gewissen Neuanfangs. Natürlich ist es einerseits sehr vorteilhaft, wenn Sie sich ein gutes Stück „Durchblick“ aus den vorangegangenen Jahren Gemeinschaftskundeunterricht bewahren konnten (wenn es Ihnen möglich ist: Behalten Sie Ihre alten Gemeinschaftskundebücher und -ordner bzw. -hefte!). Doch andererseits begegnen Sie vielem Bekannten auf einem höheren Anspruchsniveau wieder und haben dann die gute Chance, Versäumtes oder Vergessenes nachzuholen.

Dieses Buch hilft Ihnen dabei, sich anhand von Übungsaufgaben zielgerichtet auf Klausuren und auf die Abiturprüfung vorzubereiten. Die folgenden Hinweise und Tipps sollen Sie zusätzlich bei Ihrer optimalen Vorbereitung unterstützen. Sollten nach Erscheinen dieses Bandes noch entscheidende Änderungen in den Abiturprüfungen vom Kultusministerium bekannt gegeben werden, finden Sie aktuelle Informationen dazu unter:
www.stark-verlag.de/mystark

1 Ein Blick in den Bildungsplan lohnt sich

Im Bildungsplan 2016 finden Sie die Themen, die für Sie wegen der Schwerpunktthemen für das schriftliche Abitur 2023 von höchster Bedeutung sind. Aber auch für die GFS und die mündlichen Prüfungen ist es wichtig, dass Sie diese Themen kennen und wissen, über welche Kompetenzen Sie verfügen sollten. So werden z. B. in der Bildungsplaneinheit 3.3.1.1 folgende Kompetenzen eingefordert:

„Die Schülerinnen und Schüler können […]
- Modelle der sozialen Differenzierung charakterisieren (Schichtmodell, soziale Milieus, Modell von Exklusion und Inklusion)
- die Konzepte von Rawls und Nozick zu sozialer Gerechtigkeit, Gleichheit und Freiheit vergleichen […]
- den gesellschaftlichen Wandel mithilfe von Material analysieren (Werte, Familie, Demografie, Digitalisierung)"

Eine Kopie des Bildungsplans haben Sie vermutlich schon von Ihrem Kursleiter erhalten. Natürlich ist dieser auch online verfügbar: http://www.bildungsplaene-bw.de.

2 GFS – G(leichwertige) F(eststellung von) S(chülerleistungen)

Sie müssen in mindestens drei Fächern Ihrer Wahl üblicherweise im Laufe der ersten drei Halbjahre je eine GFS leisten. Wenn Sie Gemeinschaftskunde als mündliches Prüfungsfach (siehe 4.2) wählen wollen, sollten Sie die Chance wahrnehmen, mittels einer GFS im Fach Gemeinschaftskunde schon für das mündliche Prüfungsfach zu „trainieren".
Hierbei ist es hilfreich, ein GFS-Thema dem aktuellen Bildungsplan zu entnehmen. Ein denkbares GFS-Thema aus der Bildungsplaneinheit 3.2.2.2 (2-stündig) „Die Schülerinnen und Schüler können die Bedeutung der Medien für die politische Teilhabe erläutern" wäre z. B. „Hate Speech – Eine Gefahr für die freiheitlich-demokratische Grundordnung in Deutschland?". Die GFS muss sich dabei an den Vorschriften zum mündlichen Prüfungsfach ausrichten.

3 Die schriftliche Abiturprüfung

3.1 Rahmenbedingungen und Inhalte

Im Abitur müssen Sie sich in den drei fünfstündigen Leistungsfächern schriftlich prüfen lassen, z. B. in Gemeinschaftskunde.
Sie bekommen in Gemeinschaftskunde zwei Aufgaben. Jede bezieht sich auf jeweils eines der folgenden derzeitigen Schwerpunktthemen:

I: Bildungsplaneinheit 3.3.1 „**Gesellschaft**" inklusive aller Unterthemen

II: Bildungsplaneinheit 3.3.2 „**Politisches System**" inklusive aller Unterthemen

„Schwerpunktthema" bedeutet nicht, dass Ihre Kompetenzen in ausschließlich dieser Bildungsplaneinheit überprüft werden, sondern die Aufgaben können auch Aspekte anderer Einheiten einbeziehen. Sie wählen eine dieser Aufgaben aus und haben dafür, einschließlich Auswahlzeit, **270 Minuten** zur Verfügung.
Als **Hilfsmittel** sind eine unkommentierte Ausgabe des Grundgesetzes, ein Nachschlagewerk zur deutschen Rechtschreibung und ein grafikfähiger Taschenrechner zugelassen.

Wichtig für Sie zu wissen ist noch, dass zu den Aufgaben zum Überprüfen der Fachkompetenz Aufgaben aus dem Bereich der **Methodenkompetenz** dazukommen. Von großer Bedeutung ist dabei neben der Arbeit mit Texten die Auswertung von statistischem Material. Auch die mögliche Auswertung von Bildquellen (z. B. Karikaturen) oder Karten wird in der Vorschrift genannt. Deshalb sind in einigen Übungsklausuren solche und weitergehende anwendungsorientierte Aufgaben eingebaut. Unter 3.4 bieten wir Ihnen eine Einführung in den Umgang mit statistischem Material in der schriftlichen Abiturprüfung an.

3.2 Verrechnungspunkte

Eine Prüfungsaufgabe im Abitur hat 60 Verrechnungspunkte (VP), die auf ca. drei bis fünf Teilaufgaben verteilt sind. In der Regel stehen diese Teilaufgaben in einem thematischen Zusammenhang, der durch eine Kontextualisierung konkretisiert werden kann. Die Verrechnungspunktezahl beträgt üblicherweise zwischen ca. acht und zwanzig Verrechnungspunkten pro Teilaufgabe. Daraus können Sie auf den Arbeits-/ Schreibumfang und das Anforderungsniveau schließen.

3.3 Anforderungsbereiche und Operatoren

Die Anforderungsbereiche in der schriftlichen Prüfung reichen von der Wiedergabe von Wissen (**Reproduktion**) über die vertiefende Bearbeitung und das angemessene Anwenden gelernter Inhalte und Methoden auf andere Sachverhalte (**Reorganisation und Transfer**) bis zur **Reflexion und Problemlösung**. Um Ihnen Sicherheit zu geben, was in einer Teilaufgabe von Ihnen erwartet wird, finden Sie in jeder Teilaufgabe eine Arbeitsanweisung, die als Aufforderung formuliert ist – einen sogenannten **Operator**. Ihr Kursleiter sollte im Besitz eines Papiers mit dem Titel „Basisoperatorenkatalog in den gesellschaftswissenschaftlichen Fächern in Baden-Württemberg" sein. Bitten Sie ihn, dass Ihr ganzer Kurs eine Kopie des Papiers erhält. Dort finden Sie alle **Operatoren** mit Erklärung der Arbeitsanweisung. Den wesentlichen Teil dieses Papiers finden Sie auch hier im Anschluss abgedruckt.

Wir möchten Sie auf einige uns besonders wichtig erscheinende Aspekte hinweisen. Alle Operatoren verlangen, dass Sie in einer durchgehend formulierten Antwort die Aufgabe lösen. Empfehlenswert ist der klassische Aufbau mit Einleitungssatz, in Absätzen gegliedertem Hauptteil und Schlusssatz. Bitte vermeiden Sie „Stichwortbrocken" hinter Pfeilen oder in Klammern ebenso wie unverbundene Auflistungen hinter Spiegelstrichen. Spiegelstriche erlaubt nur der Operator „nennen". Sehr wichtig ist auch, dass Sie in der ganzen Klausur die Fachsprache und -begriffe sicher anwenden. Last but not least: Achten Sie auf eine saubere Darstellung und auf die Sprachrichtigkeit, sonst können ein bis zwei Notenpunkte abgezogen werden. Es lohnt sich also für Sie, sauber zu schreiben und mindestens zehn Minuten zum Korrekturlesen einzuplanen!

Die Operatoren verteilen sich auf drei unterschiedliche, im Schwierigkeitsgrad ansteigende **Anforderungsbereiche**. Im Bereich I „Reproduktion" müssen Sie Gelerntes wiedergeben. Der Bereich II „Reorganisation und Transfer" verlangt, dass Sie selbstständig erklären, bearbeiten, ordnen und auf andere Sachverhalte übertragen können. Im Bereich III „Reflexion und Problemlösung" müssen Sie mit neuen Problemstellungen umgehen, einen Sachverhalt selbstständig erörtern und Ihre eigene Urteilsbildung reflektieren.

Die folgende Liste umfasst den „Basisoperatorenkatalog in den gesellschaftswissenschaftlichen Fächern in Baden-Württemberg" und verweist jeweils auf eine Aufgabe im Übungsteil dieses Buches, die den entsprechenden Operator enthält. Dabei bedeutet z. B. der Zusatz Ü1/1, dass das Beispiel aus der Übungsaufgabe 1 – und dort aus der Teilaufgabe 1 – stammt. Der Zusatz 18/I/1 sagt Ihnen, dass Sie das Beispiel in der Aufgabe I der Abiturprüfung 2018 in der Teilaufgabe 1 finden.

Anforderungsbereich I

beschreiben	Sachverhalte schlüssig wiedergeben	Ü4/1
bezeichnen	Sachverhalte (insbesondere bei nichtlinearen Texten wie zum Beispiel Tabellen, Schaubildern, Diagrammen oder Karten) begrifflich präzise formulieren	
nennen	Sachverhalte in knapper Form anführen	

Anforderungsbereich II

analysieren	Materialien oder Sachverhalte systematisch untersuchen und auswerten	21/I/2; Ü1/1
begründen	Aussagen (zum Beispiel eine Behauptung, eine Position) durch Argumente stützen, die durch Beispiele oder andere Belege untermauert werden	
charakterisieren	Sachverhalte mit ihren typischen Merkmalen und in ihren Grundzügen bestimmen	20/I/2; 21/I/1
darstellen	Sachverhalte strukturiert und zusammenhängend verdeutlichen	20/I/1; 17/II/3
ein-, zuordnen	Sachverhalte schlüssig in einen vorgegebenen Zusammenhang stellen	
erklären	Sachverhalte schlüssig aus Kenntnissen in einen Zusammenhang stellen (zum Beispiel Theorie, Modell, Gesetz, Regel, Funktions-, Entwicklungs- und/oder Kausalzusammenhang)	Ü5/2
erläutern	Sachverhalte mit Beispielen oder Belegen veranschaulichen.	16/II/1; 17/II/2
erstellen	Sachverhalte (insbesondere in grafischer Form) unter Verwendung fachsprachlicher Begriffe strukturiert aufzeigen	
herausarbeiten	Sachverhalte unter bestimmten Gesichtspunkten aus vorgegebenem Material entnehmen, wiedergeben und/oder gegebenenfalls berechnen	
vergleichen	Vergleichskriterien festlegen, Gemeinsamkeiten und Unterschiede gewichtend einander gegenüberstellen sowie ein Ergebnis formulieren	20/I/3; 21/I/3; 16/II/2

Anforderungsbereich III

beurteilen	Sachverhalte, Aussagen, Vorschläge oder Maßnahmen untersuchen, die dabei zugrunde gelegten Kriterien benennen und ein begründetes Sachurteil formulieren	17/II/4; Ü3/3
bewerten	Sachverhalte, Aussagen, Vorschläge oder Maßnahmen beurteilen, ein begründetes Werturteil formulieren und die dabei zugrunde gelegten Wertmaßstäbe offenlegen	20/I/4; 21/I/4; 16/II/4; Ü4/4

entwickeln	zu einer vorgegebenen oder selbst entworfenen Problemstellung einen begründeten Lösungsvorschlag entwerfen	
erörtern	zu einer vorgegebenen These oder Problemstellung durch Abwägen von Pro- und Contra-Argumenten ein begründetes Ergebnis formulieren	Ü1/4
gestalten	zu einer vorgegebenen oder selbst entworfenen Problemstellung ein Produkt rollen- beziehungsweise adressatenorientiert herstellen	20/I/4; 16/II/4; Ü2/4
überprüfen	Aussagen, Vorschläge oder Maßnahmen an Sachverhalten auf ihre sachliche Richtigkeit hin untersuchen und ein begründetes Ergebnis formulieren	

Wir möchten Ihnen mit einigen Beispielen aus Abiturprüfungen das Zusammenspiel von Anforderungsstufen und Operatoren verdeutlichen. Bitte bedenken Sie aber, dass sich in vielen Aufgaben die Anforderungsstufen nicht klar trennen lassen, dass also z. B. in derselben Aufgabe zum Teil Reproduktion von Wissen, zum Teil Reorganisations- und Transferleistungen verlangt werden.

Anforderungsbereich I: Reproduktion
*„**Nennen** Sie Gründe, die in M 2 für die Krise des Sozialstaates angeführt werden.“*
Hier müssen Sie dem vorgegebenen Textmaterial die vom Autor angeführten Punkte entnehmen und aufzählen, ohne einfach abzuschreiben.
*„**Beschreiben** Sie anhand von M 1 die Aufgaben des Sozialstaates.*
Bei der Lösung dieser Aufgabe müssen Sie die Ihnen in der Klausur zur Verfügung gestellte unkommentierte Grundgesetzausgabe zurate ziehen und damit die Sachverhalte schlüssig wiedergeben.

Anforderungsbereich II: Reorganisation und Transfer
*„**Erläutern** Sie, welche Bedeutung die Tarifautonomie für die Soziale Marktwirtschaft hat.“*
Bei der Lösung dieser Aufgabe sollten Sie zunächst inhaltlich im Zusammenhang beschreiben, was Soziale Marktwirtschaft und Tarifautonomie sind. Anschließend müssen Sie die wesentliche Rolle der Tarifautonomie anschaulich erklären.

Zu „**Herausarbeiten**“: Bezieht sich die Aufgabe auf ein Textmaterial, müssen Sie in der Regel unter einem bestimmten Gesichtspunkt Textteile **strukturiert** wiedergeben – also nicht den gesamten Text bzw. nicht die einfache Textabfolge. In der Einleitung zur Lösung sollen Autor, Titel, Erscheinungsort und -zeit, die Hauptthese und das Thema genannt bzw. formuliert werden. Bei wörtlichen Zitaten [„…“ (Z. 5 f.)] und indirekten Zitaten (vgl. Z. 8 ff.) müssen Sie die Zitierregeln beachten. Beziehen Sie sich in einem Satz nicht direkt auf den Autor (z. B. *Nach Meinung des Autors ...)*, geben aber eines seiner Argumente wieder, müssen Sie den Konjunktiv verwenden.

Diese **Zitierregeln** gelten natürlich auch bei anderen Aufgabentypen. Müssen Sie etwas **rechnerisch** herausarbeiten, wird von Ihnen die Kompetenz des sogenannten „bürgerlichen Rechnens“ (Grundrechenarten, Prozentrechnen, Anwendung bekannter Formeln) verlangt. Dabei und bei Aufgaben zu statistischem Material hilft Ihnen ggf. der Taschenrechner, der als Hilfsmittel zugelassen ist.

Zu „**Analysieren**“: Dieser Operator eignet sich besonders mit Bezug auf statistisches Material. Bei dieser Aufgabenstellung sollten Sie zunächst die Fundstelle/Quelle und das Thema benennen. Danach sollten Sie knapp den formalen Aufbau beschreiben. Die gezielte und systematische Untersuchung des Inhalts geht weit über eine beschreibende Wiedergabe hinaus und sollte den Hauptteil Ihrer Lösung ausmachen. Im abschließenden Teil Ihrer Lösung sollten Sie – soweit möglich – Ergebnisse der inhaltlichen Untersuchung interpretativ begründen oder erklären sowie ein zusammenfassendes Ergebnis formulieren. Lesen Sie sich zu diesem Aufgabentyp auch unsere Ausführungen zum Umgang mit statistischem Material unter 3.4 durch.

Anforderungsbereich III: Reflexion und Problemlösung
*„**Erörtern** Sie die Frage, ob angesichts von Globalisierung und zunehmendem Wettbewerbsdruck in der Wirtschaft der Sozialstaat an die Grenzen seiner Möglichkeiten stößt.“*
Diese Aufgabe verlangt eine Lösung unter Berücksichtigung verschiedener Standpunkte mit ihren Begründungen (z. B. nach dem „Pro- und Kontra-“ oder dem „Einerseits-Andererseits-Schema“) und sollte mit einem abgewogenen, sachbezogenen Urteil abgeschlossen werden.
Zu einigen Operatoren möchten wir noch Hinweise geben bzw. sind von der Abituraufgabenkommission Präzisierungen zu den Anforderungen vorgenommen worden.

Zu „**Gestalten**“: Dabei geht es derzeit darum, dass Sie eine Rede schreiben müssen – was natürlich wie auch die anderen Kompetenzen ausreichend im Unterricht eingeübt werden muss. Sie müssen sich an einer vorgegebenen Rolle bzw. Zielgruppe orientieren.

Zu „**Beurteilen**“ und „**Bewerten**“: Die besondere Schwierigkeit bei diesen Operatoren liegt darin, dass Sie – sofern nicht schon in der Aufgabenstellung angegeben – **Beurteilungskriterien** bzw. **Wertmaßstäbe finden und nennen müssen**. Ein allgemeines Kriterium wäre z. B. das der **Effizienz**, mittels dessen sich Gesichtspunkte wie Realisierbarkeit, Kosten und Nutzen, bürokratischer Aufwand oder Folgen und Nebenwirkungen ergeben. Ein anderes allgemeines Kriterium kann **Legitimität** sein – mit Gesichtspunkten wie Werten, Normen und Regelungen des Grundgesetzes (das Ihnen beim Abitur und bei den Kursklausuren zur Verfügung steht), Berücksichtigung eines breiten Interessenspektrums, Partizipation, Akzeptanz, Transparenz und demokratische Legitimation der Entscheider.

Für die Auswertung von **Karikaturen** bieten sich die Operatoren „Erläutern“, „Erklären“, „Erörtern“, „Beurteilen“ und „Bewerten“ mehr als andere an. Eine typische Aufgabenstellung könnte beispielsweise sein: „Erklären Sie ausgehend von der Karikatur das dargestellte Problem der Gleichberechtigung der Geschlechter.“ Bitte beachten Sie, dass Sie dann zunächst wie bei einem Textmaterial in einem einleitenden Satz Autor, Daten und Thema nennen müssen. Anschließend müssen Sie die Karikatur kurz beschreiben, bevor Sie sich dem Hauptteil der Aufgabe widmen.

3.4 Der Umgang mit Tabellen und Grafiken

Wahrscheinlich finden Sie in Gemeinschaftskunde in einer der Abituraufgaben oder in beiden neben Textmaterial auch statistisches Material in Form von Tabellen oder Grafiken vor, auf das sich eine oder mehrere Aufgabenstellungen beziehen können. Wie können Sie solche Aufgaben Erfolg versprechend anpacken? Viele Schulbücher legen Ihnen die Auswertung in mehreren Schritten nahe. Dabei wird oft jeder Schritt mit einigen Leitfragen konkretisiert, sodass Sie sich an einem „Gerüst" entlanghangeln können und nichts Wesentliches außer Acht lassen. Wir empfehlen Ihnen generell ein **Vorgehen in drei Schritten**, das allerdings nicht bei allen Operatoren und nicht immer ausführlich angewandt werden muss.

Zur Form ↘ **Zum Inhalt** ↙

Anforderungsbereich I: Reproduktion
nennen, beschreiben, bezeichnen

Anforderungsbereich II: Reorganisations- und Transferleistungen
herausarbeiten, charakterisieren, analysieren, darstellen, ein- oder zuordnen, begründen, erklären, erläutern, vergleichen, erstellen

Zur Aussageabsicht, Interpretation und Kritik
↓

Anforderungsbereich III: Reflexion und Problemlösung
überprüfen, erörtern, beurteilen, bewerten, gestalten, entwickelt

Bei den **drei Schritten** können folgende Leitfragen hilfreich sein, die aber nicht immer anwendbar sind:

Zur Form

1. Welches sind Thema/Erhebungsgegenstand und Zweck (Überschrift, Begleittext) der Tabelle/Grafik?
2. Was ist der Erhebungsraum und Erhebungs(zeit)raum (Momentaufnahme, Entwicklung, Prognose)?
3. Wie und durch wen wurden die Werte ermittelt?
4. Wer hat die Statistik verfasst (verfassen lassen)?
5. Auf welchen Quellen beruht die Tabelle/Grafik?
6. Welche Darstellungsform wurde gewählt (Tabelle, Kurven-/Linien-, Säulen-/Balken-, Kreis-, Flächen-, Block- und Figuren-Diagramm)?
7. Was sind die Bezugsgrößen: Zahlenarten (absolute Zahlen, Prozentzahlen, Indexzahlen), -werte (gerundet, geschätzt, vorläufig), Maßeinheiten und Intervalle?
8. Welche Kategorien werden zueinander in Beziehung gesetzt (z. B. bei Tabellen in Kopfzeile, Spalten und Vorspalten)?
9. Wie ist die grafische Gestaltung: Symbole, Farben, (Hintergrund-)Bilder?

Zum Inhalt

1. Welche Hauptaussagen lassen sich formulieren (Trends, Tendenzen)?
2. Welche Teilaussagen in Bezug auf Einzelaspekte lassen sich machen (Minima, Maxima, Zunahme, Abnahme, Stagnation, Zahlensprünge, Anomalien, Gleichmäßigkeiten und regelhafte Verläufe, unterschiedliche Phasen, Wechselbeziehungen zwischen verschiedenen Variablen/Merkmalen …)?

Beachten Sie, dass eine bloße Verbalisierung der Daten nicht Erfolg versprechend ist, sondern das Signifikante herausgearbeitet werden muss. Bitte achten Sie auch darauf, dass Sie Entwicklungen bei Prozentangaben in der Regel als Änderung in **Prozentpunkten** angeben müssen.

Zur Aussageabsicht, Interpretation und Kritik

1. Welche Antwort gibt die Tabelle/Grafik auf die Fragestellung? Zu welchen Teilbereichen lassen sich keine Aussagen treffen?
2. Welche Aussagen, Empfehlungen oder Handlungen werden durch die Statistik/Grafik nahegelegt?
3. Welche neuen Fragen werfen die Informationen der Tabelle/Grafik auf?
4. Was sind mögliche Ursachen für die der Tabelle/Grafik entnommenen Sachverhalte?
5. Beurteilung der Aussagekraft der Tabelle/Grafik:
   - Sind die Daten repräsentativ und korrekt?
   - Ist die Darstellungsform angemessen?
   - Gibt es Unklarheiten in Bezug auf die Daten, Bezugsgrößen, Quellen …?
   - Fehlen Informationen im Schaubild?
   - Besteht Verdacht auf Interessengebundenheit/Manipulation? (Datenauswahl, Auftraggeber, grafische Darstellung …)

Am besten lässt sich das Zusammenspiel von Vorgehensschritten, Anforderungsbereichen und Operatoren an einem **Beispiel mit Lösungsvorschlag** zeigen:

M Zwei gute Jahre für Rentner

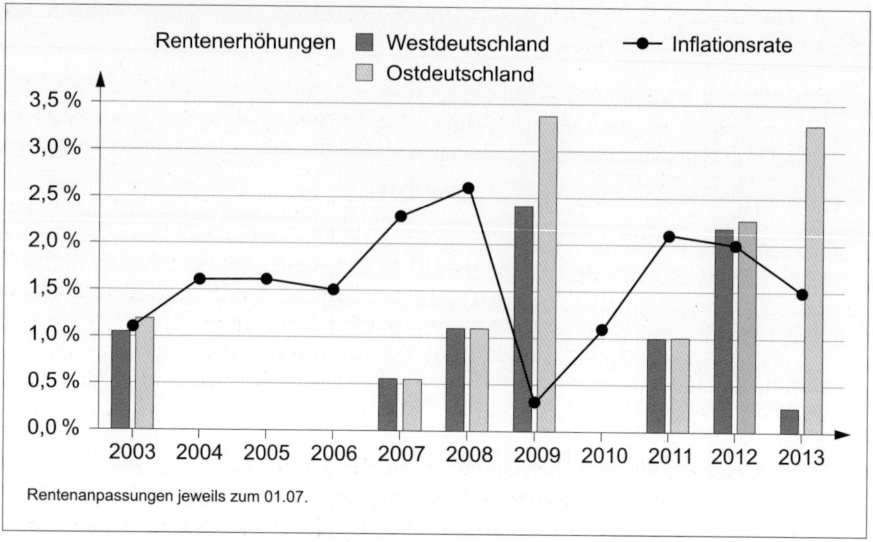

Daten nach: Bundesregierung, Statistisches Bundesamt, April 2014

Arbeitsaufträge:

1. Analysieren Sie die Grafik. (6 VP)
2. Beurteilen Sie den Titel der Grafik „Zwei gute Jahre für Rentner". (8 VP)

Lösungsvorschlag

1. Der Operator „analysieren" verlangt, das vorliegende Material **systematisch** und **gezielt** zu untersuchen und auszuwerten. Die Grafik ist im April 2014 erschienen und mit der Überschrift „Zwei gute Jahre für Rentner" versehen. Als **Quelle** der Daten werden die Bundesregierung und das Statistische Bundesamt genannt.
   Thema der Grafik ist ein **Vergleich** zwischen den **Rentenerhöhungen** und der Entwicklung der **Inflationsrate** in Deutschland im Zeitraum zwischen 2003 und 2013. Die jährlich zum 1. Juli durchgeführte Rentenanpassung wird dabei separat für Westdeutschland (jeweils der linke Balken) und Ostdeutschland (der rechte Balken) ausgewiesen. Ein Liniendiagramm gibt die jeweilige Inflationsrate an. Die prozentualen Veränderungen lassen sich anhand der y-Achse ablesen, auf der die Werte zwischen 0 und 3,5 % abgetragen sind.
   Betrachtet man die Entwicklung der Rentenerhöhungen, so fallen zunächst vier Nullrunden in den Jahren 2004 bis 2006 sowie in 2010 auf. Bis einschließlich 2008 liegen die Rentenanpassungen meist deutlich unter der Inflationsrate, die sich im gesamten Zeitraum zwischen ca. 0,3 und ca. 2,6 Prozent bewegt und 2009 infolge der **Wirtschafts- und Finanzkrise** auf etwa ein Zehntel des Vorjahreswertes fällt. Signifikant über der Geldentwertung liegt die Rentenerhöhung lediglich im Jahr 2009 (für West- und Ostdeutschland) sowie 2013 (für Ostdeutschland) – zwei Jahre, in denen **Bundestagswahlen** stattfanden. Die Überschrift der

Grafik bezieht sich demnach auf die Jahre 2009 und 2013, in denen die Empfänger eines Ruhegelds – vor allem in Ostdeutschland – einen spürbaren Zuwachs an **Kaufkraft** verbuchen konnten.

2. Für die Beurteilung, d. h. die Überprüfung der Aussage „Zwei gute Jahre für Rentner" auf ihre **Stichhaltigkeit** und **Angemessenheit** hin, muss zunächst der **Sachverhalt** geklärt und dieser im nächsten Schritt anhand geeigneter **Kriterien** eingeordnet werden.
Geht man von den statistischen Fakten aus, waren 2009 und 2013 zwei gute Jahre für Rentner, da ihr Altersgeld in Bezug auf die Preisentwicklung überdurchschnittlich angehoben wurde. Der Begriff Renten*anpassung* verweist auf die Systematik der deutschen Rentenversicherung: Seit der Einführung der **dynamischen Rente** 1957 sollen Rentner am wirtschaftlichen Aufschwung teilhaben und der Wert ihres Ruhegelds soll gesichert werden. Insofern die Preisentwicklung – zumindest teilweise – die Entwicklung der Löhne und Gehälter widerspiegelt, ergibt sich eine sinnvolle Verknüpfung der beiden in der Grafik verglichenen Werte.
Zwei Kriterien, die eine sorgfältige Prüfung der Aussage „Zwei gute Jahre für Rentner" ermöglichen, sind **Nachhaltigkeit** und **Gerechtigkeit**. Im Jahr 2005 wurde der sogenannte **Nachhaltigkeitsfaktor** in die Rentenformel aufgenommen. Damit soll gewährleistet werden, dass die von den aktiv im Berufsleben stehenden Beitragszahlern finanzierte Rente den **demografischen Wandel** berücksichtigt. Dies hat zur Folge, dass die eigentlich fällige Rentenanpassung geringer ausfällt, wenn die Zahl der Beitragszahler sinkt. Wenn nun ausgerechnet in zwei Wahljahren die Rente übermäßig steigt, liegt der Schluss nahe, dass die Nachhaltigkeit, d. h. die langfristige Finanzierbarkeit von Rentenerhöhungen, hier politischen Erwägungen geopfert wurde.
Als die Grafik im April 2014 erschien, diskutierte man in Deutschland kontrovers die abschlagsfreie Rente mit 63 nach 45 Beitragsjahren. Unter dem Aspekt der **Generationengerechtigkeit** könnte man einwenden, dass die partielle Rücknahme der **Rente mit 67** die jüngere Generation, also diejenigen, die in den kommenden Jahrzehnten Beiträge zur gesetzlichen Rentenversicherung entrichten, schlechterstellt. Vor diesem Hintergrund versucht die Grafik, die finanzielle Situation der Rentner objektiv zu erfassen. Da es im Zeitraum zwischen 2003 und 2013 nur „zwei gute Jahre" gab, in denen die Kaufkraft der Rentner merklich stieg, ließe sich das Argument der Generationengerechtigkeit auch zugunsten der älteren Generation deuten, was die Debatte über die Rente mit 63 entschärfen würde.
Die Aussage „Zwei gute Jahre für Rentner" muss daher differenziert betrachtet werden. Für eine stichhaltige Beurteilung sind in diesem Fall sowohl Kenntnisse der Systematik unseres Rentensystems als auch Informationen über aktuelle bzw. zum Zeitpunkt der Datenerhebung relevante Debatten erforderlich.

3.5 Die politische Rede

„Gerade für die Demokratie gilt, dass sie ohne Redekunst verdorrt.“ (Joachim Detjen). Nicht nur in Wahlkampfzeiten entfaltet das gesprochene Wort besondere Wirkung: Politiker, aber auch Vertreter von Verbänden und der Zivilgesellschaft wenden sich regelmäßig an die Öffentlichkeit, um ihren Standpunkt zu erklären und für ihn zu werben. Der Zweck der Rede steht dabei in einem engen Zusammenhang mit der Zuhörerschaft, an die sie gerichtet wird. Die **Adressatenorientierung** ist deshalb von herausragender Bedeutung für eine gelungene Ansprache. Da nur wenige Redner in der Lage sind, aus dem Stegreif zu formulieren, ist es unerlässlich, ein **Manuskript** anzufertigen, in dem sich die inhaltlichen und sprachlichen Ideen des Redners wiederfinden.

Historisch bedeutende politische Reden sind etwa Perikles’ Epitaph auf die Gefallenen des Peloponnesischen Krieges 431 v. Chr. („Die Verfassung, die wir haben, heißt Demokratie“), Abraham Lincolns Ansprache auf dem Schlachtfeld von Gettysburg 1863 („government of the people, by the people, for the people“), der Aufruf Winston Churchills zum Widerstand gegen Hitler-Deutschland 1940 („Blut, Schweiß und Tränen“) und die Ansprache Martin Luther Kings beim Marsch auf Washington 1963 („I have a dream“). Die politische Rede ist auf **Wirkung** angelegt: Sie will informieren, überzeugen, rechtfertigen, die politische Willensbildung beeinflussen, mobilisieren und im Extremfall auch in propagandistischer Absicht manipulieren.

Aufbau der Rede

1. Einleitung: Einstieg, der das Interesse der Adressaten weckt (z. B. durch ein Zitat, eine Anekdote oder eine Frage) und zum Thema hinführt
2. Hauptteil: anschauliche, mit Beispielen flankierte Argumentation, roter Faden, Spannungsbogen
3. Schluss: prägnante Zusammenfassung der Argumentation, Appell

Sprachliche Elemente

- Adressatenbezug: An welche Zuhörer wendet sich meine Rede? Steht das Publikum im Mittelpunkt meiner Ausführungen?
- Verwendung von Fachbegriffen, dabei jedoch Berücksichtigung allgemeiner Verständlichkeit
- Einsatz rhetorischer Mittel, z. B. Trikolon, Vergleich, rhetorische Frage, Zuspitzung
- Vermeidung von Schachtelsätzen und Füllwörtern

Bewertung der Rede

- Sachkenntnis: korrekte Fakten, richtige Darstellung von Zusammenhängen, Berücksichtigung von Gegenargumenten
- Überzeugungskraft: erkennbarer roter Faden, schlüssiger Aufbau, Beantwortung der Ausgangsfrage bzw. steter Bezug zur eingangs dargelegten Problematik, nachvollziehbares Fazit
- Ausdrucksvermögen: Adressatenbezug, rhetorische Gewandtheit, wirkungsvolle sprachliche Mittel, Klarheit, Prägnanz

4 Die mündliche Abiturprüfung

Sie **müssen zwei mündliche Prüfungen** aus dem Bereich der Basisfächer des Pflichtbereichs oder aus bestimmten Fächern des Wahlbereichs ablegen, falls Sie keine besondere Lernleistung wie z. B. einen Seminarkurs abrechnen. Sie **können zudem freiwillig** eine mündliche Zusatzprüfung in den drei schriftlichen Prüfungsfächern ablegen.

4.1 Gemeinschaftskunde als freiwillige mündliche Zusatzprüfung

Gemeinschaftskunde können Sie logischerweise nur als freiwillige mündliche Zusatzprüfung wählen, wenn Sie es als schriftliches Prüfungsfach gewählt haben. Sie entscheiden spätestens einen Tag nach Bekanntgabe der schriftlichen Prüfungsergebnisse (ca. eine Woche vor dem mündlichen Prüfungszeitraum), ob Sie sich in Gemeinschaftskunde zusätzlich mündlich prüfen lassen wollen. Diese Entscheidung sollten Sie aber erst nach intensiver Beratung durch Ihre Oberstufenberater treffen. Sie sollten dann bis zum Prüfungstag die Tagespresse und die Nachrichtensendungen verfolgen – oft lässt sich von Lehrer- oder Prüflingsseite der aktuellste Stand zu einem Problem einbauen. Ihr Kursleiter legt dem von einer anderen Schule kommenden Leiter des Fachausschusses mehrere Aufgabenvorschläge vor, welcher einen Vorschlag für Sie auswählt. Die Aufgabenvorschläge können den Inhalten der Lehrplaneinheiten aller vier Semester entnommen sein; die Aufgaben der schriftlichen Abiturprüfung sind ausgeschlossen.

Am Prüfungstag haben Sie vor der Prüfung 20 Minuten **Vorbereitungszeit**. Sie erhalten die Aufgabe meist mit einer bis drei Leitfragen, von denen sich eine, manchmal auch zwei auf ein Material beziehen. Das ist meist ein Text, möglich ist aber auch eine Tabelle, eine Karikatur, eine Grafik oder eine Mischung daraus. Sie bereiten einen etwa zehnminütigen Kurzvortrag zu den Leitfragen vor. Am besten ist es, zentrale Aspekte nicht nur auf dem Materialblatt farbig zu markieren, sondern auf Konzeptblättern eine übersichtlich gegliederte Stichwortsammlung für jede Leitfrage zu erstellen. Nachdem Sie Ihren Kurzvortrag noch einmal überdacht haben, sollten Sie möglichst noch drei bis vier Minuten im Material und Ihrer Vortragsübersicht nach möglichen Anknüpfungspunkten zu weiteren Lehrplaneinheiten suchen, denn eine Prüfung weiterer, inhaltlich möglichst zusammenhängender Lehrplaneinheiten wird in der Vorschrift ausdrücklich verlangt.
In den Handreichungen zur Zusatzprüfung in Gemeinschaftskunde wird festgelegt, dass neben dem anderen Material auch das Grundgesetz für Sie im Vorbereitungsraum bereitliegen sollte/kann. Bitte sprechen Sie das bei Ihrem Kursleiter an. Oft ist es hilfreich, wenn Sie in der Vorbereitungszeit noch einen Blick auf einen „passenden" Grundgesetzartikel werfen können.

Im **Prüfungsraum** werden Sie in der Regel eingeladen, sich zu setzen, sodass Sie Ihr Materialblatt und Ihre Stichwortblätter auf dem Tisch gut vor sich unterbringen können. Falls Sie Ihren Kurzvortrag im Stehen halten möchten, bitten Sie den Fachausschussleiter darum. Zu Prüfungsbeginn werden Sie eventuell gefragt, ob Sie ein Verständnisproblem (z. B. ein ungewöhnliches Fremdwort) hatten. Nach der Klärung können Sie mit Ihrem Kurzvortrag zu den Leitfragen beginnen. Dabei empfiehlt es sich wie bei der schriftlichen Prüfung, die klassische Struktur mit Einleitung, Hauptteil und Schlusssatz zu wählen.

In der **Einleitung** sollten Sie das Thema des Materials oder die Leitfrage (teilweise in eigenen Worten) wiedergeben und kurz die Hauptaspekte Ihrer Antwort benennen. So hinterlassen Sie den souveränen Eindruck, dass Sie „alles im Griff" haben. Diese Hauptaspekte führen Sie dann detailliert im **Hauptteil** aus. Abrunden sollten Sie diesen Teil mit einer **Schlussbemerkung**, die sich zum Beispiel auf die Qualität oder Intention des Materials beziehen kann oder das Wesentliche nochmals auf den Punkt bringt. Mit der bzw. den anderen Leitfrage(n) verfahren Sie in derselben Weise und, falls dies von der Frage her möglich ist, auch im anschließenden Prüfungsgespräch. Bitte beachten Sie, dass Sie während des Vortrags alle Mitglieder des Prüfungsausschusses anschauen und nur kurz zur Orientierung auf das jeweilige Blatt mit der Stichwortübersicht blicken. Im anschließenden Prüfungsgespräch ist es nur natürlich, wenn Sie Ihren Blick bei der Antwort vor allem auf den Fragesteller richten.

4.2 Gemeinschaftskunde als mündliches Prüfungsfach (Kombinationsprüfung)

Als mündliches Prüfungsfach können Sie Gemeinschaftskunde nur wählen, wenn Sie es **nicht** als schriftliches Prüfungsfach absolviert haben. Die Schüler/-innen des zweistündigen Kurses können Gemeinschaftskunde ohne Einschränkungen als mündliches Prüfungsfach wählen, allerdings in Kombination mit Geographie, sodass – wie in anderen Fächern auch – Inhalte von vier Halbjahren geprüft werden.
Nach dem dritten Kurshalbjahr legen Sie fest, welches der beiden Fächer Ihr **Schwerpunktfach** in der mündlichen Prüfung ist: entweder Gemeinschaftskunde oder Geographie. Die prüfenden Lehrkräfte müssen Sorge dafür tragen, dass weder das Thema einer GFS noch das einer Klausur der Kursstufe Gegenstand der Prüfung ist.

4.2.1 Struktur der Prüfung

Zwanzig Minuten vor Beginn der Prüfung erhalten Sie für das **Schwerpunktfach** eine materialgestützte Aufgabe mit vollständig ausformulierten und mit Operatoren versehenen Teilaufgaben (Teil A). Dabei werden Leistungen aus den drei **Anforderungsbereichen** eingefordert. Der Impuls für das **Nichtschwerpunktfach** (Teil B) wird Ihnen während der Prüfung selbst vorgelegt und umfasst mindestens die Anforderungsbereiche I und II.
Die Prüfung selbst dauert insgesamt 20 Minuten. Davon entfallen ca. 13 Minuten auf das von Ihnen gewählte **Schwerpunktfach**, der Rest auf das **Nichtschwerpunktfach**. Der **Vortragsteil** dauert ca. zehn Minuten. In dieser Zeit müssen Sie die Lösung zu den Aufgaben des Schwerpunktfachs in Form eines zusammenhängenden Vortrags präsentieren. Das anschließende **Prüfungsgespräch** beschäftigt sich zu-

nächst mit den präsentierten Inhalten. Dabei müssen Sie mit Rückfragen sowie mit vertiefenden, problematisierenden und weiterführenden Fragen rechnen. Schließlich ist nach den Vorschriften noch eine **kontextbezogene Ausweitung** des Prüfungsgesprächs auf weitere Lehrplanthemen erwünscht. Bitte beachten Sie sinngemäß die in 4.1 angeführten Tipps für das Prüfungsgespräch.
Die **Bewertung** der von Ihnen erbrachten Leistung erfolgt ganzheitlich und kriteriengestützt. Dabei spielen inhaltliche Aspekte ebenso eine Rolle wie die von Ihnen demonstrierte personale, Analyse-, Orientierungs-, Methoden- und Urteilskompetenz.

4.2.2 Raster für die Bewertung der mündlichen Kombinationsprüfung

Kategorien	Kriterien
inhaltliche Kompetenz	• Erfassung der Aufgaben (Operatoren und Inhalt) • Informationsgehalt: Komplexität, inhaltliche Breite und Tiefe • sachliche Richtigkeit • Verwendung von Fachsprache • ggf. Einordnung in übergeordnete thematische Zusammenhänge
Analyse-, Orientierungs- und Methodenkompetenz	• Gliederung und Struktur der Darstellung (Aufbau, Logik) • Verwendung einer fachlichen Systematik • Materialbearbeitung • Einbindung des Materials in die Darstellung
Urteilskompetenz	• eigenständiges Sachurteil bzw. Werturteil, Offenlegung der eigenen Wertmaßstäbe, Beachtung unterschiedlicher Akteursperspektiven • schlüssig formuliertes Ergebnis unter Abwägung von Pro- und Kontra-Argumenten
personale Kompetenz	• freie Rede (Verständlichkeit, Tempo, Lautstärke) • Körpersprache • flexibles Eingehen auf Impulse und Nachfragen

Ministerium für Kultus, Jugend und Sport Baden-Württemberg, Ergänzende Hinweise zur mündlichen Abiturprüfung und zu den Ergänzungsprüfungen 2023 C) Hinweise zur mündlichen Abiturprüfung in Gemeinschaftskunde und Geographie (bearbeitet)

Abiturprüfung Gemeinschaftskunde – Baden-Württemberg
Übungsaufgabe 1: Gesellschaft

Leitthema: Wohnungsnot in Deutschland – Muss der Staat eingreifen?

Aufgaben:

1. Analysieren Sie anhand von M 4–M 7 die Situation am deutschen Wohnungsmarkt. — 14 VP

2. Vergleichen Sie anhand von M 2 und M 3 die Aussagen über die Ursachen der Wohnungsnot in Deutschland. — 14 VP

3. Die Autorin von M 3 erwähnt die Bedürfnisgerechtigkeit (vgl. Z. 36). Erläutern Sie zwei weitere Dimensionen von Gerechtigkeit im Kontext der Debatten über den Sozialstaat. — 12 VP

4. „Der Bund müsse mehr Verantwortung tragen" (M 2, Z. 59). Erörtern Sie die Notwendigkeit staatlicher Intervention zur Korrektur von Marktprozessen. — 20 VP

60 VP

M 1 Grundgesetz

M 2 Thomas Öchsner, Draußen sein und draußen bleiben

[…] [I]mmer mehr Menschen sind wegen der Wohnungsnot in vielen Städten obdachlos oder ohne Wohnung. Das zeigen die neuen Zahlen, die die Bundesarbeitsgemeinschaft Wohnungslosenhilfe (BAGW) […] in Berlin vorgelegt hat. Demnach lebten im vergangenen Jahr [2016] in Deutschland etwa 52 000 Menschen ohne jede Unterkunft auf der Straße, darunter viele Migranten aus EU-Staaten wie Polen, Rumänien oder Bulgarien. 2014 waren es noch 13 000 weniger. Deutlich größer wird die Zahl, wenn man die Wohnungslosen hinzurechnet, also diejenigen, die keine eigene Wohnung haben, aber noch irgendein Dach über dem Kopf, zum Beispiel in einer Notunterkunft. Diese Zahl wuchs 2016 auf 860 000 Menschen. Seit 2014 ist dies ein Anstieg um 150 Prozent oder mehr als 500 000. Dies ist vor allem auf die vielen Flüchtlinge zurückzuführen, die vergeblich eine feste Bleibe suchen. Die Zahlen beruhen auf Schätzungen der BAGW, der große Sozialverbände wie die Arbeiterwohlfahrt oder die Caritas angehören, die sich um Wohnungslose kümmern. Offiziell wird die bundesweite Zahl der Obdachlosen nicht erhoben. Thomas Specht, Geschäftsführer der Arbeitsgemeinschaft, sagt: „Die Zuwanderung hat die Gesamtsituation dramatisch verschärft, aber die wesentlichen Ursachen für Wohnungsnot und Wohnungslosigkeit liegen in einer seit Jahren verfehlten Wohnungspolitik in Deutschland.“

Die Arbeitsgemeinschaft unterteilt die Wohnungslosen in zwei Gruppen: Etwa die Hälfte sind anerkannte Flüchtlinge, die überwiegend in Gemeinschaftsunterkünften leben. Die andere Hälfte hat ebenfalls kein festes Zuhause für sich, ohne zu den Geflüchteten zu gehören. Über diese zweite Gruppe weiß man einiges aus den Angaben von 176 Einrichtungen und Diensten der bundesdeutschen Wohnungslosenhilfe, welche den Hintergrund von etwa 33 000 Hilfesuchenden analysiert hat: Mehr als zwei Drittel sind demnach alleinstehend und männlich. 27 Prozent erhielten ihre Kündigung durch den Vermieter. Fast die Hälfte ist von selbst mit oder ohne Kündigung aus der Wohnung ausgezogen.

Auf dem Wohnungsmarkt sieht Geschäftsführer Specht vor allem zwei Probleme. Erstens: „Das Angebot an bezahlbarem Wohnraum ist unzureichend.“ So ist der Bestand an Sozialwohnungen seit 1990 um etwa 60 Prozent zurückgegangen. Derzeit gibt es in Deutschland noch etwa 1,4 Millionen Sozialwohnungen. Früher sah es deutlich besser aus: Im Jahr der Volkszählung 1987 gab es allein im Westen des Landes noch etwa vier Millionen. Seitdem werden es immer weniger. Jedes Jahr läuft für mehr als 50 000 Sozialwohnungen die Mietpreisbindung aus, das heißt, der Vermieter kann die Miete deutlich erhöhen. Das Bündnis Wohnen, dem neben dem Deutschen Mieterbund und der IG Bau vier weitere Verbände der Branche angehören, fordert deshalb, 80 000 Sozialwohnungen im Jahr zu bauen. Tatsächlich wurden 2016 bundesweit gerade einmal 24 550 Sozialwohnungen errichtet. Das waren zwar knapp 10 000 mehr als

im Jahr zuvor – aber die Zahl liegt noch immer weit unter dem Bedarf. Zusätzlich haben viele Kommunen, Länder und der Bund ihre eigenen Wohnungsbestände an große Immobilienkonzerne und andere private Investoren verkauft, die sich naturgemäß vor allem für ihre Rendite interessieren. „Damit haben sie Reserven bezahlbaren Wohnraums aus der Hand gegeben", kritisiert Specht.
Problem Nummer zwei: Es fehlen Millionen Kleinwohnungen. Die große Gruppe der Singles sucht in Städten nach günstigen Ein- und Zweizimmer-Wohnungen. Doch die gibt es häufig nicht. Dies habe zum starken Anstieg der Mietpreise beigetragen, sagt Specht. Dieter Puhl, der die evangelische Bahnhofsmission am Berliner Zoo leitet, hält das Wohnen mittlerweile für das größte soziale Problem in Deutschland. „Vor 20 Jahren konnten in Berlin noch Gering- oder Durchschnittsverdiener problemlos ihre Miete zahlen. Heute wird das bei Neuanmietung einer Wohnung zunehmend schwierig, weil viele Menschen immer mehr von ihrem Einkommen für die Miete ausgeben müssen", sagt er.
Karin Kühn, Vorsitzende der Arbeitsgemeinschaft Wohnungslosenhilfe, fordert [...] deshalb [...] Sofortmaßnahmen gegen einen weiteren Anstieg der Wohnungslosigkeit aufzunehmen. Der Bund müsse mehr Verantwortung tragen, vor allem über 2019 hinaus. Bisher überweist der Bund den Ländern Jahr für Jahr 1,5 Milliarden Euro für den sozialen Wohnungsbau. Eine Vereinbarung mit Verfallsdatum: Sie gilt nur bis 2019.

Thomas Öchsner: Draußen sein und draußen bleiben, Süddeutsche vom 14.11.2017, http://www.sueddeutsche.de/politik/soziale-probleme-draussen-sein-und-draussen-bleiben-1.3748879

M 3 Silke Kersting, Miese Bilanz beim Wohnungsbau

[...] Bezahlbarer Wohnungsbau, städtebaulich eingepasst und in guter Qualität – das sei das Gebot der Stunde, mahnte Axel Gedaschko, Präsident des Spitzenverbandes der Wohnungswirtschaft GdW, bei der Jahrespressekonferenz in Berlin. „Wir brauchen mehr und vor allem bezahlbare Grundstücke, weniger Normen und Regulierung, eine Abkehr von der Preisspirale bei der Grund- und Grunderwerbsteuer sowie auch nach 2019 eine finanzielle Mitzuständigkeit des Bundes für den sozialen Wohnungsbau", forderte Gedaschko.
Obwohl die Zahl der fertiggebauten Wohnungen in den vergangenen Jahren bundesweit gestiegen ist, sei der mittlerweile aufgelaufene Nachholbedarf von rund einer Million Wohnungen nicht zu decken, wenn der Neubaumotor nicht endlich angeworfen werde. „Die Bilanz beim Wohnungsbau erlaubt keine Entwarnung", sagte Gedaschko. Hohe Baukosten, eine steigende Auflagenflut, fehlende Grundstücke, langwierige Genehmigungsprozesse und unzureichende Planungskapazitäten seien unter anderem verantwortlich dafür, dass die Dynamik im Segment der dringend benötigten bezahlbaren Mietwohnungen nicht stärker werde.

2016 wurde in Deutschland der Bau von 375 400 Wohnungen genehmigt – gebaut wurden 277 700 Wohnungen. Nach Meinung der Wohnungswirtschaft müssten in Deutschland indes jährlich bis zum Jahr 2020 insgesamt 400 000 Wohnungen gebaut werden, um das Defizit von einer Million Wohnungen langsam abzubauen.

„Egal, wie man es dreht und wendet, die Lösung für die Probleme am Wohnungsmarkt in den Ballungsräumen liegt im Wohnungsbau", sagte Gedaschko. „Wir brauchen eine echte Willkommenskultur für Bagger und Neubau. Bei den Menschen in den Quartieren und in der Politik." Die Akzeptanz der Bevölkerung für das Bauen innerhalb vorhandener Nachbarschaften, aber auch auf größeren innerstädtischen Brachflächen und am Stadtrand, sei in den vergangenen Jahren zurückgegangen. Bauherren hätten zunehmend mit dem Motto „not in my backyard" zu tun. Anrainer wollten immer häufiger Bauprojekte in der eigenen Nachbarschaft verhindern. […] „Vor vier Jahren wurde als Placebo eine Mietpreisbremse aus dem Hut gezaubert. Die Bilanz: die Mietpreisbremse hilft nicht. Sie kann den Wohnungsmangel nicht bekämpfen." Daran würde auch ein Herumdoktern und Verschärfen dieses Instruments nichts ändern.

Seit Jahren werden in Deutschland weniger Wohnungen gebaut als benötigt. Vor allem in den Großstadtregionen ist es für Haushalte mit mittleren und niedrigen Einkommen schwieriger geworden, bezahlbare und bedürfnisgerechte Wohnungen zu finden. Die hohen Baukosten sind dafür ein Grund. Trotz vieler Bemühungen um Effizienzsteigerung zwischen 2000 und 2016 seien die Bauwerkskosten um rund 45 Prozent gestiegen, hat der GdW beobachtet. Allein die Kostensteigerung durch die restriktiver gewordenen Verordnungen zur Energieeinsparung habe 16 Prozent seit 2002 betragen. Mit dem derzeitigen Neubaustandard sei die Grenze der Wirtschaftlichkeit längst erreicht. Auch die Anzahl der Normungen werde immer größer: Neben den für das Bauen relevanten Normen zusammen mit Gesetzen, Verordnungen und Richtlinien ergebe sich ein kaum noch überschaubares Regelwerk. Gedaschko sprach von mehr als 20 000 Bauvorschriften und inhaltlichen Anforderungen, die zu immer höheren Bauwerkskosten führten. 1990 habe es 5 000 dieser Normen und Gesetze gegeben.

Die Branche befindet sich in einem Dilemma: Bauen soll kostengünstiger werden, aber wachsende Ansprüche an die Wohnqualität stehen dem entgegen. Die Gebäude sollen energieeffizient gebaut werden, erneuerbare Energien nutzen, gestiegene Anforderungen an Schall-, Brand- und Naturschutz einhalten, am besten barrierefrei sein, über eine moderne Elektroinstallation verfügen und erhöhte Sicherheitsstandards wegen der Einbruchgefahr aufweisen.

Fehlendes Bauland gilt als weiterer Grund dafür, dass zu wenig gebaut wird. Gedaschko kritisierte darüber hinaus, dass für eine zügige Abwicklung von Bauanträgen in den Ämtern zu wenig Personal zur Verfügung stehe. Deswegen dauerten Baugenehmigungen viel zu lange. Je nachdem, für welches baurechtliche Verfahren sich die Behörde entscheide, könne es bis zur Fertigstellung des Bauvorhabens zwischen dreieinhalb und sieben Jahren dauern, sagte Gedaschko. […]

Nach Angaben des GdW gab es 2002 bundesweit rund 2,6 Millionen Wohnungen mit Preisbindung. 2016 waren es nur noch 1,3 Millionen Wohnungen. Nach Einschätzungen der Wohnungswirtschaft werden jährlich 80 000 neu gebaute Sozialwohnungen benötigt, um die Lücke langsam wieder zu schließen. Nach bisheriger Lage sind die Länder für den sozialen Wohnungsbau verantwortlich, der Bund stellt den Ländern aber bis 2019 sogenannte Kompensationsmittel bereit.

[…] Gedaschko forderte, dass der Bund in Verantwortung bleibe: „Wenn dafür das Grundgesetz geändert werden muss, dann kann man das angehen.“

Silke Kersting: Miese Bilanz beim Wohnungsbau, http://www.handelsblatt.com/finanzen/immobilien/hohe-baukosten-und-fehlende-grundstuecke-miese-bilanz-beim-wohnungsbau/v_detail_tab_print/20021256.html; 05. 07. 2017

M 4 Baufertigstellungen von Wohnungen in Wohn- und Nichtwohngebäuden in Deutschland in den Jahren 2002 bis 2020 (in Tausend)

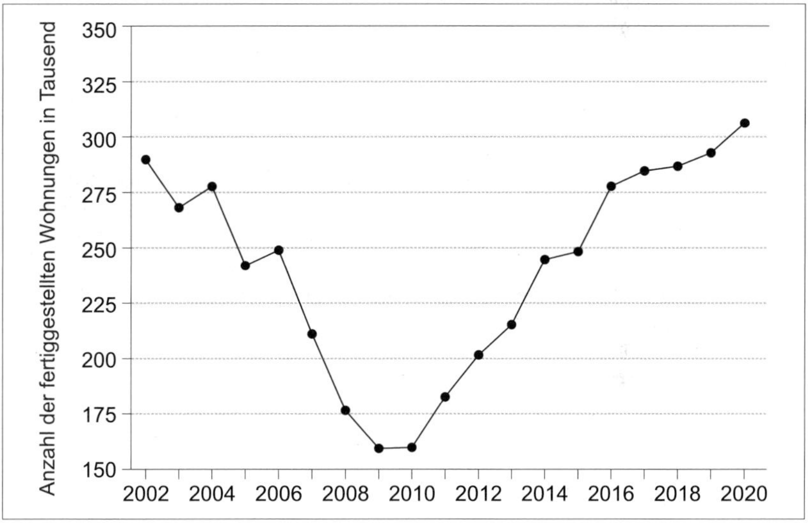

Daten nach: Statistischem Bundesamt 2021

Anmerkung: Wird weniger als die Hälfte eines Gebäudes für Wohnzwecke genutzt, zählt dieses der Definition nach nicht zu den Wohngebäuden.

M 5 Städte in Deutschland mit den höchsten Kaufpreisen für Eigentumswohnungen im Vergleich der Jahre 2016 und 2021 (in € pro m²)

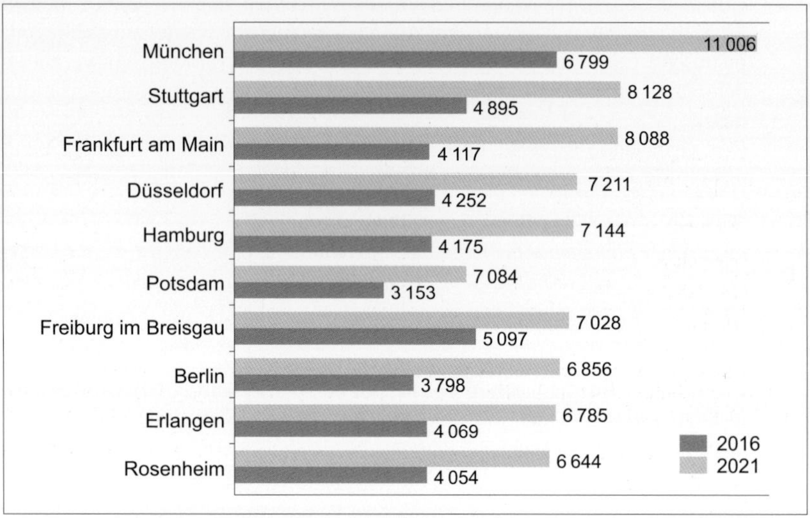

Daten nach: empirica 2022

M 6 Anzahl der Sozialmietwohnungen in Deutschland (in Tausend)

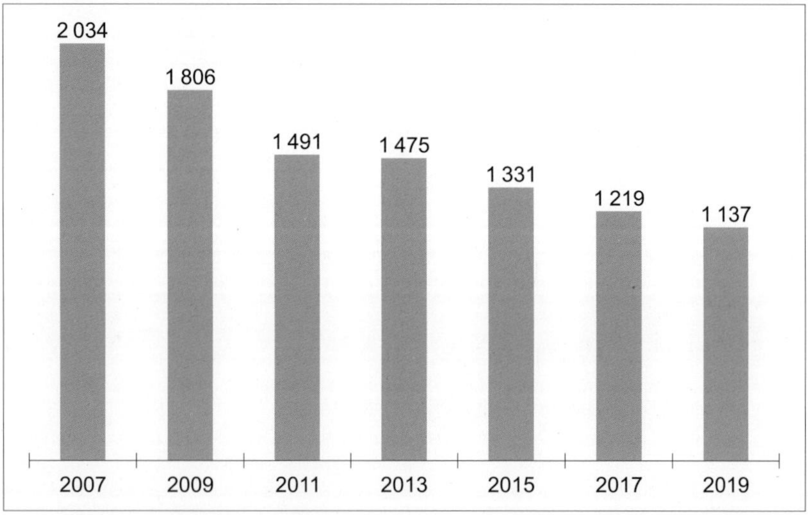

Daten nach: Deutscher Bundestag

M 7 Mietbelastung nach Neuvermietung in ausgewählten Städten Deutschlands (2021)

Stadt	Mietbelastungsquote (in %)
München	34,0
Konstanz	27,6
Frankfurt am Main	33,3
Wiesbaden	27,6
Düsseldorf	28,1
Stuttgart	32,6
Hamburg	31,9
Heidelberg	30,1
Berlin	37,3

Lesehilfe: In München müssen für eine 65-Quadratmeter-Wohnung von einem durchschnittlichen Haushaltseinkommen eines Zweipersonenhaushalts 34 Prozent für die Miete aufgewendet werden. Die Städte sind absteigend nach Haushaltseinkommen sortiert.

eigene Zusammenstellung, Daten nach: QUIS, GdW

Lösungsvorschlag

Die Lösungsvorschläge stellen nur eine mögliche Antwort dar. Andere Lösungsmöglichkeiten sind zugelassen, wenn sie der Aufgabenstellung entsprechen und sachlich richtig sind.

1. *„Analysieren" bedeutet hier, die Materialien 4 bis 7 systematisch und gezielt zu untersuchen und auszuwerten. Dabei sind die formalen Regeln der Materialarbeit zu berücksichtigen (z. B. die Formulierung eines Basissatzes, der Auskunft gibt über den Inhalt, die Gestaltung und das Erscheinungsdatum des Materials). Achten Sie bei den Statistiken auf Extreme, Unterschiede und auch kontinuierliche Veränderungen. Zudem ist es wichtig, dass Sie sich die Zeit nehmen, die Statistiken genau zu lesen, dabei sollten Sie vor allem die Beschriftung der Achsen beachten.*

M 4: Wohnungsbau

Material 4 zeigt ein Liniendiagramm nach Zahlen des Statistischen Bundesamtes, das Auskunft gibt über die **Baufertigstellungen** von Wohnungen in Wohn- und Nichtwohngebäuden in Deutschland in den Jahren 2002 bis 2020. Die Angaben sind auf der y-Achse in Tausender-Einheiten abgetragen. Auf den ersten Blick sichtbar wird ein **starker Rückgang** der Werte zu Beginn des Betrachtungszeitraums. Zwischen 2002 und dem Tiefpunkt im Jahr 2009 halbierte sich die Zahl der fertiggestellten Wohnungen beinahe. Ab 2010 jedoch stieg die Anzahl kontinuierlich, sodass sie im Jahr 2020 mit über 300 000 sogar um die 150 000 Einheiten über dem Ausgangswert lag.

M 5: Quadratmeterpreise

Material 5 basiert auf Daten von *empirica*. Das Balkendiagramm vergleicht **Städte mit den höchsten Quadratmeterpreisen** für Eigentumswohnungen, und zwar in den Jahren 2016 und 2021. Die Quadratmeterpreise sind in Euro angegeben. Die Werte lassen die Einschätzung zu, dass sich innerhalb von fünf Jahren eine Preisexplosion ereignet hat. In München, dem Spitzenreiter bei den absoluten Eigentumspreisen, erhöhte sich der Wert um rund 60 Prozent, **in Frankfurt am Main hat er sich nahezu verdoppelt** und in **Potsdam** stieg er um ganze **124 Prozent**. Die Aufstellung lässt den Rückschluss zu, dass es einen Zusammenhang zwischen den Wohnungspreisen und der Wirtschaftsstärke in den betreffenden Regionen gibt.

M 6: Bestand an Sozialwohnungen

Material 6 ist ein Säulendiagramm aus dem Jahr 2021 und stützt sich auf Zahlen des Deutschen Bundestags. Gezeigt wird der **Bestand an Sozialmietwohnungen** in Deutschland zwischen 2007 und 2019. Die Tendenz ist eindeutig: Der Wert sank kontinuierlich. Existierten zu Beginn des Betrachtungszeitraums in Deutschland noch gut zwei Millionen Sozialmietwohnungen, so nahm dieser Wert innerhalb von zwölf Jahren auf gut 1,1 Millionen ab. Der Bestand **reduzierte** sich demnach um 44 Prozent.

Material 7 zeigt in tabellarischer Form 2021 veröffentlichte Zahlen, die Auskunft über die **Mietbelastungsquote** in Deutschland geben. Die Prozentzahlen führen vor Augen, wie hoch der Teil des Einkommens ist, der für die Miete verwendet wird. Spitzenreiter der ausgewählten Werte ist Berlin, wo die Menschen 37,3 Prozent ihres Einkommens für die Miete veranschlagen müssen. Es folgen mit München, Frankfurt und Stuttgart Städte mit hoher Wirtschaftskraft und angespannten Immobilienmärkten, was sich auf die Höhe des Mietzinses auswirkt. Alle Städte in der Tabelle sind zudem Standorte von Hochschulen.

M 7: Mietbelastungsquote

Zusammenfassend kann man konstatieren, dass das vorliegende Material eine **Krise am Wohnungsmarkt** nahelegt. Zwar haben sich die Baufertigstellungen in den letzten Jahren wieder deutlich erhöht, allerdings nahm der Bestand an Sozialwohnungen kontinuierlich ab. Zudem verteuerte sich der Erwerb von Wohneigentum, das vor Mieterhöhungen schützt und eine Absicherung für das Alter darstellt, zum Teil erheblich. Die Zahlen lassen vermuten, dass vor allem wirtschaftsstarke Regionen unter Wohnungsnot leiden, da dort der Wohnungsbau nicht mit der Nachfrage nach Arbeitskräften Schritt hält.

Fazit: Wohnungsnot

2. *Bei diesem Vergleich müssen Sie die in den Artikeln M 2 und M 3 vorgebrachten Positionen einander gegenüberstellen. Am Ende muss ein Fazit formuliert werden, das die Gemeinsamkeiten und die Unterschiede in der Argumentation auf den Punkt bringt. Stellen Sie die Positionen der Autoren möglichst neutral dar. Ihre persönliche Meinung spielt bei dieser Aufgabe keine Rolle.*

Beide Autoren thematisieren die Lage auf dem deutschen Wohnungsmarkt und kommen dabei zu unterschiedlichen Erklärungen der Ursachen.

Themen

Thomas Öchsner befasst sich in seinem am 14. 11. 2017 in der Süddeutschen Zeitung erschienenen Artikel „Draußen sein und draußen bleiben" **(M 2)** mit der sich intensivierenden Wohnungsnot in Deutschland. So sei die Zahl der Menschen, die auf der Straße leben, zwischen 2014 und 2016 um 13 000 auf 52 000 gestiegen (vgl. Z. 4 ff.). Nehme man die Zahl der Menschen ohne eigene Wohnung, aber z. B. mit einem Platz in einer Notunterkunft hinzu, ergebe sich eine Steigerung um 150 Prozent (vgl. Z. 10 f.), was freilich im Zusammenhang mit dem **Zustrom von Flüchtlingen** im Jahr 2015 zu sehen sei. Öchsner zitiert einen Vertreter der BAGW, dem zufolge eine **verfehlte Wohnungspolitik** für die Krise verantwortlich sei (vgl. Z. 16 ff.). Zwei Probleme seien dabei besonders dringlich (vgl. Z. 30 f.): Zum einen gebe es heute in Deutschland merklich weniger **Sozialwohnungen** als in der Bundesrepublik allein vor der Wiedervereini-

M 2 Öchsner: verfehlte Wohnungspolitik

gung (vgl. Z. 33 ff.). Der Neubau von Sozialwohnungen hinke weiterhin deutlich dem Bedarf hinterher (vgl. Z. 40 ff.). In den zurückliegenden Jahren habe die öffentliche Hand zudem „Wohnungsbestände an große Immobilienkonzerne und andere **private Investoren** verkauft“ (Z. 43 f.). Zum anderen fehlten „Millionen **Kleinwohnungen**“ (Z. 47) für Singles. Und die Knappheit an Wohnungen lasse den Mietpreis steigen (vgl. Z. 49 f.). Vor allem für Gering- und Durchschnittsverdiener werde es immer schwieriger, bezahlbaren Wohnraum zu finden. Auch deshalb müsse sich der **Bund stärker im Wohnungsbau** engagieren (vgl. Z. 57 ff.).

M 3 Kersting: falsche Rahmenbedingungen

In ihrem am 05. 07. 2017 im Handelsblatt erschienenen Artikel „Miese Bilanz beim Wohnungsbau“ **(M 3)** setzt Silke Kersting andere Akzente als Öchsner. Aber auch sie gelangt zu einer unmissverständlichen **Diagnose:** „Seit Jahren werden in Deutschland weniger Wohnungen gebaut als benötigt.“ (Z. 34) „Haushalte mit mittleren und niedrigen Einkommen“ (Z. 35 f.) seien in einer besonders prekären Lage. Und der Vertreter der Wohnungswirtschaft, dessen Ansichten Kersting weitgehend übernimmt, fordert ebenfalls ein **fortgesetztes Engagement des Bunds** im Bereich des Wohnungsbaus (vgl. Z. 68 f.). Die Ursachen für die Wohnungsnot werden indes bei den Rahmenbedingungen des Wohnungsbaus gesehen. Erstens sei die „**Akzeptanz** der Bevölkerung für das Bauen“ (Z. 25 f.) zurückgegangen. Zweitens gelinge es durch die **Mietpreisbremse** nicht, den Wohnungsmangel zu entschärfen (vgl. Z. 31 f.). Drittens seien die **Baukosten** seit dem Jahr 2000 deutlich gestiegen, was beispielsweise an „restriktiver gewordenen Verordnungen zur Energieeinsparung“ (Z. 40 f.) sowie einem „kaum noch überschaubare[n] Regelwerk“ (Z. 45) liege und die Schaffung neuen Wohnraums an die „Grenze der Wirtschaftlichkeit“ (Z. 42) führe. Viertens verteuerten auch „**wachsende Ansprüche** an die Wohnqualität“ (Z. 49), z. B. mit Blick auf die Energieeffizienz und die Einbruchssicherheit, das Bauen. Fünftens fehle **Bauland**, während, sechstens, **bürokratische Prozesse** das Errichten neuer Wohnungen verzögerten (vgl. Z. 55 ff.). Die Ursachen, die in Kerstings Artikel vorgebracht werden, folgen demnach einer angebotstheoretischen Argumentation.

Fazit des Vergleichs

Vergleicht man beide Artikel, so stimmen sie in der Krisendiagnose insofern überein, als sie einen **eklatanten Mangel an bezahlbarem Wohnraum** in Deutschland konstatieren und an die besondere Verantwortung des Bundes erinnern, der Misere abzuhelfen. Allerdings moniert Öchsner vor allem eine verfehlte Wohnungsbaupolitik, die z. B. durch die Privatisierung kommunaler Wohnungsbestände gekennzeichnet wird. Diese Situation werde durch den Zustrom von Flüchtlingen weiter verschärft. Kersting dagegen beklagt hauptsächlich **ungünstige Rahmenbedingungen**. Diese verhinderten etwa durch ein Übermaß an Regulierung, dass sich der Wohnungsbau optimal entfalten könne.

3. *Bei dieser Aufgabe müssen Sie zwei weitere Dimensionen der Gerechtigkeit im Kontext der Debatten über den Sozialstaat im Zusammenhang beschreiben und mit Beispielen und Belegen erklären. In der folgenden Antwort wird auf die Generationengerechtigkeit und die Leistungsgerechtigkeit eingegangen. Zur Beantwortung dieser Aufgabe stellen die Materialien keine Informationen zur Verfügung. Im Abitur ist meistens eine Aufgabe enthalten, bei der Sie lediglich auf Ihr Wissen aus dem Unterricht zurückgreifen müssen.*

Generationengerechtigkeit

Generationengerechtigkeit: Der Begriff der Generationengerechtigkeit zielt darauf ab, eine gerechte und in diesem Sinne auch nachhaltige **Verteilung von materiellen Ressourcen und Lasten**, Lebenschancen und Lebensqualität unter den Generationen zu garantieren. Im Mittelpunkt stehen dabei meist die Fragen nach einer tragbaren **Staatsverschuldung** („schwarze Null") sowie nach der Finanzierbarkeit der umlagefinanzierten **Rentenversicherung**. Dies ist v. a. vor dem Hintergrund eines erweiterten Leistungskatalogs wie der Mütter- oder Grundrente relevant. Berücksichtigt werden müssen freilich auch die **Übertragung von Wohlstand** zwischen den Generationen, auch privat geleistete Transfers von Wohlstand zwischen Eltern und Kindern (z. B. Bildungsausgaben), und **Vermögensübertragungen**, z. B. durch Erbschaften. Hinzu kommen **staatliche Investitionen** in die Infrastruktur, die zwar möglicherweise schuldenfinanziert sind, aber für künftige Generationen einen Mehrwert abwerfen. Der Sozialstaat hängt aufgrund der Umlagefinanzierung der Sozialversicherungen entscheidend von der Solidarität zwischen den Generationen ab, weshalb die Generationengerechtigkeit bei Reformen des Sozialstaats stets zu berücksichtigen ist.

Leistungsgerechtigkeit

Leistungsgerechtigkeit: Der Begriff der Leistungsgerechtigkeit fußt auf dem sog. **Äquivalenzprinzip**, demzufolge die Wirtschaftssubjekte nach ihrer **persönlichen Leistung** entlohnt werden, die marktbezogen bestimmt wird. Die individuelle Leistung wird dabei in der Regel durch ihren Beitrag zum Bruttoinlandsprodukt definiert. Eine strikte Anwendung des Leistungsprinzips kann indes den **sozialen Frieden** gefährden, da hohe Einkommensunterschiede möglich sind und Menschen mitunter zur Überbewertung der eigenen Leistung neigen (vgl. die Debatte über Managergehälter). **Ausnahmen** von der objektiv messbaren Leistungsgerechtigkeit sind im Rahmen des Sozialstaats erforderlich bei denjenigen Personen, die noch nicht oder nicht mehr am Markt agieren oder dort z. B. wegen Krankheit nicht vollumfänglich teilnehmen können. Außerdem gibt es für eine Gesellschaft essenzielle Leistungen, die nicht über den Markt gehandelt werden (z. B. die Pflege Angehöriger). Im Zusammenhang mit den Debatten über die Erbschafts- und die Vermögenssteuer wird zudem regelmäßig auf die **Problematik des mühelosen Einkommens** verwiesen, das im Widerspruch zur Leistungsgerechtigkeit stehe.

4. *„Erörtern" verlangt hier, die Notwendigkeit staatlicher Intervention zur Korrektur von Marktprozessen abzuwägen. Am Ende der – verschiedene Perspektiven berücksichtigenden – Erörterung muss ein begründetes Urteil gefällt werden.*

Korrektur von Marktprozessen

In beiden Artikeln (M 2 und 3) wird angesichts der grassierenden Wohnungsknappheit ein stärkeres bzw. bleibendes Engagement des Bundes gefordert, um gegen den nicht zu leugnenden Mangel wirkungsvoll vorzugehen. Dieser Appell ist Bestandteil einer **kontroversen Debatte**, die den Sozialstaat seit dessen Anfängen begleitet. Die **Korrektur von Marktprozesssen**, insbesondere von Marktversagen ist v. a. mit Blick auf konkret zu ergreifende Maßnahmen umstritten, nicht zuletzt deshalb, weil unterschiedliche Akteure – Haushalte, Unternehmen, Staat – zum Teil verschiedene Interessen verfolgen und **Zielkonflikte** im politischen Alltag damit praktisch unvermeidlich sind.

Argumente für eine Intervention des Staates

Für eine staatliche Intervention spricht die Erhaltung einer funktionsfähigen **Wettbewerbsordnung** und damit fairer Marktprozesse, die z. B. durch Monopole oder Kartelle (vgl. das von 1997 bis 2011 existierende Lkw-Kartell) gefährdet würden. Das 1957 verabschiedete **Gesetz gegen Wettbewerbsbeschränkungen**, dessen Anwendung dem Bundeskartellamt, dem Bundeswirtschaftsministerium und der Europäischen Kommission obliegt, soll ein zentrales Prinzip einer funktionierenden Marktwirtschaft gewährleisten. Mithilfe des Kartellverbots und der Fusionskontrolle soll verhindert werden, dass das Leistungsprinzip, die Orientierung der Produktion an den Bedürfnissen der Konsumenten und die Durchsetzung technologischer Innovationen hintertrieben werden.

Ein weiteres Argument für staatliche Eingriffe in die Marktwirtschaft ist die **Bekämpfung von Marktversagen**. Die Gründungsväter der Sozialen Marktwirtschaft wollten eine Marktwirtschaft, aber **keine Marktgesellschaft**. Marktversagen zeigt sich beispielsweise an einer massiven Ungleichverteilung von Einkommen, aber auch an einer Wohnraumverknappung, die es selbst Beziehern mittlerer Einkommen schwer macht, ihren Traum vom Eigenheim zu verwirklichen. Um soziale Härten abzufedern, aber auch um den gesellschaftlichen Zusammenhalt im Sinne des Gemeinwohls und die **Akzeptanz der marktwirtschaftlichen Ordnung** zu fördern, greift der Staat zum Mittel der **Umverteilung**.

Im Übrigen zeigt die seit gut vier Jahrzehnten andauernde Debatte über die „**Grenzen des Wachstums**", dass der Umgang mit endlichen Ressourcen nicht allein den ungebändigten Kräften des Marktes überlassen werden darf. Die Fortschritte, die seit den Siebzigerjahren im Umweltschutz erzielt wurden, sind im Wesentlichen staatlicher Intervention zu verdanken. Diese reagiert auch auf ein **verändertes gesellschaftliches Bewusstsein**.

Die **Wirtschafts- und Finanzkrise**, die in wechselnder Intensität seit 2008 die Schlagzeilen beherrscht, liefert ebenfalls ein Argument für **staatliche Stabilisierungspolitik**. Sieht man von Extremfällen wie der Teilverstaatlichung der Commerzbank in Deutschland und der Schnürung von Rettungspaketen auf europäischer Ebene ab, so bezieht sich die Forderung nach einem stärkeren staatlichen Engagement v. a. auf die Rahmenbedingungen wirtschaftlichen Handelns. Die staatlich verordnete Begrenzung von Bonuszahlungen für Banker und die Diskussion über eine Deckelung von Managergehältern zielen auf die Beseitigung von Fehlanreizen. Diese hatten nämlich in der Vergangenheit zur Tätigung riskanter Geschäfte geführt, für die im Fall eines Scheiterns der Staat und damit die Steuerzahler geradestehen müssen.

Schließlich spricht das im Stabilitätsgesetz von 1967 („magisches Viereck") geforderte Ziel eines **angemessenen Wirtschaftswachstums** dafür, staatliche Eingriffe zum Beispiel in Gestalt von **Investitionen** vorzunehmen. Indem Steuergelder in den Bereich der Forschung und Entwicklung gelenkt werden, stärkt der Staat das Innovationspotenzial der Wirtschaft und trägt damit zum Wirtschaftswachstum bei.

Argumente gegen eine Intervention des Staates

Gegen eine Einmischung des Staats in Marktprozesse spricht zunächst das Argument, dass dadurch die **Kreativität** und die **Eigenverantwortung** der Marktteilnehmer geschwächt werden können. Von diesen hängt jedoch der ökonomische Erfolg einer Gesellschaft ab. Der Staat kann prinzipiell nur das verteilen, was er zuvor eingenommen hat, weshalb er sich auf den **ordnungspolitischen Rahmen** beschränken sollte, um den Marktteilnehmern nicht unnötige Fesseln anzulegen, die Innovationen behindern. Dies würde außerdem im Widerspruch zu den Fundamenten einer freien Gesellschaft stehen.

Ein weiteres Argument gegen staatlichen Interventionismus ist der Verdacht, dass der Staat nicht in der Lage ist bzw. kein Interesse daran hat, diesen optimal umzusetzen. So steht zu befürchten, der Staat greife stets dann ein, wenn es ihm politisch opportun erscheine. Vor allem in Zeiten des Wahlkampfs findet dann ein **Überbietungswettbewerb** statt, bei dem staatliche Wohltaten meist um den Preis nachfolgender Steuererhöhungen erkauft werden. In den vergangenen Jahren wurden stets Maßnahmen gegen die Wohnungsknappheit versprochen, die aktuelle Situation (vgl. M 4 bis 7) lässt jedoch darauf schließen, dass den Worten keine wirksamen Taten folgten. Obendrein gehorcht staatliche Intervention i. d. R. sehr **kurzfristigen Interessen**, die nicht mit einer nachhaltigen ökonomischen Entwicklung in Einklang stehen.

Hinzu kommt schließlich, dass der im Zeichen des **Keynesianismus** vollzogene Ausbau staatlicher Tätigkeit und Regulierung über Jahrzehnte zu einem erheblichen Anstieg der **Staatsverschuldung** geführt hat. Hohe Schulden schränken nicht nur gerade in Krisenzeiten den Aktionsradius des Staats erheblich ein, sie machen ihn auch anfällig für die Attacken der Finanzmärkte, sei es in Form von Wetten auf einen Staatsbankrott, sei es in Gestalt von Ratings, die über die Refinanzierungsmöglichkeiten der Staatsschuld mitentscheiden. Und die Politik der „schwarzen Null" bürdet dann einer Generation, welche die Schulden nicht aufgetürmt hat, die notwendigen Sparleistungen auf.

Die Frage, wie stark der Staat zur Korrektur von Marktprozessen eingreifen soll, hängt immer auch von **politischen Zielsetzungen** ab, die z. B. je nach Partei anders ausfallen. Eine für alle Einzelfälle gültige Faustregel erscheint unrealistisch, vielmehr müssen die politisch Verantwortlichen in jeder konkreten Situation prüfen, inwiefern die angestrebten Maßnahmen mit den **Prinzipien der Sozialen Marktwirtschaft** übereinstimmen. Fazit

Abiturprüfung Gemeinschaftskunde – Baden-Württemberg
Übungsaufgabe 2: Gesellschaft

Leitthema: Herausforderungen und Perspektiven des Sozialstaats: Ende oder Wende?

Die Bundesrepublik Deutschland gilt vielen gerade im Bereich der sozialen Sicherung als vorbildlich. Gleichzeitig werden durch wachsende Herausforderungen für den Sozialstaat die Diskussionen um dessen künftige Ausgestaltung im Hinblick auf unterschiedliche Interessen und das Gemeinwohl immer lauter und die Frage nach seiner künftigen Ordnung und Struktur immer drängender.

Aufgaben:

1.	Stellen Sie von M 1 ausgehend Aufgaben und Ziele des Sozialstaats dar.	12 VP
2.	Analysieren Sie ausgehend von M 2 a – M 2 d Herausforderungen für den Sozialstaat.	16 VP
3.	Erläutern Sie den von Alexander Hagelüken in M 3 beschriebenen Ansatz zur Bewältigung der Sozialstaatskrise.	12 VP
4.	WAHLAUFGABE Alexander Hagelüken behauptet, Verhaltensexperimente versprächen, „das Sozialsystem effizient zu ergänzen und Dinge zu erreichen, die sonst nicht zustande kämen“ (Z. 61 f.). Bewerten Sie einen weiteren Ansatz, die Sozialstaatskrise zu bewältigen. ODER Als sozialpolitischer Sprecher einer Jugendorganisation wurden Sie gebeten, eine Rede auf der Tagung „Krise und Reform des Sozialstaats“ zu halten. Gestalten Sie eine Rede zum Thema „Perspektive des Sozialstaats – Ein möglicher Weg aus der Krise“.	20 VP
		60 VP

M 1 Grundgesetz

M 2 a Ausgaben für den Sozialstaat

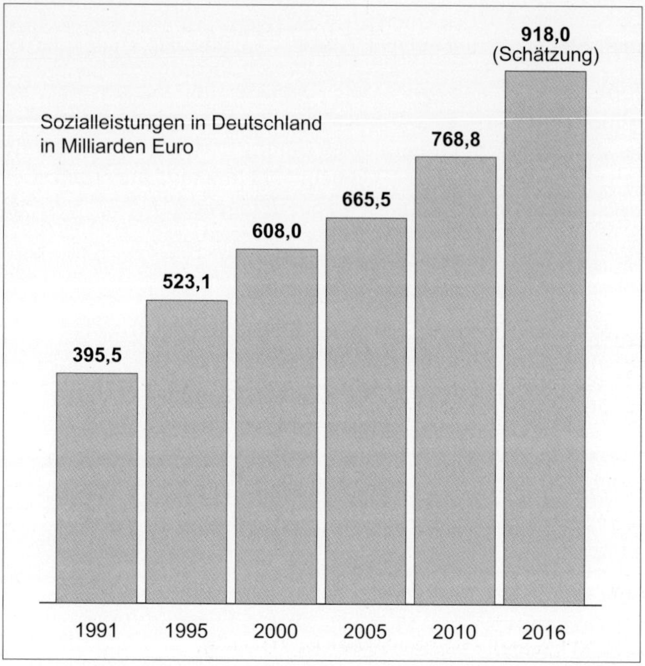

Daten nach http://www.bmas.de/SharedDocs/Downloads/DE/PDF-Publikationen/a-101-17-sozialbericht-2017.pdf?__blob=publicationFile&v=2

M 2 b Arbeitslosigkeit

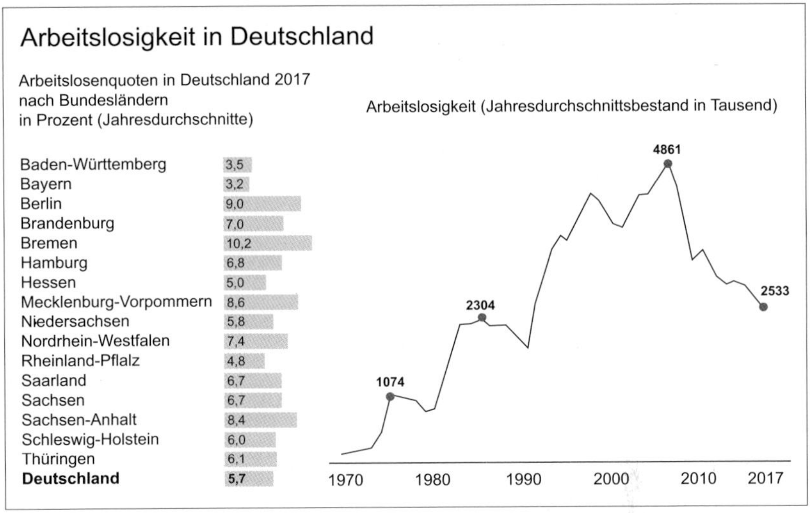

Daten nach: https://statistik.arbeitsagentur.de/Navigation/Statistik/Statistische-Analysen/Analyse-in-Grafiken/Jaehrliche-Zeitreihen/Jaehrliche-Zeitreihen-Nav.html und https://www.statistik-bw.de/Arbeit/Arbeitslose/AL_ arbeitslosenQuote.jsp

M 2 c Rentenversicherung

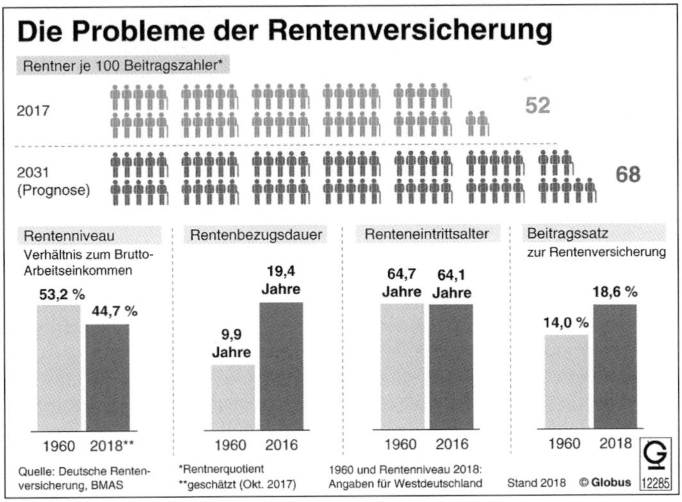

picture-alliance/dpa-infografik

M 2d Deutsche Lebensbäume

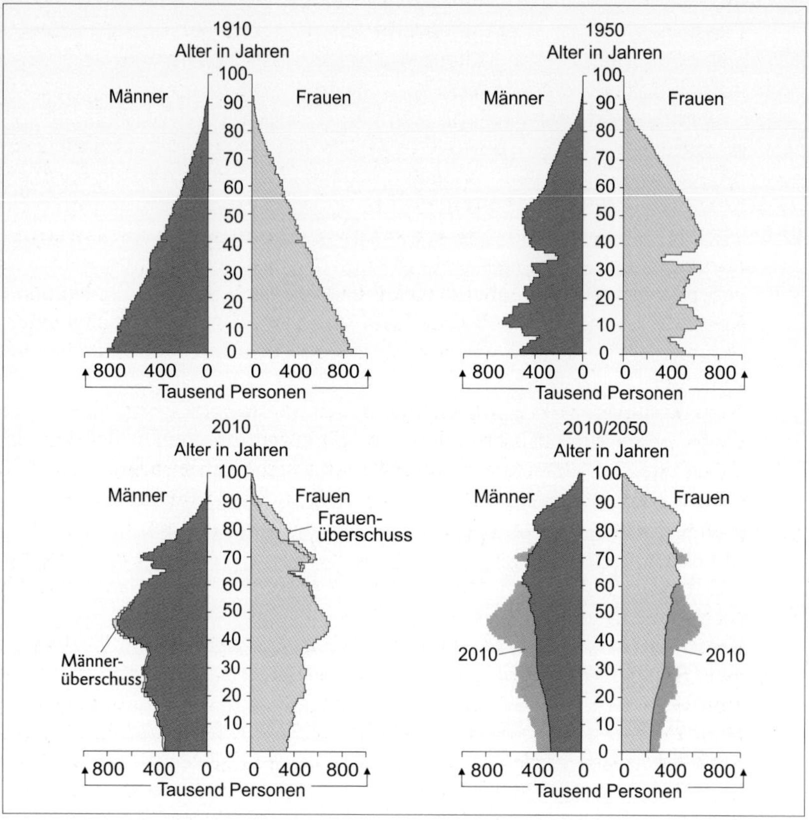

Statistisches Bundesamt, 13. Koordinierte Bevölkerungsvorausberechnung für Deutschland

M 3 Alexander Hagelüken, Schubs den Sozialstaat

Wenn einmal im Jahr der Nobelpreis für Wirtschaft verliehen wird, lässt das die Öffentlichkeit oft kalt. Zu abstrakt klingen die Theorien mancher Ökonomen. Zu weit zurück liegen die Erkenntnisse zuweilen. Der aktuelle Nobelpreis für den Verhaltensökonomen Richard Thaler dagegen scheint sofort einsichtig. Es wird ja viel diskutiert, ob sich Menschen besser mit sanften Nudging-Anstößen[1] à la Thaler als mit Appellen oder Strafen steuern lassen, eingefahrene Gewohnheiten wie Rauchen oder Fastfood aufzugeben, deren Schaden sie im Grunde selbst erkennen.

Anlässlich des Nobelpreises lohnt es, mal über die engere Debatte um Thaler'sche Anschubsereien zum Energiesparen oder Organspenden hinauszudenken. Und die Auszeichnung für den Verhaltensökonomen als nudge zu nutzen, menschliches Verhalten dort sanft zu steuern, wo ein Großteil der öffentlichen Finanzen ausgegeben wird – im Sozialstaat. Trotz der unbestrittenen Erfolge gibt es quer durch alle Weltanschauungen Frust darüber, was traditionelle Sozialpolitik nicht hinbekommt. Zum Beispiel verteilt die Bundesrepublik über Steuern gewaltig um, doch die Kluft zwischen Besser- und Wenigerverdienern nimmt noch zu. Und obwohl in einem reichen Land genug Geld für alle möglichen Maßnahmen vorhanden ist, hält sich im Beschäftigungsrekord ein hartnäckiger Sockel Arbeitslose. [...]

Wo traditionelle Politik scheitert, schaffen Verhaltensökonomen neue Chancen. Forscher experimentieren etwa damit, Arbeitslosen motivierende Tipps zu geben, damit sie in möglichst vielen Quellen nach Stellen fahnden und eigene Kontakte anzapfen. Das Projekt deckt auf, dass Jobsuche an mangelndem Wissen oder Selbstbewusstsein der Betroffenen scheitert – und an fantasielosen Behörden.

Noch kreativer wirkt ein Experiment, das Startnachteile von Kindern aus bildungsfernen Elternhäusern adressiert. Ehrenamtliche helfen bei den Hausaufgaben und üben den Umgang mit Mitmenschen ein. Sie stärken schulische und soziale Fähigkeiten – und ebnen den Weg in den Beruf. Traditionelle Sozialpolitik dagegen bewirkt oft selbst mit viel Geld wenig, weil sie erst mit jungen Menschen in Kontakt kommt, wenn sie Schule und Ausbildung abbrechen. Dadurch drohen dauerhaft Hilfsjobs oder Arbeitslosigkeit – und mehr gesellschaftliche Ungleichheit.

Kreativ auf das Verhalten von Menschen einzuwirken ist ein Ausweg aus den zwei Sackgassen der Sozialstaatsdebatte: Betonierung und Institutionalisierung. Von links ist oft zu hören, Deutschland würde gerechter, wenn nur endlich Hartz IV oder Arbeitslosengeld deutlich steigen. Diese Position übersieht, wie Sozialleistungen Zustände eben auch betonieren, je länger sie fließen. Staatliche Zahlungen machen zu einem gewissen Grad abhängig. Wer einem Arbeitslosen dagegen mit Verhaltensanstößen zu Arbeit verhilft, macht ihn unabhängig. Nobellaureat[2] Thaler würde vielleicht sagen: Dieser zweite Weg berücksichtigt den Faktor Mensch.

Die zweite Sackgasse ist, für ein Problem ein Amt zu gründen – und dann seine Aufgabe lieblos exekutieren zu lassen. Unvergessen, wie einst im Skandal um die Bundesanstalt für Arbeit herauskam, dass die Behörde mehr sich selbst verwaltete, als Jobs zu vermitteln. Heute bewirkt die modern klingende Beurteilung von Jobberatern nach Vermittlungserfolgen, dass sich Jobberater auf leichtere Fälle konzentrieren und Ältere oder Alleinerziehende links liegen lassen.

Bürokratien neigen dazu, sich zu verselbständigen. Sie brauchen ständig innovative Injektionen, um ihre Aufgaben zu erfüllen. Wirklich modern wäre es, das ganze Leben eines Arbeitslosen zu berücksichtigen. Einer Alleinerziehenden einen Job zu vermitteln, bringt wenig, wenn sie keinen Hortplatz für ihre Kinder findet. Modellprojekte lassen Sozialarbeiter dabei helfen – und länger

Arbeitslosen Anstöße geben, die Scham und Selbstaufgabe zu überwinden, die sie häufig lähmt.
Für diesen Ansatz müsste man nicht mal Richard Thaler bemühen, sondern nur existente Programme deutschlandweit ausdehnen. Doch die Politik lässt diese Modelle als Einzelfälle verkümmern – und erstarrt in ritualisierten Auseinandersetzungen zwischen links (mehr Geld!) und rechts (der Sozialstaat ist zu teuer!). Dabei versprechen die Verhaltensexperimente, das Sozialsystem effizient zu ergänzen und Dinge zu erreichen, die sonst nicht zustande kämen.
Der Einwand gegen Thaler, die Steuerung des Verhaltens manipuliere den Menschen gegen seine Interessen, greift hier kaum. Wie viele Arbeitslose oder Hilfsjobber sind schon glücklich mit ihrer Lage? Die meisten von ihnen fühlen sich nicht genötigt, sondern alleingelassen.

Alexander Hagelüken: Schubs den Sozialstaat, http://www.sueddeutsche.de/politik/marktwirtschaft-schubs-den-sozialstaat-1.3709013, 15. 10. 2017

Anmerkungen
1 nudge (engl.): Schubs (dt.)
2 Nobellaureat (engl.): Nobelpreisträger (dt.)

Lösungsvorschlag

Die Lösungsvorschläge stellen nur eine mögliche Antwort dar. Andere Lösungsmöglichkeiten sind zugelassen, wenn sie der Aufgabenstellung entsprechen und sachlich richtig sind.

1. *Der Operator „darstellen" verlangt hier von Ihnen, dass Sie die Aufgaben und Ziele des Sozialstaats strukturiert und zusammenhängend verdeutlichen. Dabei sollen Ihre Ausführungen von der Verankerung des Sozialstaats im Grundgesetz ausgehen, sich aber keinesfalls darauf beschränken.*

Auch wenn das Grundgesetz (M 1) keine detaillierten Aussagen über Umsetzung oder einzelne Aspekte der Sozialstaatlichkeit macht und der Parlamentarische Rat davon abgesehen hat, ein verbindliches Modell des Sozialstaats vorzuschreiben, wird die Bedeutung der Sozialstaatlichkeit im **Grundgesetz** deutlich. Die konkrete Ausgestaltung jedoch wird weitgehend dem Gesetzgeber überlassen. *(kurze Einleitung)*

Artikel 20 des Grundgesetzes wird als „**Verfassung in Kurzform**" bezeichnet, da die Sätze in den ersten drei Absätzen deren wichtigste Strukturprinzipien enthalten. Damit greift das Grundgesetz die Tradition fast aller geschriebenen Verfassungen auf, zentrale Grundsätze zur Organisation und zum Selbstverständnis des jeweils verfassten Staats in einem einzigen Verfassungsartikel zusammenzufassen. *(Verfassungsprinzipien)*

Art. 20 Abs. 1 GG lautet: „Die Bundesrepublik Deutschland ist ein demokratischer und **sozialer** Bundesstaat.“ Dies beinhaltet neben dem republikanischen Prinzip und dem Föderalismus auch das Demokratie- und das **Sozialstaatsprinzip** als wesentliche und fundamentale Aussagen über die verfassungsrechtliche Identität der BRD. Während beispielsweise das Demokratieprinzip als Staatsstrukturprinzip gilt, wird die Sozialstaatlichkeit als **Staatszielbestimmung** bezeichnet. Diese zielt auf die Verpflichtung des Staats ab, die Bürgerinnen und Bürger gegen soziale Risiken wie Krankheit, Arbeitslosigkeit und Pflegebedürftigkeit weitgehend abzusichern.

Sozialstaatsprinzip

Wie elementar und wichtig dies den Verfassungsvätern war, zeigt sich im besonderen Schutz des Art. 20 GG durch die sogenannte **„Ewigkeitsklausel“**, **Art. 79 Abs 3 GG**. Diese erklärt „[e]ine Änderung dieses Grundgesetzes, durch welche […] die in den Artikeln 1 und 20 niedergelegten Grundsätze berührt werden, [für] unzulässig“. Somit genießt auch das Prinzip der Sozialstaatlichkeit eine besondere Bedeutung und ist ein unumstößlicher Baustein unseres Staatswesens.

Neben Art. 20 Abs. 1 GG wird das Sozialstaatspostulat noch an einer weiteren Stelle im Grundgesetz explizit erwähnt. **Art. 28 Abs. 1 GG** legt fest, dass „die verfassungsmäßige Ordnung in den Ländern […] den Grundsätzen des […] **sozialen Rechtsstaats** im Sinne dieses Grundgesetzes entsprechen“ muss. Doch anders als das Rechtsstaatsprinzip wird der Sozialstaatsauftrag nur an wenigen Stellen des Grundgesetzes im Einzelnen konkretisiert. Vielmehr verpflichtet er die Verfassung zu zwei allgemeinen Zielen: den **sozialen Ausgleich** und die **soziale Sicherheit**.

sozialer Ausgleich und soziale Sicherheit

Der soziale Ausgleich zielt vor allem darauf ab, Unterschiede zwischen sozial schwachen und sozial starken Personengruppen oder Personen zu verringern und damit für einen **Ausgleich der sozialen Gegensätze**, also für eine **gerechte Sozialordnung** zu sorgen. Darüber hinaus soll der Staat die Existenzgrundlagen seiner Bürger sichern und unabhängig von der Pflicht zum sozialen Ausgleich **Daseinsvorsorge** betreiben. Also den Menschen nicht nur in **Notlagen** helfen, sondern diesen, wenn möglich, aktiv vorbeugen. Dabei findet sich hierzu im Grundgesetz keine genaue Regelung, denn Daseinsvorsorge vollzieht sich in vielen einzelnen Politikfeldern und umfasst die eigentliche **Sozialpolitik** genauso wie die Steuerpolitik, Bildungspolitik oder auch Arbeitsmarktpolitik.

Insgesamt wurde das Sozialstaatsprinzip von den Verfassungsvätern als **dynamisches Prinzip** angelegt und ist darauf ausgerichtet, immer wieder angepasst und modifiziert zu werden, denn soziale Gerechtigkeit lässt sich nicht ein für alle Mal verbindlich definieren. Vielmehr hängt sie von der wirtschaftlichen und sozialen Entwicklung sowie vom gesellschaftlichen Bewusstsein ab.

Menschenwürde

Da jedoch **Art. 1 GG** ebenso wie Art. 20 GG in der Ewigkeitsklausel genannt wird, sind die Achtung und der Schutz der **Menschenwürde** ebenfalls unumstößlich. Der Schutz der Menschenwürde besitzt zwei Funktionen. Zum einen dient er als Abwehrrecht gegen verletzende staatliche Maßnahmen, zum anderen dient er aber auch dem Schutz gegen Verletzungen durch Dritte, wodurch ein **Schutzanspruch** durch den Staat gewährt werden soll. In Verbindung mit dem Sozialstaatsprinzip des Art. 20 Abs. 1 folgt aus Art. 1 Abs. 1 zudem ein **Leistungsanspruch** gegen den Staat auf Gewährleistung des Existenzminimums. Als ein weiteres Beispiel für die staatliche Verpflichtung, soziale Sicherheit zu gewährleisten, kann **Art. 6 Abs. 4 GG**, ein soziales Grundrecht, gelten. Darin wird festgelegt, dass „[j]ede Mutter […] Anspruch auf den Schutz und die Fürsorge der Gemeinschaft" hat. Auch hier ist die genaue Regelung wieder dem Gesetzgeber überlassen.

kurzes Fazit

Zusammenfassend lässt sich daher sagen, dass die **Ziele** des Sozialstaats, sozialer Ausgleich und soziale Sicherheit, im Grundgesetz an exponierter Stelle verankert sind. Die **Aufgaben**, die sich jedoch aus dieser Verpflichtung ergeben, unterliegen ständigen Veränderungen, sodass auch der Gesetzgeber fortwährend nachjustieren muss.

2. *Das Analysieren der Herausforderungen des Sozialstaats bedeutet hier, die vorliegenden Materialien systematisch und gezielt auf ihre Problematik im Zusammenhang mit dem Sozialstaat hin zu untersuchen und auszuwerten. Die Formulierung „ausgehend von" zeigt Ihnen, dass Sie weitere Aspekte in diesem Zusammenhang ergänzen müssen. Die formalen Regeln der Materialarbeit sind ebenfalls einzuhalten.*

M 2 a: Entwicklung der Ausgaben

Bei Material **M 2 a** handelt es sich um ein Säulendiagramm, das dem Sozialbericht 2017 des Bundesministeriums für Arbeit und Soziales entstammt und die **Ausgaben für Sozialleistungen** in Milliarden Euro abbildet. Zwischen 1991 und 2016 lässt sich eine kontinuierliche Ausgabensteigerung ablesen. In nur 15 Jahren haben sich die Ausgaben für Sozialleistungen mehr als verdoppelt. Bei Fortbestehen dieser Entwicklung ist daher die **Finanzierung** des Sozialstaats als eine Herausforderung deutlich erkennbar.

Eine Ursache und gleichzeitig weitere Herausforderung für den Sozialstaat lässt sich aus **M 2 b** ablesen. Die Grafik, die den Statistischen Analysen der Arbeitsagentur entnommen wurde, beinhaltet ein **Kurvendiagramm**, das den Jahresdurchschnittsbestand an Arbeitslosen in Tausend seit dem Jahr 1970 abbildet und gleichzeitig anhand eines **Balkendiagramms** die Arbeitslosenquote des Jahres 2017 nach Bundesländern zeigt.

M 2 b: Entwicklung der Arbeitslosenzahlen

Vor allem das Kurvendiagramm ist auf den ersten Blick aussagekräftig, da es eindrücklich vor Augen führt, dass trotz eines deutlichen **Rückgangs der Arbeitslosenzahlen** seit dem Jahre 2005 um 48 % auf rund 2,5 Millionen noch immer ein **großer Sockel an Arbeitslosen** zu verzeichnen ist. Diese Arbeitslosen belasten den Sozialstaat doppelt, da sie einerseits Leistungen beziehen und andererseits nicht einzahlen. Dass sich **Arbeitslosigkeit** für die Betroffenen auch **im Alter** bemerkbar macht, lässt sich zwar aus der vorliegenden Grafik nicht entnehmen, stellt aber bekanntermaßen eine weitere Herausforderung für den Sozialstaat dar. Denn unterbrochene Erwerbsbiografien führen häufig zu geringen Rentenzahlungen, sodass **Altersarmut** ein wachsendes Problem darstellt. Die positive Entwicklung der Arbeitslosenzahlen muss also durchaus relativiert werden. Dies gilt umso mehr, wenn man berücksichtigt, dass die Berechnung der Arbeitslosenzahlen im dargestellten Zeitraum mehrfach verändert wurde und zum Teil durchaus kreative Wege gefunden wurden, um die Arbeitslosenzahlen niedrig zu rechnen. Vor diesem Hintergrund ist die **Aussagekraft des Diagramms deutlich eingeschränkt** und die durchschnittliche Arbeitslosenquote von 5,7 % im Jahre 2017 mit weniger Euphorie im Hinblick auf die Zukunft des Sozialstaats zu betrachten. Aussagekräftiger wäre die Unterbeschäftigungsstatistik der Arbeitsagentur, in der auch Ein-Euro-Jobber und Erwerbslose, die sich weiterbilden lassen, auftauchen.

Arbeitslosigkeit als doppelte Belastung

Aussagekraft

Fest steht aber, dass das Problem der Arbeitslosigkeit in der Bundesrepublik sehr ungleich verteilt ist und die Arbeitslosenquote mit 3,2 % in Bayern und 10,2 % in Bremen große regionale Unterschiede aufweist.

regionale Unterschiede

Eng mit der Entwicklung der Arbeitslosigkeit sind auch die **Probleme der Rentenversicherung** verbunden, die in **M 2 c**, basierend auf Daten des BMAS und der deutschen Rentenversicherung, grafisch dargestellt werden. Deutlich zu erkennen ist dabei, dass die gesetzliche Rentenversicherung vor großen Herausforderungen steht. Nach Schätzungen mussten bereits im Jahre 2017 100 Beitragszahler 52 Rentner finanzieren. Dieser **Rentnerquotient** wird sich jedoch Prognosen zufolge bis zum Jahr 2031 auf 68 erhöht haben. Dies bedeutet zwangsläufig, dass der

M 2 c: Probleme der Rentenversicherung

steigender Rentnerquotient

Beitragssatz zur Rentenversicherung, der im Vergleich zu 1960 im Jahr 2018 bereits um 4,6 Prozentpunkte auf 18,6 % gestiegen ist, weiterhin deutlich angehoben werden muss. Zumindest wenn man das Rentenniveau von (geschätzten) 44,7 % des Bruttoarbeitseinkommens erhalten will.

Wie groß diese Aufgabe für den Sozialstaat künftig sein wird, wird vor allem ersichtlich, wenn man berücksichtigt, dass sich das **Renteneintrittsalter** seit 1960 kaum verändert hat. 2016 lag es bei 64,1 Jahren. Die **Rentenbezugsdauer** jedoch hat sich im genannten Zeitraum auf 19,4 Jahre fast verdoppelt. Die höhere Lebenserwartung, die sich auch in **M 2 d** ablesen lässt, wirkt sich negativ auf die Finanzierung des Sozialstaats aus.

längere Rentenbezugsdauer

Das Altern der deutschen Gesellschaft lässt sich anhand der **Lebensbäume**, basierend auf der 13. Koordinierten Bevölkerungsvorausberechnung des Statistischen Bundesamts beschreiben und als Herausforderung für die Zukunft des Sozialstaats erkennen: Das Altern der heute stark besetzten mittleren Jahrgänge in Deutschland bei gleichzeitig andauerndem Rückgang der Geburtenzahlen führt zu gravierenden Verschiebungen in der Altersstruktur der Bevölkerung Deutschlands, die das Festhalten am **Generationenvertrag** faktisch unmöglich machen wird. Darüber hinaus werden auch die **Kranken- und Pflegeversicherung** deutlich belastet. Denn mit dem demografischen Wandel steigt der Bedarf an Gesundheitsleistungen, obwohl die 60-Jährigen von heute gesünder sind als die 60-Jährigen von früher. Um die Krankenversicherung funktionsfähig zu halten, sehen die Reformentwürfe mehr Eigenbeteiligung und Zuzahlungen vor. Die Krankenversicherung wird zusätzlich durch die Kosteneffekte des **medizintechnischen Fortschritts** belastet. Zusammenfassend stellt also das Altern der Gesellschaft den Sozialstaat vor Probleme.

M 2 d: demografische Entwicklung

Finanzierung der Kranken- und Pflegeversicherung

Eine weitere aktuelle Belastung für den Sozialstaat besteht aufgrund der **Zuwanderung**. Zwar mag diese das Durchschnittsalter der Bevölkerung senken und den in M 2 d für das Jahr 2050 prognostizierten Lebensbaum verjüngen, aktuell bedeutet sie jedoch Mehrausgaben. Sie erhöht die Zahl der Leistungsempfänger und fordert gleichzeitig Mehrausgaben für Qualifikation und Integration.

Zuwanderung

Neben den bereits dargestellten Herausforderungen belasten auch **Veränderungen in der Arbeitswelt** den deutschen Sozialstaat. So wächst beispielsweise durch die **Globalisierung**, als einem externen Faktor, der Kostendruck auch auf deutsche Unternehmen. Deren Abwanderung in Billiglohnländer verschärft das Problem der Arbeitslosigkeit und schürt Zweifel an der Finanzierbarkeit der Sozialsysteme. Gleiches gilt für die **Indus-**

Globalisierung

Digitalisierung

trie 4.0, die zweifelsfrei Arbeitskräfte freisetzen wird, der man sich aber dennoch nicht verschließen darf, um künftig auf dem Weltmarkt bestehen zu können.

Zusammenfassend lässt sich eine Vielzahl von Herausforderungen für den Sozialstaat erkennen, die an seinen Säulen **Kranken-, Renten-, Arbeitslosen- und Pflegeversicherung** rütteln. Bei den meisten davon handelt es sich um **interne Faktoren**, wie beispielsweise eine geringe Geburtenrate, **externe Faktoren**, wie beispielsweise Globalisierungsfolgen (inkl. Zuwanderung), belasten den Sozialstaat jedoch ebenso.

kurze Zusammenfassung

3. *Hier müssen Sie eine zusammenhängende Beschreibung des im Text vorgeschlagenen Ausweges aus der Sozialstaatskrise liefern. Anschauliche Beispiele sind ebenso erforderlich wie das Einhalten der formalen Kriterien beim Umgang mit Texten.*

In seinem Artikel „Schubs den Sozialstaat“, der am 15. 10. 2017 in der Süddeutschen Zeitung erschien, erläutert Alexander Hagelüken einen ungewöhnlichen Weg aus der Sozialstaatskrise.

kurze Einleitung, Vorstellung der Quelle

Er beschreibt darin die Überlegungen des nobelpreisgekrönten Verhaltensökonomen Richard Thaler und behauptet, diese könnten „das Sozialsystem effizient […] ergänzen“ (Z. 61 f.) und so aus der Sackgasse führen, in der nicht nur die Sozialstaatsdebatte, sondern der Sozialstaat selbst stecke.

Hagelüken konstatiert **mangelnde Effizienz** bzw. das Scheitern traditioneller Sozialpolitik (vgl. Z. 20) und führt als Belege die wachsende Kluft zwischen Arm und Reich sowie die anhaltend hohe Sockelarbeitslosigkeit an (vgl. Z. 16 ff.). Seiner Einschätzung zufolge krankt der Sozialstaat an zwei Hauptfaktoren, der „**Betonierung und Institutionalisierung**“ (Z. 35 f.) bestehender Zustände einerseits und der überbordenden **Bürokratie** andererseits (vgl. Z. 43 ff.).

Beschreibung des Ist-Zustandes, Kritik an der Sozialpolitik

Diese Probleme zu überwinden, schafften jedoch die ritualisierten Herangehensweisen keiner Partei. Vielmehr, so Hagelüken, bedürfe es eines kleinen „Schubs[es]“ (vgl. Titel) für den Sozialstaat. Damit meint er ein **kreatives Einwirken auf menschliches Verhalten**. In seiner Argumentation stützt sich Hagelüken auf Erkenntnisse der Verhaltensökonomie, die davon ausgeht, **menschliches Verhalten sanft** durch Hilfestellung und Motivation **steuern** zu können (vgl. Z. 11 ff.).

Anstöße und Motivation („nudging“)

Der vom Autor beschriebene Schubs bezieht sich somit nicht nur auf den Sozialstaat, sondern vor allem auf diejenigen, die in seinen bürokratischen Mühlen gefangen sind. Traditionelles sozialstaatliches Vorgehen, so der Autor, scheitere vor allem daran, dass der „**Faktor Mensch**“ unberücksichtigt bleibe (vgl.

ganzheitliche Betrachtung von Problemlagen

Z. 41 f.). Einzelne Projekte und Modelle, beispielsweise um Arbeitslose bei der Jobsuche zu unterstützen oder um die Chancengerechtigkeit von Kindern zu erhöhen, zeigten jedoch, dass gerade dies für erfolgreiche Maßnahmen entscheidend sei. Lösungsansätze, um Menschen in Problemlagen helfen zu können, müssten, so Hagelüken, das ganze Leben der Betroffenen berücksichtigen (vgl. Z. 52 ff.) und damit auch deutlich weniger „lieblos“ (Z. 44) ausgeführt werden.

Hagelüken fordert in seinem Artikel also keinesfalls eine radikale Reform oder gar eine Abkehr vom Sozialstaat. Er schlägt allenfalls vor, den Sozialstaat in die richtige Richtung zu lenken, indem seine Bewohner motiviert und angeschubst werden. Anders als durch Appelle oder Strafen sieht er durch **individuelle, positive Bestärkung** und **Unterstützung** die Möglichkeit, das Sozialsystem zu ergänzen und damit **effektiver** zu gestalten. Zusammenfassung

4. *Bei dieser Aufgabe können Sie zwischen zwei Formaten wählen: der „klassischen“ Bewertung oder der kreativeren Variante, der Rede. Inhaltlich unterscheiden sich die Aufgaben nicht. Ausschlaggebend für die Punktevergabe ist die Stringenz der Gedankenführung – nicht die Anzahl der genannten Argumente. Bitte beachten Sie, dass Sie in beiden Formen eine persönliche Stellungnahme abgeben, in der Ihre Wertmaßstäbe deutlich werden. Sollten Sie sich für die gestaltende Aufgabe entscheiden, so sind die formalen Kriterien einer politischen Rede zu berücksichtigen.*
Die folgenden Aspekte können in beiden Aufgabentypen angeführt werden.

Der Sozialstaat gehört zu den institutionell, kulturell und mental tief verankerten Elementen unserer modernen Gesellschaft und er trägt maßgeblich zur Stabilisierung unseres Gemeinwesens und des sozialen Friedens bei. Dabei muss der Sozialstaat mit all seinen Maßnahmen den jeweiligen **ökonomischen, politischen und soziokulturellen Rahmenbedingungen** seiner Zeit gerecht werden und somit heute ganz andere Probleme bewältigen als zu Zeiten Otto von Bismarcks. Angesichts **neuer großer Herausforderungen** (vgl. auch Aufgabe 2) scheinen die sozialstaatlichen Institutionen sowie politischen Lösungsstrategien und Instrumente den sozialen Problemlagen häufig nicht mehr angemessen. zielführende Einleitung

Da das **Sozialstaatsprinzip** ein sehr dynamisches ist (vgl. auch Aufgabe 1), hat der Gesetzgeber die Möglichkeit, Anpassungen vorzunehmen. Doch ein Mehr an sozialer Gerechtigkeit auf der einen Seite weckt oftmals Ungerechtigkeitsempfinden und Ansprüche auf der anderen. Jeder Eingriff in das System Sozialstaat muss daher im Vorfeld genau überprüft werden. Dabei ist nicht nur entscheidend, ob vorgesehene Reformansätze **effektiv**, also mögliche Bewertungskriterien geeignet sind, den Sozialstaat aus der Krise zu führen, sondern sie sollten das auch noch **effizient**, also unter Verwendung möglichst geringer Mittel tun, denn die **Finanzierbarkeit** spielt in Zeiten klammer Haushalte und der „schwarzen Null“ eine ganz maßgebliche Rolle. Darüber hinaus darf – trotz allen Ermessensspielraumes, den das **Grundgesetz** ermöglicht – die Menschenwürde keinesfalls verletzt oder der in Art. 20 Abs. 1 postulierte Sozialstaatsgedanke in seinem Wesensgehalt angetastet werden. Des Weiteren sind **nachhaltige** Lösungen, die Probleme des Sozialstaats dauerhaft zu lösen versprechen, politischen Strohfeuern natürlich vorzuziehen. Doch diesen Ansprüchen gerecht zu werden und gleichzeitig noch das Ideal zu erfüllen, mehr soziale **Gerechtigkeit** zu erzielen, die **Freiheit** der Menschen zu erhalten und deren soziale **Sicherheit** zu stärken, scheint quasi unmöglich.

Revolution statt Reform: das BGE

Seit Längerem werden umfangreiche Maßnahmen und Ansätze diskutiert, um den Sozialstaat aus der Krise zu führen. Das **Bedingungslose Grundeinkommen** (BGE) ist einer davon.

kurze Beschreibung des Ansatzes

Das Bedingungslose Grundeinkommen, das jeder erhalten soll, ganz ohne Zwang zur Arbeit und ohne Nachweis seiner Bedürftigkeit, galt lange Zeit als weltfremd, als idealistische Utopie. Doch diese Zeit scheint vorüber und das Konzept erfährt derzeit beispielsweise wegen eines (gescheiterten) Referendums in der Schweiz und eines (gescheiterten) Versuchs in Finnland enorme Aufmerksamkeit. Das BGE spricht so gut wie alle gegenwärtigen Sehnsüchte und Hoffnungen an: **Freiheit**, Überwindung von Armut und Not, **Teilhabe**, Selbstbestimmung, **gesellschaftlicher Zusammenhalt**, **Chancengleichheit**, größere Wagnisbereitschaft bei gleichzeitiger **Sicherheit** und Überwindung der Gefährdungen der **Demokratie**.

Bewertung anhand versch. Kriterien und Wertmaßstäbe

Ob dies alles **finanzierbar** ist? Darüber streiten sich Gegner und Befürworter des Konzeptes und vermutlich hängt die Finanzierbarkeit nicht nur ganz maßgeblich von der Höhe des BGE, sondern vor allem auch davon ab, welche derzeitigen Sozialleistungen dadurch entfielen. Kostenneutral wäre das BGE nur, wenn die Höhe deutlich unter der Armutsschwelle läge und darüber hinaus die Sozialversicherung komplett abgeschafft würde. Die „Idee BGE“ kann daher eigentlich nur aus radikal-wirtschaftsliberaler Sicht verlockend sein.

Auch was die **Gerechtigkeit** angeht, kann man geteilter Meinung sein, denn nur, weil jeder das Gleiche bekommt, muss das lange noch nicht gerecht sein. **Bedarfsgerechtigkeit** und **Leistungsgerechtigkeit** zumindest wären nicht erfüllt, da im Vergleich zum heutigen System eine größere Umverteilung von Menschen mit hohem Einkommen zu Menschen mit niedrigem

Einkommen stattfinden würde. Denn obwohl alle das BGE bekommen, müsste dieses aus Steuereinnahmen finanziert werden, zu denen die höheren Einkommen einen größeren Teil beitragen. Fraglich ist auch, ob die **emanzipatorische Hoffnung**, die vor allem die politische Linke mit dem Grundeinkommen verbindet, sich tatsächlich erfüllen kann. Denn wer davon ausgeht, dass Arbeit und Einkommen der Menschen voneinander entkoppelt werden können und Menschen dadurch ein individueller Ausweg aus den Zwängen des kapitalistischen Wirtschaftssystems eröffnet wird, wird an der Finanzierung scheitern und die eigentlich angestrebte zusätzliche **Freiheit** zumindest **nachhaltig** nicht erreichen.

Fazit

Wie die Bewertung aber auch ausfällt, ob man sich für Vernunft oder Verführung, für Erfahrung gegen das Experiment oder auch für den Gemeinsinn und gegen Geld entscheidet, fest steht, dass das BGE radikale Veränderungen bedeuten würde. Kurzfristig gäbe es durchaus mehrere Optionen, Reformen des Sozialstaats durchzuführen, die durchaus einige Vorteile des BGE mit sich bringen würden, aber einfacher zu finanzieren wären und weniger Unwägbarkeiten und Unsicherheiten bergen würden.

Alternativer Ansatz „Bildungspolitik“:
Konsens herrscht darüber, dass Bildungspolitik auch als Sozialpolitik betrachtet werden kann und muss und dass Bildung in Zeiten von Digitalisierung und globalem Wettbewerb der Schlüssel zum Erhalt von Deutschlands ökonomischer Stärke und damit auch sozialer Sicherheit ist. Nicht nur im Sinne der Chancengleichheit, sondern auch um die Finanzierbarkeit des Sozialstaats zu sichern, muss es künftig besser gelingen, Bildungschancen vom Elternhaus abzukoppeln und die nächste Generation ohne strukturelle Benachteiligungen an Bildungsangeboten teilhaben zu lassen. Dies gilt insbesondere im Hinblick auf die deutlich gestiegene Zahl an Zugewanderten. Bildungsangebote auszubauen und diese (wie auch in M 3 vorgeschlagen) zu individualisieren, wird aber erst in einigen Jahren Früchte tragen und darüber hinaus unter Umständen für den Erhalt des derzeitigen Sozialstaatsniveaus nicht genügen. Dennoch kann Bildungspolitik als nachhaltiges Instrument zur Überwindung der Sozialstaatskrise betrachtet werden. Gleichzeitig besteht ein belegter Zusammenhang zwischen Bildung und (politischer) Partizipation, sodass perspektivisch betrachtet ein hoher Bildungsgrad eines großen Teiles der Bevölkerung die Teilhabe am und damit Legitimation des Staatswesens erhöht. So dient er nicht nur der Stabilität, sondern auch der Zufriedenheit sowie dem Gemeinwohl.

Abiturprüfung Gemeinschaftskunde – Baden-Württemberg
Übungsaufgabe 3: Politisches System

Leitthema: Europa nach der Wahl: Wie stärken und schützen wir die Demokratie?

Gehen Sie von folgender Annahme aus: Eine parteiunabhängige Stiftung hat Sie als Experten gebeten, an einer Tagung teilzunehmen, bei der interessierte Bürgerinnen und Bürger die Ergebnisse der Europawahl diskutieren und sich mit der Frage auseinandersetzen, wie es um den Zustand der Europäischen Union und um die Demokratie in der Bundesrepublik bestellt ist.
In diesem Zusammenhang ist es Ihre Aufgabe, die Wahlergebnisse der Europawahl 2014 zu analysieren, Bewertungen dieser Ergebnisse zu vergleichen und anschließend Möglichkeiten zur Stärkung und zum Schutz der Demokratie in Deutschland zu beurteilen.

Aufgaben:

1. Analysieren Sie die Ergebnisse der Wahl zum Europäischen Parlament anhand der Materialien M 2 – M 5. — 10 VP

2. Vergleichen Sie, wie die Autoren von M 6 und M 7 die Ergebnisse der Europawahl 2014 bewerten. — 15 VP

3. Alexander Kissler bezeichnet das Wahlrecht als „das vornehmste Recht der Demokraten" (vgl. M 7, Z. 9).
   Beurteilen Sie vor diesem Hintergrund den Vorschlag, aus dem Wahlrecht in der Bundesrepublik Deutschland eine Wahlpflicht zu machen, um die Demokratie zu stärken. — 15 VP

4. WAHLAUFGABE

   Die in den Ländern der EU entflammte Debatte um einen „Rechtsruck", die Ergebnisse verschiedener Landtagswahlen in der Bundesrepublik, aber auch militante linke Ausschreitungen während des G20-Gipfels in Hamburg führten zu erneuten Debatten über die Wehrhaftigkeit unserer Demokratie.
   Bewerten Sie vor diesem Hintergrund die Entscheidung des Bundesverfassungsgerichts, den Antrag der Bundesländer, die NPD zu verbieten, abzulehnen.

   ODER
   Gestalten Sie vor diesem Hintergrund ein Streitgespräch zwischen einem Befürworter und einem Gegner der Entscheidung des Bundesverfassungsgerichts, den Antrag der Bundesländer, die NPD zu verbieten, abzulehnen. — 20 VP

60 VP

M 1 Grundgesetz

M 2 Ergebnisse der Europawahlen in Deutschland

	1979		1984		1989		1994		1999		2004		2009		2014	
	%	Sitze	%	Sitze	%	Sitze	%	Sitze	%	Sitze	%	Sitze	%	Sitze	%	Sitze
Wahlbeteiligung	65,7	81	56,8	81	62,3	81	60,0	99	45,2	99	43,0	99	43,3	99	48,1	96
CDU	39,1	34	37,5	34	29,5	25	32,0	39	39,3	43	36,5	40	30,7	34	30,0	29
CSU	10,1	8	8,5	7	8,2	7	6,8	8	9,4	10	8,0	9	7,2	8	5,3	5
(CDU + CSU)	49,2	42	45,9	41	37,8	32	38,8	47	48,7	53	44,5	49	37,9	42	35,4	34
SPD	40,8	35	37,4	33	37,3	31	32,2	40	30,7	33	21,5	23	20,8	23	27,3	27
Grüne	3,2	–	8,2	7	8,4	8	10,1	12	6,4	7	11,9	13	12,1	14	10,7	11
FDP	6,0	4	4,8	–	5,6	4	4,1	–	3,0	–	6,1	7	11,0	12	3,4	3
Die Linke*	–	–	–	–	–	–	4,7	–	5,8	6	6,1	7	7,5	8	7,4	7
REP	–	–	–	–	7,1	6	3,9	–	1,7	–	1,9	–	1,3	–	0,4	–
AfD	–	–	–	–	–	–	–	–	–	–	–	–	–	–	7,1	7
Sonstige	0,8	–	3,7	–	3,8	–	6,3	–	3,7	–	7,9	–	9,5	–	8,5	7

Daten: Bundeswahlleiter, eigene Berechnungen
* bis 2004 PDS

Nach: http://www.wahlrecht.de/ergebnisse/europa.htm

M 3 Wahlbeteiligung in Europa. Stimmenanteile 2014 in Prozent

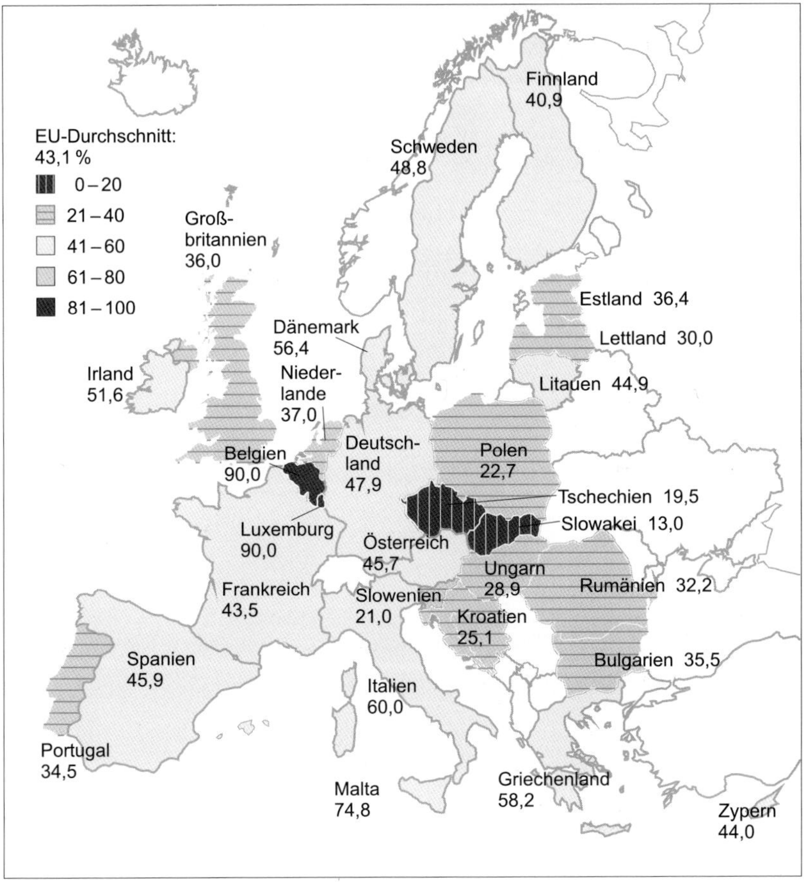

Daten: Europäisches Parlament

M 4 Mehrheiten in den EU-Staaten nach der Europawahl 2014

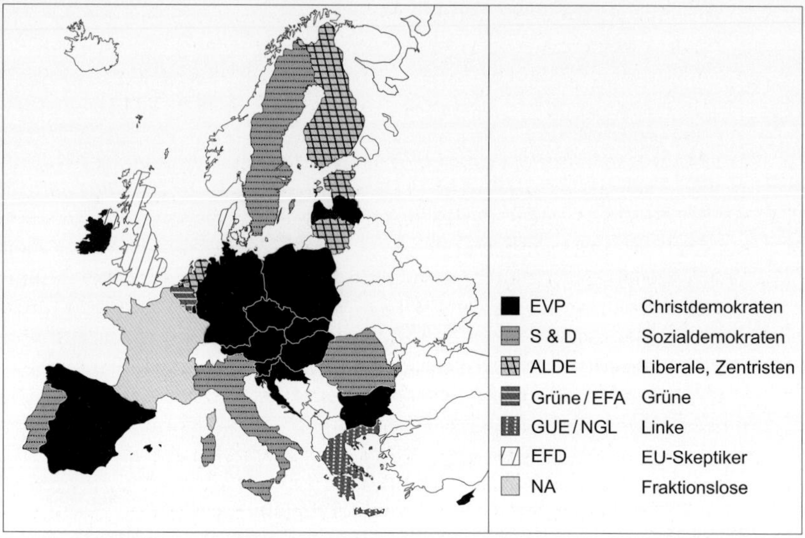

Daten: PollWatch2014

M 5 Kandidaten für mögliche neue Allianzen im künftigen Europaparlament

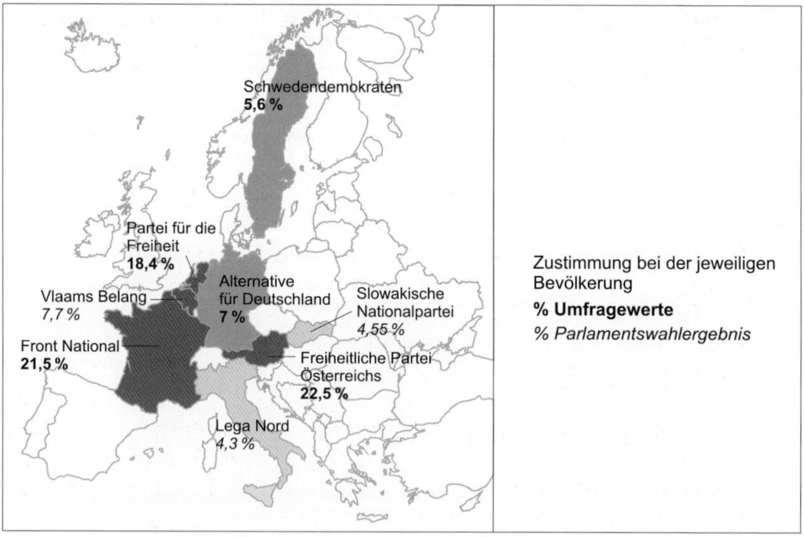

Daten: Europäisches Parlament, AFP. Umfragedaten: qz.com/Data: Electionista

M 6 Alexander Görlach, Ein schlechter Tag für Europa

Vor Gefahren durch rechte Europafeinde im neuen Europäischen Parlament ist vor den Wahlen eindeutig gewarnt worden. „Nein, nein“, werden viele von diesen nun sagen, wenn sie diesen Vorwurf lesen. Nicht gegen Europa, sondern „nur“ gegen die EU. Gegen den Kontinent habe man nichts, nur gegen die Bürokraten in Brüssel.

Gegen eine ruhig dahintriftende Landmasse kann man auch in der Tat nichts haben. Aber ist das wirklich so, dass man gegen ein vereintes politisches Europa und gleichzeitig ein Verfechter eines anders gearteten, eines alternativ gestalteten Europas sein kann? Wenn man für Landmasse schwärmt, dann geht das. Wenn man unter Europa zumindest die Menschen verstehen will, die auf dieser Landmasse leben, dann wird es unmöglich. Denn Leben in Europa soll Frieden, Rechtsstaatlichkeit und Sozialstaatlichkeit bedeuten. Je mehr davon da ist, desto besser ist das. Je mehr man Kräfte und Anstrengungen bündelt, umso mehr profitieren die Bewohner der sogenannten Alten Welt davon. Die Vereinheitlichung des Rechts, die Vereinheitlichung von Normen und Vorschriften in allen gesellschaftlichen Bereichen vertiefen dieses Zusammenleben. Dafür braucht es das, was wir heute unter Begriffen wie „Brüssel“, „Straßburg“ oder „die EU“ subsumieren; Kooperation, Vereinheitlichung, Richtlinienkompetenz. […]

Die EU-Gegner sagen noch ein Zweites: Sie haben nichts gegen Kooperation zwischen den einzelnen Ländern, aber die Souveränität des Nationalstaats müsse doch gewahrt bleiben. Geht das zusammen: Souveränität und Kooperation? Natürlich geht das bis zu einem gewissen Grad. Aber um den Preis von Abschottung im schlimmsten und Abgrenzung im weniger, aber immer noch schlimmen Fall. Die Betonung der Nationalstaatlichkeit geht in den Fällen, die wir in Europa beobachten können, eben immer mit Abgrenzung oder Abschottung einher. Die Engländer sind gegen Einwanderer aus Polen, die Deutschen gegen Einwanderer aus Bulgarien und Rumänien, die Franzosen gegen Sinti und Roma. Ein „die“ und „wir“ sollte es bei der Vollendung des europäischen Projekts nicht mehr geben. Das Wahlergebnis wird diese Entwicklung sicher nicht umkehren.

Die Wahrheit ist, dass die Abgabe der Souveränität am Ende Politiker auf der lokalen, sogenannten nationalen, Ebene, zwar nicht überflüssig macht, aber ihre Bedeutung schmälert. Das allein ist der Grund, warum in vielen europäischen Ländern zum einen „ausrangierte“ Politikerinnen und Politiker nach Straßburg und Brüssel geschickt werden und zum anderen ein häufig an Schizophrenie grenzendes Gebaren an den Tag gelegt wird, dass „Brüssel“ kritisiert und wieder kritisiert. Das soll die Freude auf Europa nehmen. Brauchen wir die Gurkenkrümmung? Brauchen wir eine Olivenölkännchenverordnung? Sie wissen sicher, dass es beides in der Form, wie es von Politikern im Wahlkampf häufig behauptet wurde, so nicht gibt. […]

Die hässliche Saat ist aufgegangen. In vielen Ländern sind die Menschen von der Lust nach Abschottung und Abgrenzung getrieben. In England, in Frankreich, in Dänemark, in den Niederlanden – und auch bei uns in Deutschland. Nun sitzen die Abschotter und Ausgrenzer im Europaparlament. Sie werden nun von dort aus die Weiterentwicklung der europäischen Integration zu hintertreiben versuchen. Sie können unserer Friedensordnung und unserer Lebensweise einen größeren Schaden zufügen, als die letzte Finanzkrise und noch eine zweite dazu es je vermögen könnten.
Heute ist kein guter Tag für Europa. Dass SPD und Union nichts Besseres zu tun haben, als ihren jeweiligen Mann als Kommissionspräsidenten zu installieren, ist angesichts der Umstände eine Groteske.

Alexander Görlach: Ein schlechter Tag für Europa, The European vom 26.05.2014, https://www.derstandard.at/story/2000001553416/ein-schlechter-tag-fuer-europa

M 7 Alexander Kissler, Dennoch ein Triumph der Demokratie

[…] Der Siegeszug der Rechtspopulisten und die Wahlabstinenz in Osteuropa sollten nicht darüber hinwegtäuschen, dass die Europawahl urdemokratisch war: Das Volk hat gesprochen. Demokratie ist eben keine Veranstaltung der Bildungselite.
Auch diese 13 ist keine Glückszahl: Nur 13 Prozent der Stimmberechtigten nahmen in der Slowakei an den Wahlen zum Europäischen Parlament teil. Im tschechischen Nachbarstaat waren es knapp, in Slowenien und Polen etwas mehr als 20 Prozent. Länder, die vor historisch sehr kurzer Zeit noch diktatorisch regiert wurden, verschmähten das vornehmste Recht der Demokraten, das Wahlrecht. Oder nahmen sie es gerade durch Enthaltung wahr? Denn auch das gehört untrennbar zur Demokratie: das Recht zu schweigen. Es sind ebenfalls Diktaturen mitsamt ihrer gelenkten Demokratie gewesen, in denen die Untertanen Häuserblock für Häuserblock in die Wahllokale gekarrt wurden.
Diese Wahlen waren ein Triumph der Demokratie – sofern unter Demokratie nicht verstanden wird, dass alle sich einig sind. Demokratie meint, dass das Volk die Wahl hat und dass es mittels Wahlen herrscht. Dass die Stimme eines jeden Bürgers gleich viel zählt und dass diese Stimme frei und geheim abgegeben werden darf. Dass sich da niemand einmischt in die Entscheidung, dass jeder und jede unmittelbar vor dem Recht steht. Das sei nicht viel, das sei nur ein formales Prinzip? Das ist sehr viel, das ist beinahe alles, was es zum freiheitlichen, unkriegerischen Miteinander braucht. […]
Natürlich ist der Erfolg der griechischen Linksextremen ebenso wenig beifallpflichtig wie der Durchmarsch des Front National in Frankreich, die einen vulgären Staatssozialismus auf streng nationaler Grundlage verficht. Und ob der Sieg von UKIP der traditionell eh EU-skeptischen Politik Großbritanniens gut tut, steht sehr in den Sternen. Doch weil eben die Freiheit der Wahl auch die Freiheit zum Egoismus, die Freiheit selbst zur Unvernunft bedeutet, liegen hier

keine Kollateralschäden der Demokratie vor, im Gegenteil. In der Demokratie kommt nur dann Volkes Stimme zum Ausdruck, wenn das Volk reden darf, wie ihm der Schnabel gewachsen ist.

Aus demokratietheoretischer Sicht gibt es keine Schmuddelkinder, keine Rattenfänger, keine Populisten. Es gibt nur den mal mehr und mal weniger gelungenen Versuch, Menschen für eine Sache zu begeistern. Und ganz offensichtlich gelingt es derzeit in Italien, die Menschen für die EU zu begeistern, während die Menschen in Ungarn ein Ventil für ihre Vorbehalte suchten. Wer aber aus diesen Ergebnissen den Schluss zieht, es gäbe verschiedene Grade demokratischer Reife, der hat die Grundlektion nicht begriffen. Demokratie ist keine Pflanzstation zur Züchtung vorbildlicher Nachkommen. Sie ist auch keine Veranstaltung der Bildungselite und solcher, die sich ihr zugehörig fühlen. Demokratie ist der politische Abdruck des Lebens, schroff und ungeschlacht wie dieses.

Insofern befreit das Wahlergebnis von einigen liebgewonnenen Illusionen. Es zeigt teils drastisch, teils erfrischend, teils bedenklich und teils klug, dass das europäische Volk sich den Mund nicht verbieten lässt. Dass es die europäische Sache ernst nimmt, indem es der Politik der Europäischen Union mal die gelbe, mal die rote Karte zeigt, oder aber gelassen applaudiert. Niemand hat je gesagt, dass die Demokratie eine Schönwetterveranstaltung sei bei prallem Bankkonto und guter Verdauung.

Im Parlament wird sich nun zeigen, in welche Melodie die Parlamentarier das Votum übersetzen werden. Sollte es dabei hie und da schrill zugehen, hilft der Blick hin zur Musik. Auch diese ist am Beginn des 21. Jahrhunderts längst vom Ideal des schönen Klangs abgekommen. Eifrig musiziert wird dennoch.

Alexander Kissler: Dennoch ein Triumph der Demokratie, Cicero vom 27.05.2014, https://www.cicero.de/innenpolitik/europawahl-dennoch-ein-triumph-der-demokratie/57665

Lösungsvorschlag

Die Lösungsvorschläge stellen nur eine mögliche Antwort dar. Andere Lösungsmöglichkeiten sind zugelassen, wenn sie der Aufgabenstellung entsprechen und sachlich richtig sind.

1. *Der Operator „analysieren“ erfordert eine systematische und gezielte Untersuchung und Auswertung gegebener Materialien, die in Beziehung zueinander gesetzt werden sollen. Allein die Vielzahl der Materialien bei dieser Aufgabe macht deutlich, dass hier thematische Akzentuierungen von Ihnen selbst vorgenommen werden müssen.*

Einleitung, Bezug zur Aufgabenstellung

Bei den Materialien M 2 – M 5 handelt es sich um eine Statistik und drei Grafiken, die alle geeignet sind, die Ergebnisse der Wahl zum EU-Parlament 2014 zu analysieren, dabei jedoch unterschiedliche Aspekte beleuchten.

M 2: Vorstellung des Materials

Die Statistik in M 2 mit dem Titel „Ergebnisse der Europawahlen in Deutschland“ basiert auf Daten des Bundeswahlleiters und zeigt neben der Wahlbeteiligung von 1979 bis 2014 auch die von den einzelnen Parteien errungenen prozentualen Wählerstimmen sowie die jeweils erreichten Parlamentssitze.

M 2: Analyse

Im Hinblick auf das Ergebnis der Europawahl 2014 ist dabei festzustellen, dass sich die **Volksparteien CDU/CSU und SPD** mit 35,4 % und 27,3 % der Wählerstimmen als stärkste Parteien behaupten konnten. Im Vergleich zur ersten Europawahl im Jahr 1979 stellen diese Ergebnisse jedoch einen deutlichen Einbruch dar. Sowohl bei der CDU/CSU als auch bei der SPD lässt sich ein – mit Ausnahmen – kontinuierlicher **Abwärtstrend** feststellen. Der prozentuale Stimmenanteil der **CSU** hat sich dabei in den vergangenen 35 Jahren fast halbiert; mit 5,3 % bei der letzten Europawahl erreichte die Partei ihr schlechtestes Ergebnis in der Geschichte der Europawahlen. Die **Sozialdemokraten** konnten mit 27,3 % der Wählerstimmen 6,5 Prozentpunkte im Vergleich zur letzten Wahl zulegen, die CDU/CSU verlor dagegen 2,5 Prozentpunkte. Zu den Verlierern der Europawahl gehört auch die **FDP**, die mit nur noch 3,4 % (2009: 11,0 %) und entsprechend drei Sitzen im EU-Parlament vertreten ist. Dagegen konnten die **Grünen** einen Stimmenanteil von 10,7 % erzielen und ihr Ergebnis im Vergleich zu 1979 damit mehr als verdreifachen. Auch ihnen gelang es zwar nicht, den bisherigen Spitzenwert von 12,1 % aus dem Jahr 2009 zu halten, doch konnten sie sich als drittstärkste Partei etablieren.

Die wahren **Gewinner der Wahl 2014** waren jedoch im Grunde **Die Linke**, die mit 7,4 % das Ergebnis der letzten Wahl halten konnte (2009: 7,5 %), sowie die **AfD** („Alternative für Deutschland“). Sie trat erstmals bei einer Europawahl an und konnte gleich 7,0 % der Wählerstimmen auf sich vereinen. Sie erhielt somit mehr als doppelt so viele Wählerstimmen wie die FDP. Damit zogen aus Deutschland sieben Vertreter einer dezidiert europakritischen Partei in das Parlament ein. Die **Republikaner** erzielten bei der Wahl 2014 nur 0,4 % und sind damit weiterhin nicht im EU-Parlament vertreten.

Die **Wahlbeteiligung** legte gegenüber ihrem Tiefpunkt 2004 (43,0 %) um immerhin 4,8 Prozentpunkte zu, nahm jedoch seit 1979 um insgesamt 17,6 Prozentpunkte ab.

M 2: Zwischenfazit

Somit sind bei den Europawahlen weiterhin eine niedrige Wahlbeteiligung und eine Schwäche der Volksparteien zu beobachten. Profitiert haben davon v. a. der rechte (AfD) und der linke Rand (Die Linke) des Parteienspektrums.

M 3

Ein Blick auf die Grafik in M 3, welche auf Daten des EU-Parlaments beruht und sich mit der **Wahlbeteiligung in Europa** beschäftigt, zeigt jedoch, dass die Wahlbeteiligung in der **Bundesrepublik** mit rund 48 % (M 2: 48,1 %) über dem EU-Durchschnitt von 43,1 % lag.

Deutliche Abweichungen bezüglich der Wahlbeteiligung lassen sich sowohl nach unten als auch nach oben feststellen: **Belgien** und **Luxemburg** erreichten, wohl auch durch die dort geltende **Wahlpflicht**, Spitzenwerte von jeweils 90 %. Als Gegenbeispiel dient **Griechenland**. Dort gaben – ungeachtet der gesetzlichen Wahlpflicht – nur knapp 60 % der Wahlberechtigten ihre Stimme ab. Dies zeigt, dass der Europawahl von den Bürgern entweder wenig Bedeutung beigemessen wurde oder dass sie aufgrund der derzeitigen wirtschaftlichen und politischen Situation Griechenlands ganz bewusst auf ihre Stimmabgabe verzichtet haben.

In **Osteuropa** fiel die Wahlbeteiligung insgesamt deutlich niedriger aus als in den meisten west- und südeuropäischen Ländern. Nur in **Litauen** (44,9 %) und Zypern (44,0 %) erreichte die Wahlbeteiligung den EU-Durchschnittswert bzw. überstieg diesen sogar. In der **Slowakei** machte gerade einmal jeder Achte von seinem Wahlrecht Gebrauch.

Somit verläuft, was die Wahlbeteiligung angeht, ein Riss durch die EU und es ist festzustellen, dass die **demokratische Partizipation** in den früheren kommunistischen Ländern noch schwächer ausgeprägt ist als im Westen. Interesse an Europa scheint im Osten kaum jemand zu haben; womit allerdings die Frage nach dem „Warum“ noch nicht geklärt ist.

M 4

M 4, eine Grafik auf der Grundlage von PollWatch-Daten, bildet die **Mehrheiten** in den einzelnen EU-Staaten nach der Europawahl 2014 ab.

Dabei wird deutlich, dass die **Christdemokraten** in den meisten EU-Staaten die Mehrheit der Wählerstimmen erhielten. Die **So-**

zialdemokraten konnten sich in Schweden, Portugal, Italien und Rumänien durchsetzen, während **liberale Gruppierungen** in Finnland, Estland und Litauen, aber auch in den Niederlanden die Mehrheit errangen. Die einzig **linke** „Insel" Europas ist Griechenland, während nur in Belgien die **Grünen** dominierten. Auffällig sind Großbritannien und Dänemark, wo **euroskeptische Parteien** die Mehrheit erzielen konnten, sowie Frankreich, wo mit dem Front National eine rechtsextreme Partei die Mehrheit erhielt, die sich zu den Fraktionslosen zählt.
Die Karte veranschaulicht somit das Erstarken populistischer oder offen rechtsextremer Parteien bei der Europawahl 2014.
Die Bedeutung dieser Entwicklung wird noch klarer, wenn man einen Blick auf M 5 wirft. Zwar beruhen die hier vom EU-Parlament in Prozent angegebenen Werte auf Umfrageergebnissen und Ergebnissen nationaler Wahlen – also nicht auf den Ergebnissen nach der Europawahl –, doch lassen diese ebenfalls Aussagen über die Konsequenzen der Wahlergebnisse zu. M 5
Bereits im Vorfeld der Wahl waren demnach **Wahlerfolge der europaskeptischen oder gar -feindlichen Parteien** abzusehen. In Bezug auf den Front National in Frankreich (21,5 %) und die AfD in Deutschland (7 %) lassen sich diese auch anhand der anderen Materialien bestätigen.
Eine Gefahr für die EU bedeuten diese Wahlsiege, da sie neue Allianzen im EU-Parlament ermöglichen und da die europaskeptischen Parteien versuchen werden, die EU zu schwächen.
Zusammenfassend lässt sich daher bezüglich der Wahlergebnisse Folgendes festhalten: Die Europawahl 2014 war durch eine mäßige Wahlbeteiligung in der gesamten EU und eine dramatisch niedrige Wahlbeteiligung in den meisten osteuropäischen Staaten gekennzeichnet. Zwar dominierten weiterhin Volksparteien, doch war in vielen (auch einflussreicheren) EU-Ländern ein „**Rechtsruck**" zu verzeichnen. Dieses Ergebnis lässt sich teilweise durch die Finanz- und Wirtschaftskrise erklären, die die EU vor neue Aufgaben stellte. Es zeigt aber auch, dass viele EU-Bürger zu wenig Begeisterung für Europa verspüren, als dass sie dafür zur Wahl gingen, und sich zunehmend Gruppierungen zuwenden, die „weniger" statt „mehr Europa" fordern. Fazit

2. *Ein Vergleich setzt eine strukturierte Herausarbeitung der wesentlichen Kernaussagen von zugrunde liegenden Materialien voraus: hier M 6 und M 7. Gemeinsamkeiten und Unterschiede müssen anschließend gewichtend einander gegenübergestellt und ein Ergebnis muss formuliert werden. Die formalen Kriterien der Textarbeit sind dabei zu berücksichtigen.*

Sowohl Alexander Görlach als auch Alexander Kissler beschäftigen sich in ihren Artikeln, die beide nur wenige Tage nach der Europawahl erschienen sind, mit dem Ausgang der Wahl. Sie setzen jedoch bezüglich ihrer Einschätzung verschiedene Akzente und kommen so zu unterschiedlichen Bewertungen des Wahlausgangs. Dies wird bereits in den Titeln deutlich: Während Görlach in „The European" am 26. 05. 2014 von einem „schlechte[n] Tag für Europa" (M 6, Titel) spricht, sieht Kissler nur einen Tag später im Magazin „Cicero" in den Wahlergebnissen einen „Triumph der Demokratie" (M 7, Titel).

Einleitung, Bezug zur Aufgabenstellung

Für Görlach kommt das gute Abschneiden rechtspopulistischer Parteien, die er als „**Abschotter** und **Ausgrenzer**" (M 6, Z. 45) bezeichnet, einer Katastrophe gleich, da sie nicht nur die **europäische Lebensweise**, sondern auch den **Frieden gefährdeten** (vgl. Z. 1 f., Z. 11 f., Z. 45 ff.). Eine Differenzierung zwischen „Europa" einerseits und „EU" andererseits sei unmöglich, da Land bzw. Kontinent und die dort lebenden Menschen untrennbar miteinander verbunden seien (vgl. Z. 6 ff.). Eine Unterscheidung sei daher Augenwischerei und typisch für EU-Gegner, die gegen eine Vereinheitlichung des Rechts und die Abtretung nationaler Souveränitäten seien (vgl. Z. 3 ff., Z. 20 ff.). Laut Görlach bedeutet die Vereinheitlichung hingegen eine Bündelung von Kräften (vgl. Z. 13) und damit einen Vorteil für alle: **mehr „Frieden, Rechtsstaatlichkeit und Sozialstaatlichkeit**" (Z. 12). Dem stünden EU-Gegner mit ihrer Betonung von „wir" und „ihr" im Weg. Görlach befürchtet, dass sich diese Tendenz künftig durch den Einzug euroskeptischer Parteien verstärken wird (vgl. Z. 30 f.) und schreibt die Schuld daran den Politikern zu. Sie befürchteten nämlich, durch die Übertragung von **Souveränitätsrechten** an die EU auf nationaler Ebene selbst an Bedeutung zu verlieren, weswegen sie aus egoistischen und machttaktischen Gründen alles daransetzten, mehr Kooperation und europäische Integration zu verhindern (vgl. Z. 32 ff.). Belege dafür seien populistische Diskussionen um EU-Verordnungen sowie die EU-Personalpolitik. Diese führten schließlich dazu, dass den Menschen „die Freude auf Europa" (Z. 38) genommen würde und sie größere „Lust nach Abschottung und Ausgrenzung" (Z. 43) verspürten. Das könne die **Errungenschaften der EU stärker gefährden** als jede Finanzkrise (vgl. Z. 47 ff.).

Kernaussagen M 6

Ebenso wie Görlach betrachtet auch Kissler in seinem Artikel (M 7) den **Vormarsch euroskeptischer und extremistischer Parteien** in einzelnen EU-Staaten durchaus kritisch und bezeichnet sie als „**wenig beifallpflichtig**" (Z. 22 f.), doch sieht er in den Ergebnissen der Wahl einen „**Triumph für die Demo-**

Kernaussagen M 7

kratie“ (vgl. Titel). Dem stehe auch die **geringe Wahlbeteiligung** in einigen EU-Staaten keinesfalls entgegen, da „das Recht zu schweigen“ (Z. 11) ebenso zur Demokratie gehöre wie das Wahlrecht. Während in M 6 – ohne Aussagen zur Wahlbeteiligung zu treffen – die Gefahren der Abschottung unterstrichen werden, entdeckt Kissler selbst in Egoismus und Unvernunft noch etwas Positives (vgl. Z. 26 ff.). Darin komme der **Wille des Volkes** zum Ausdruck, was das Wesentliche der Demokratie sei (vgl. Z. 1 ff., Z. 26 ff.). Daher wehrt Kissler sich auch gegen Begriffe wie „Populisten“ oder „Rattenfänger“ (Z. 31 f.), denn auch Kritik und Ablehnung gegenüber der EU sei durchaus legitim; aus demokratietheoretischer Sicht gebe es keine falschen Meinungen (vgl. Z. 31 ff.). Diese Kritik, die nach Auffassung Görlachs eine „hässliche Saat“ (M 6, Z. 42) ist, ist für Kissler vielmehr ein Zeichen dafür, dass das Volk „**die europäische Sache ernst nimmt**“ (M 7, Z. 44 f.) und der EU-Politik „die rote Karte zeigt“ (Z. 46). Dies sei urdemokratisch, denn Demokratie hieße eben, dass sich nicht alle jederzeit einig sein müssten (vgl. Z. 14 f.) und nicht immer eitel Sonnenschein herrsche (vgl. Z. 37 f.). Das Wahlergebnis sei also **kein Zeichen mangelnder „demokratischer Reife**“ (Z. 36 f.), sondern drücke aus, dass es nicht in allen EU-Staaten gleichermaßen gelungen sei, die Menschen für die EU zu begeistern (vgl. Z. 32 ff.). Mit dieser Einschätzung stimmt Kissler mit dem Autor von M 6 überein, er wertet sie aber gänzlich anders: Während Görlach den Ausgang der Wahl als fatal und gefährlich betrachtet, „befreit das Wahlergebnis“ laut Kissler lediglich „von einigen liebgewonnenen Illusionen“ (Z. 42) und von der Vorstellung, die Demokratie könne „vorbildliche[] Nachkommen“ (Z. 38) züchten.

Fazit

Resümierend lässt sich daher sagen, dass beide Autoren die hohen Ergebnisse euroskeptischer Parteien beleuchten und daraus mangelnde Begeisterung für die EU ableiten. Diesbezüglich kommen sie aber zu **unterschiedlichen Bewertungen**. Zwar begrüßt auch Kissler dieses Erstarken der Euroskeptiker nicht, doch bedeutet es für ihn keinesfalls eine Katastrophe für den Frieden in Europa, so wie für Görlach.

Dies liegt darin begründet, dass Görlach **finalistisch** denkt und argumentiert. Für ihn besteht das Ziel der EU in mehr Kooperation und mehr Einheit, weshalb das Wahlergebnis für ihn einen herben Rückschritt darstellt. Die Verantwortung dafür schreibt er den Politikern etablierter Parteien zu. Kissler hingegen argumentiert **formalistisch**. Er begrüßt jedes Wahlergebnis, solange die formalen Prinzipien einer demokratischen Wahl erfüllt wurden, die Bürger also ihre Stimme in freier, gleicher und geheimer Wahl abgeben durften. Für ihn ist das Ergebnis daher ein Triumph der Demokratie und bedeutet damit auch keine schlechten Zeiten für Europa. Er will abwarten, welche Politik die neuen Parlamentarier in Zukunft verfolgen.

3. *Die „Beurteilung“ verlangt hier von Ihnen, den Vorschlag, eine Wahlpflicht einzuführen, auf seine Angemessenheit hin zu überprüfen. Wichtiger als das Ergebnis Ihres Urteils ist dabei die Stringenz der Gedankenführung. Die von Ihnen angewandten Kriterien müssen genannt werden.*

Einleitung, Bezug zur Aufgabenstellung

Angesichts niedriger Wahlbeteiligung nicht nur bei Europawahlen, sondern auch auf Landes- und Bundesebene, erscheint die Forderung nach der Einführung einer Wahlpflicht naheliegend. Um jedoch beurteilen zu können, inwiefern es sich dabei um ein **effizientes Mittel** nicht nur zur Steigerung der Wahlbeteiligung, sondern v. a. auch zur Stärkung der Demokratie handelt, muss zunächst die **Realisierbarkeit** dieser Forderung in den Blick genommen werden.

Argumentation: Grundgesetz

Art. 38 (1) GG legt die **Wahlrechtsgrundsätze** fest. Demnach müssen Wahlen nicht nur allgemein, unmittelbar, gleich und geheim, sondern auch frei sein. Gegner einer Wahlpflicht sehen hiermit jede Form von Zwang hinsichtlich der Stimmabgabe von vornherein als ausgeschlossen. Diese Sichtweise lässt sich jedoch nur dann unterstützen, wenn sich die **Freiheit der Wahl** nicht nur auf den Inhalt der Stimmabgabe, sondern auch auf die Teilnahme an der Wahl bezieht. Doch auch dann wäre eine Wahlpflicht durchaus **mit der Verfassung vereinbar**, solange der Wähler seine Stimme sanktionslos ungültig machen kann.

Verwaltung

Darüber hinaus können Staaten wie beispielsweise Liechtenstein, Belgien und Australien als Beleg dafür dienen, dass Sanktionen für das Fernbleiben von Wahlen **organisatorisch möglich** sind. Dies wäre eine Voraussetzung für die Umsetzung einer Wahlpflicht.

Legitimation

Bedeutsamer als die Realisierbarkeit ist aber die Frage, inwiefern die Wahlpflicht dazu geeignet wäre, die Demokratie zu stärken und die **Legitimation** demokratischer Entscheidungen zu erhöhen. In diesem Zusammenhang ist zu klären, ob eine geringe Wahlbeteiligung wirklich ein Krisensymptom für den Zustand einer Demokratie darstellen muss: Es gibt genügend Beispiele, die belegen, dass nicht zwangsläufig ein Zusammenhang zwischen der Höhe der Wahlbeteiligung und der „Qualität“ des demokratischen Prozesses besteht. Man muss hierfür nicht bis ins Jahr 1933 zurückblicken. (Die Wahlbeteiligung bei der letzten freien Wahl Anfang 1933 lag bei 89 %. Die systemfeindlichen Parteien NSDAP und KPD konnten jedoch insgesamt

56 % der Stimmen auf sich vereinigen.) Auch ein Blick nach Belgien (Wahlpflicht!) macht das deutlich: Rechtsextreme Parteien wie z. B. die Vlaams Belang sind hier schon lange im Parlament vertreten und nehmen bis zu einem Fünftel der Sitze für sich in Anspruch. Bei der Europawahl 2013 erzielten sie immerhin knapp 8 % (vgl. M 5). Dass eine **hohe Wahlbeteiligung identisch mit einer starken Demokratie** ist, ist also ebenso ein Irrtum wie der entsprechende Umkehrschluss. Viel wichtiger, als die Wahlenthaltung mit Sanktionen zu belegen, ist es daher, deren **Ursachen** zu ergründen und diese zu bekämpfen.

Zweifellos könnte eine Wahlpflicht die Bedeutung von Wahlen als wichtigstem Element der Demokratie **deutlich signalisieren**. Aber Menschen per Gesetz dazu zu zwingen, ihre politischen Präferenzen zum Ausdruck zu bringen, macht sie nicht zu „besseren Demokraten". Schließlich lebt eine Demokratie von **innerer Überzeugung**, nicht von äußerem Zwang. Darüber hinaus würden vermutlich diejenigen, die aus Angst vor Sanktionen zur Urne gehen, eher ungültige Stimmzettel abgeben oder Protestparteien wählen. Dem demokratischen Gemeinwesen und dem **Gemeinwohl** wäre damit nicht gedient und das Argument, dass Nichtwählen extremistische Parteien unterstützt, lässt sich damit ebenso gut gegen die Einführung der Wahlpflicht anführen.

Stärkung der Demokratie, Gemeinwohl

Dies gilt umso mehr, als es nicht möglich ist, an die Pflicht zur Wahl auch eine Pflicht zur eigenständigen Information zu koppeln. Zwar wird das Wahlrecht in Deutschland zunehmend von der Mittel- und Oberschicht wahrgenommen, es ist jedoch fraglich, ob durch eine Wahlpflicht die **Interessen bildungsferner Schichten** besser abgebildet werden könnten. Vielmehr steht zu befürchten, dass Populisten ihren Einfluss vergrößern und Verdrossene sowie Uninformierte zu Entscheidungen verleiten könnten, die ihre Lebenssituation nur auf den ersten Blick verbessern.

Gerechtigkeit

Daher sollten sich Politiker aller Parteien lieber fragen, wieso es immer schlechter gelingt, Wähler zu mobilisieren, statt über Sanktionen nachzudenken. Wenn unser demokratisches Miteinander belebt und Wahlen wirklich wieder als „das vornehmste Recht" (M 7, Z. 9) empfunden werden sollen, sind **andere Maßnahmen** als eine Wahlpflicht vonnöten. Dies gilt nicht nur, weil Wahlbeteiligung ein ungeeigneter Gradmesser für den Zustand einer Demokratie ist, sondern auch, weil Demokratie mehr bedeutet als nur Wahlen. Daher erscheint es unabdingbar, dass Politik und Gesellschaft die eigentlichen **Ursachen der Wahlenthaltung** angehen. Ein kontinuierliches Werben für unsere Demokratie und die Beteiligung der Bürger daran ist ein notwendiger erster Schritt. Die Einführung direktdemokratischer Elemente auf Bundesebene könnte ein weiterer sein.

begründetes Urteil

4. *Hier haben Sie die Wahl zwischen einer „klassischen" Bewertung und der Gestaltung eines Streitgesprächs. Beim Verfassen des Streitgesprächs müssen Sie eine Rollenorientierung beachten. Somit geht die Aufgabe über das reine Erörtern einer Fragestellung hinaus. Die Form des Streitgesprächs verlangt von Ihnen, sich in mindestens zwei Personen hineinzuversetzen, die gegenüber der Entscheidung des Bundesverfassungsgerichts zum NPD-Verbot gegensätzliche Positionen vertreten. Die Wahl der Personen steht Ihnen frei – dabei kann es sich um reale Personen oder auch um fiktive handeln. Bei der Bewertung Ihrer Leistung spielt nicht nur die Qualität der jeweils vorgebrachten Argumente eine Rolle, sondern auch, inwieweit Sie in der Lage sind, rhetorische Mittel gezielt einzusetzen.*

Einleitung, Nennung des Themas und der Hauptthesen

Forderungen nach einem erneuten Anlauf für ein **NPD-Verbot** waren nach dem Auffliegen der rechtsextremistischen Terrorzelle NSU aufgekommen. Auch das gute Abschneiden rechtsgerichteter Parteien bei der Europawahl ließ in Deutschland Rufe nach einem Verbot der NPD wieder lauter werden. Der 2013 vom Bundesrat eingereichte Verbotsantrag wurde im Januar 2017 vom Bundesverfassungsgericht abgelehnt. Die Meinungen darüber, ob mit einem Verbot die gewünschten **Ziele** überhaupt erreicht werden könnten, gingen weit auseinander. Winfried Kretschmann, Ministerpräsident des Landes Baden-Württemberg, hatte sich für ein Verbot ausgesprochen, ich selbst bin mit der Entscheidung des Gerichts jedoch zufrieden.

Einführung ins Gespräch

X: Sehr geehrter Herr Kretschmann, ich freue mich sehr, dass ich Sie heute hier treffen darf, um mit Ihnen ein solch spannendes Thema wie die Zukunft der EU zu diskutieren – umso spannender, da wir gegensätzliche Ansichten in Hinblick auf den Umgang mit rechten Parteien sowie bezüglich der Entscheidung des Bundesverfassungsgerichts zum NPD-Verbot zu vertreten scheinen.

Pro
Gefährdung von Frieden und Demokratie

MP: Ich freue mich auch, denn es ist für mich immer wieder spannend, mit den unterschiedlichsten Menschen aktuelle politische Geschehnisse zu diskutieren und zu hören, was sie bewegt – v. a. dann, wenn sie eine ganz andere Ansicht vertreten als ich, denn Demokratie lebt vom Zuhören und vom Gehörtwerden. Letzteres hat allerdings Grenzen; dann nämlich, wenn eine Partei wie die NPD **menschenverachtende und rassistische** Parolen verbreitet und damit den Frieden in unserem Land und unsere Demokratie gefährdet.

Kontra
keine direkte Gefährdung des GG

X: Ich gebe Ihnen recht. Das, was die NPD vertritt, ist in der Tat schwer zu ertragen, aber ich warne eindringlich davor, gefühlte und **triftige Verbotsgründe** miteinander zu verwechseln. Die NPD fällt weder durch Gewalttaten noch durch den militanten Kampf auf der Straße auf – kriminelle Taten Einzelner müssten der Partei konkret zugerechnet werden können. Das aber ist bis heute nicht möglich und die verbalen Parolen allein stellen **keine greifbare Gefahr für die Verfassung** dar!

Ich habe daher schon im Vorfeld die Gefahr gesehen, dass das Verfassungsgericht die Formel der „aktiv kämpferischen, aggressiven Haltung" sehr ernst nimmt und ein **Verbotsantrag erneut scheitert**.

Stellen Sie sich bitte vor, welche **mediale Aufmerksamkeit** der NPD während des laufenden Verfahrens zuteilwurde und welch verheerende Auswirkungen das haben könnte! Es steht doch zu befürchten, dass sich nun auch Menschen für die Ideen der NPD begeistern, die diese Partei bisher für nicht wählbar hielten. Ich behaupte, dass dies fast einem **Freifahrtschein** für die NPD gleichkommt.

öffentliche Aufmerksamkeit

MP: Die Geschehnisse der Jahre 2001 bis 2003, während des letzten Verbotsverfahrens, ließen diese Befürchtung tatsächlich berechtigt erscheinen.

Der Verbotsantrag, den der Bundesrat nahezu einstimmig beschlossen hatte, war aber keineswegs unüberlegt. Er basierte vielmehr auf vielen Recherchen und schließlich der festen Überzeugung, dass – wenn wir unsere **Verfassung ernst nehmen** – eine Partei, die jenseits dieser Verfassung steht, aktiv bekämpft und verboten werden muss. Das **Grundgesetz bietet uns dazu die Instrumente**, wir müssen sie nur nutzen!

Pro
wohlüberlegter Antrag

wehrhafte Demokratie

Ein Verbot der NPD wäre daher nicht nur ein **Signal** im In- und Ausland gewesen, sondern hätte auch zentrale Bedeutung haben können, um den organisierten **Rechtsextremismus strukturell zu treffen**.

Signalwirkung

Schwächung rechtsextremer Strukturen

X: Mit Verlaub, Herr Ministerpräsident. Gerade wenn es darum geht, Strukturen zu schwächen oder gar zu zerstören, erscheint mir ein Parteiverbot kontrapoduktiv. Eine Kontrolle bzw. **Überwachung durch den Verfassungsschutz** wird dadurch doch nur erschwert. Denn die NPD-Anhänger würden sich einfach anderen rechtsextremen Gruppierungen anschließen, deren Strukturen damit stärken oder – und das halte ich für mindestens ebenso dramatisch – im Untergrund weiter agieren und eventuell noch radikaler werden.

Kontra
erschwerte Kontrolle

Radikalisierung

Und selbst wenn man die Zerstörung der Parteistruktur positiv bewertet, darf man doch eines nicht vergessen: Die Ansichten und Meinungen der Parteimitglieder trifft man damit nicht. Persönliche **Überzeugungen lassen sich in einer pluralistischen Gesellschaft nicht verbieten**.

keine Veränderung der Einstellung

Darüber hinaus kann man guten Gewissens sagen, dass die NPD in der **politischen Bedeutungslosigkeit** umherdümpelt und so wenig Struktur aufweist, dass es V-Männern ja überaus leichtfiel, quasi die komplette Partei zu übernehmen. Diesbezüglich wäre ein Verbot wohl dem sprichwörtlichen Vorhaben gleichgekommen, mit Kanonen auf Spatzen zu schießen – das hat das Bundesverfassungsgericht ja ebenfalls deutlich gemacht.

Unverhältnismäßigkeit eines Verbots

MP: Sie sprechen von politischer Bedeutungslosigkeit? Das Bundesverfassungsgericht hat diese zwar festgestellt, aber Abgeordnete der NPD sind nach wie vor in Kommunalparlamenten und dem Europaparlament vertreten und die Partei wird zu einem nicht unerheblichen Teil aus **staatlichen Mitteln finanziert**. Mir sträuben sich die Haare, wenn ich daran denke, dass Feinde der Demokratie für ihre geistige Brandstiftung auch noch Geld bekommen! Zum Glück hat uns das Gericht Möglichkeiten eröffnet, dies nun einzuschränken, aber die NPD hat das Recht, unsere öffentlichen Plätze zu besetzen, sie darf in Rathäusern tagen, sie kann Aufmärsche organisieren und muss dabei sogar noch von der Polizei geschützt werden. Dieser Zustand ist für mich unerträglich.

Pro
Finanzierung

Für mich zeichnet sich eine starke und **wehrhafte Demokratie** dadurch aus, dass sie ihren Feinden die Rote Karte zeigt und notfalls auch zu den äußersten Mitteln greift.

wehrhafte Demokratie

X: Zweifelsohne ist die Wehrhaftigkeit unserer Demokratie von unschätzbarem Wert und ich stimme Ihnen voll und ganz zu, wenn Sie sagen, man müsse Extremisten entschlossen entgegentreten und man dürfe ihnen keinesfalls das Feld überlassen. Aber ich bin ebenso davon überzeugt, dass wir einen **politischen Sieg über die NPD** brauchen und kein Verbot. Das Motto „Keine NPD – kein Problem!" ist gefährlich. Wir brauchen eine offene Debatte über Rechtsextremismus und Fremdenfeindlichkeit, wir brauchen Diskussionen über die **Ursachen** und wir brauchen **Lösungen** dafür. Ein Verbot allein kann dies nicht erreichen. Mir erscheint es viel wichtiger, die Menschen mit ihren Sorgen und Nöten ernst zu nehmen und sie wieder für die Demokratie zu begeistern, statt sich mit symbolischen Parteiverboten zu befassen. Staatliche Verbotsmaßnahmen müssen das letzte Mittel, die **ultima ratio**, bleiben.

Kontra
politische Auseinandersetzung mit Ursachen wichtiger

MP: Gut, dass Sie das ansprechen, denn ich denke – so unterschiedlich unsere Auffassungen bezüglich eines NPD-Verbots auch sein mögen – hier sind wir einer Meinung: Ein Verbot allein löst kein Problem. Daher müssen sich zwingend auch in

Finden eines gemeinsamen Nenners

Zukunft die verschiedenen Institutionen der Bildungsarbeit, die gesellschaftlichen Verbände, die Medien und die Bürgerinitiativen vor Ort politisch mit nationalistischen Einstellungen auseinandersetzen und …

X: Entschuldigen Sie, wenn ich Sie unterbreche, aber ich würde Ihren Satz gerne beenden. Sie gestatten?

MP: Nur zu.

X: … der Staat muss verpflichtet werden, derartige Aktivitäten nicht nur ideell, sondern auch materiell nachhaltig zu fördern.

MP: Richtig! An dieser Stelle würde ich mich gerne für das interessante Gespräch mit Ihnen bedanken.

X: Auch ich bedanke mich und wünsche Ihnen weiterhin viel Erfolg für Ihre politische Tätigkeit.

Abiturprüfung Gemeinschaftskunde – Baden-Württemberg
Übungsaufgabe 4: Politisches System

Leitthema: Corona – Hat das politische System seine Bewährungsprobe bestanden?

Aufgaben:

1.	Beschreiben Sie anhand von M 2a bis c mögliche Auswirkungen der Corona-Pandemie auf das politische System.	12 VP
2.	Erläutern Sie die Aussageabsicht des Karikaturisten (M 3) mithilfe der Pluralismustheorie Ernst Fraenkels.	16 VP
3.	Vergleichen Sie die in M 4 und M 5 dargestellten Positionen.	12 VP
4.	Thomas Jäger beschreibt die Medien als „vierte Macht im Staat" (M 4, Z. 25). Bewerten Sie den Einfluss der Medien auf Gesetzgebung und Regieren.	20 VP
		60 VP

M 1 Grundgesetz

M 2 a Akzeptanz der Corona-Maßnahmen

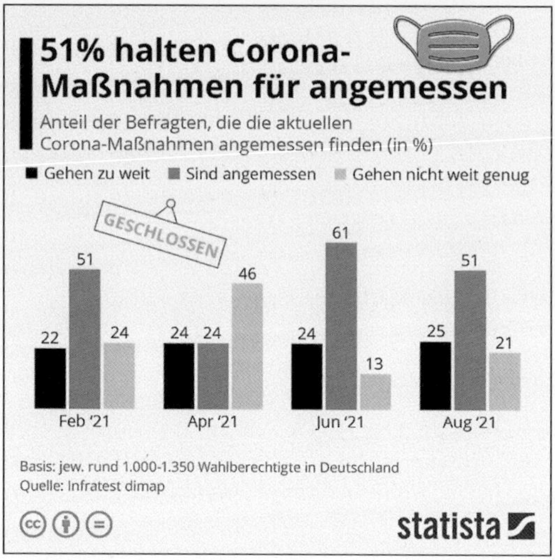

Mathias Brandt: 51 Prozent finden Maßnahmen angemessen, Statista (Stand Juni 2021), CC BY-ND 4.0

M 2 b Gebrauchshäufigkeit von Wortformen, die „Verschwörung“ enthalten, in RSS-Feeds von 13 deutschsprachigen Onlinemedien (11.01.20 bis 11.12.20)

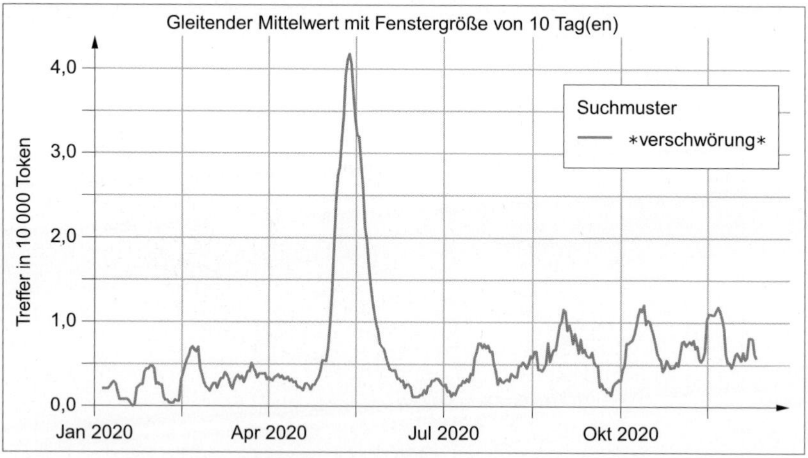

Corona, cOWIDplus Viewer, IDS Mannheim, https://www.owid.de/plus/cowidplusviewer2020/

Anmerkungen

1 RSS-Feed: Funktionieren ähnlich wie Nachrichtenticker, die die Nutzer*innen mit kurzen Informationsblöcken versorgen.

2 Token: Über Token lassen sich individuelle Nutzer identifizieren.

M 2 c Nutzung formaler Kontrollinstrumente durch die parlamentarische Opposition vor der parlamentarischen Sommerpause

Kontroll-instrument	Mai 2020	Juni 2020	∅ Nutzung pro Monat	∅ Nutzung pro Monat im Vorjahreszeitraum Mai bis Juni 2019	∅ Nutzung pro Monat 19 WP[1]
Kleine Anfragen[3]	186	340	263	233	250
Schriftliche Fragen[4]	484	543	514	477	481
Mündliche Fragen[2]	140	162	151	139	126

Anastasia Pyschny: Regierungskontrolle in Corona-Zeiten: Gelähmtes Gegenspiel der Opposition? Blickpunkt Nr. 01 - iparl 09/2020, Datenquelle: Dokumentations- und Informationssystem (DIP) für parlamentarische Vorgänge

Anmerkungen (Anmerkungen 3 und 4 redaktionell erstellt)

1 Berechnung des Durchschnittswertes ab dem Folgemonat für Regierungsbildung 2018 bis Ende Januar 2020 exklusive der parlamentarischen Sommerpausen im Juli und August 2018 sowie 2019

2 Umfassen alle im Plenum gestellten Fragen an die Bundesregierung

3 Werden von mindestens fünf Prozent der Abgeordneten gestellt

4 Können von einem einzelnen Parlamentarier gestellt werden

M 3 Karikatur von Thomas Mohr (Januar 2021)

Burkhard Mohr

M 4 Thomas Jäger: Endlich Wahlen! Corona war die Stunde der Exekutive – und sie hat versagt

Konnte man 2019 noch sagen, dass über Bundeskanzlerin Merkel in Zukunft wenig in Geschichtsbüchern stehen wird, weil es keine berichtenswerten Leistungen gibt, fällt das Urteil 2021 anders aus: Ihre vierte Regierung hinterlässt das Land in einer tiefen demokratischen, wirtschaftlichen, politischen und kulturellen Krise. Die Nerven liegen nicht nur in der Regierung blank, sondern in Haushalten, Altersheimen, Schulen, Vorständen und Konzerthallen. Und in manchen Parteizentralen.

Die demokratische Krise war daran zu erkennen, dass es ein Jahr dauerte, bis es einen ernsthaften demokratischen Diskurs über die Regierungspolitik zur Eindämmung der Pandemie gab. Eine vernehmliche parlamentarische Opposition gab es in der ganzen Zeit nicht, weil die Parlamente sich aus der Verantwortung nahmen und die Parteien öffentlich nur leise hörbar waren. Einige Abgeordnete hatten, wie jetzt bekannt wurde, einträglichere Aufgaben zu erledigen. Und außer der AfD sind alle Parteien über die Landesregierungen an der umfassenden Corona-Koalition aus Bundesregierung und Landesregierungen beteiligt.

Unternehmen und Verbände lobbyierten um ihre jeweils eigenen Vorteile – die Liste der Corona-Profiteure ist lang!, die der Corona-Verlierer ist viel länger! –, und konnten deshalb keine gemeinsamen Haltungen ausarbeiten. Ihr Druck drängte in unterschiedliche Richtungen. So konzentrierte sich die „Opposition“ scheinbar auf eine Versammlung von Irgendwas-Leugnern und Irgendwas-Propagierern, eine „Opposition“ die sich jede Regierung als Gegner nur wünschen konnte, weil sie von klugen Diskussionen so weit entfernt war wie die Regierung von professioneller Arbeit.

Erst die nun anstehenden Wahlen und die Medien als vierte Macht im Staat, brachten den demokratischen Streit wieder zum Leben. Die Wähler können nun ihre Stimme abgeben und das verändert die Lage. Dass Deutschland in der Pandemie suboptimal regiert wird, konnte man zwar schon länger sehen, aber erst mit anstehenden Wahlen war der Punkt erreicht, wo selbst die Politiknähe der politiknahen Beobachter nicht mehr lossprechen konnte, was da an Fehlern und Versäumnissen geschehen war. Viel zu vieles war im Regierungskrisenmanagement schiefgelaufen. Aufs eigene Fortkommen spezialisiert und nur in der Berliner Blase jederzeit sprechfähig, waren einige der Handelnden mit der Lage sichtbar sachlich und kommunikativ überfordert.

Über diese Lage wird in den Wahlen am Sonntag abgestimmt. Angesichts der grundlegenden Herausforderungen für unsere Demokratie, einer Lage, in der sich viele Bürger anscheinend nicht ausreichend repräsentiert sehen, das Vertrauen in die Politik verloren zu haben scheinen und sich möglicherweise von demokratischen Verfahren abzuwenden drohen, sollte deshalb unbedingt ein ehrliches Wahlergebnis dokumentiert werden. […]

Nach den schweren Versäumnissen der Exekutive bei der Beschaffung von Masken, Impfstoff und Tests, nach den inadäquaten Unterstützungen derjenigen, die mit Berufsausführungsverbot belegt wurden, und nach dem Missbrauch von Mitgliedern der politischen Klasse ist für den weiteren demokratischen Diskurs ein ehrliches Ergebnis nötig.

Thomas Jäger: Endlich Wahlen! Corona war die Stunde der Exekutive – und sie hat versagt, FOCUS Online vom 10.03.2021, https://www.focus.de/politik/dfdf_id_13060893.html

M 5 Hinnerk Wißmann: Verfassungsbruch? Schlimmer: Ein Fehler

[…] Niemand erwartet ernsthaft, dass in absehbarer Zeit eine spürbare, allgemein wirksame Lockerung von Pandemiemaßnahmen ansteht. Neben einer allgemeinen Zermürbung liegt das auch daran, wie als Teil des „Erwartungsmanagements“ auf vielen Kanälen kommuniziert wird, dass man bei Verboten bleiben müsste, egal wie die Lage sich konkret entwickelt: Hohe Zahlen seien schlimm, niedrige aber letztlich auch nicht gut, weil sie angesichts „britischer Mutanten“ falsche Sicherheit mit sich brächten – auch Städte und Kreise, die seit Wochen unter der gesetzlichen 50er-Inzidenz sind, können nicht auf Erleichterungen hoffen. Der Ort, an dem diese Sicht auf die Dinge sich zu Entscheidungen verdichtet, ist seit 10 Monaten bekanntlich die „BKMPK“, also die faktisch durch das Bundeskanzleramt geleitete Ministerpräsidentenkonferenz: Hier werden die großen Linien der Corona-Strategie abgestimmt, bevor sie dann vor Ort politisch durchzusetzen sind. Nahegelegt wird diese Praxis letztlich durch den Bundesstaat selbst mit seiner eigentümlichen Mischung aus Zuständigkeiten, die „vertikal“ zwischen Bund und Ländern und „horizontal“ zwischen Regierungen und Parlamenten aufgeteilt sind. Das hat zunächst einmal seine gute Ordnung – von tiefem Staat oder Corona-Diktatur keine Spur. Allerdings wird so der eigentlich vorgesehene Gang der politischen und gesellschaftlichen Diskussion eben doch von den Füßen auf den Kopf gestellt, mit zunehmenden Wagenburg-Effekten. Schon die Zulieferung und Auswahl von Informationen folgt erkennbar deutlich engeren Pfaden, als das etwa im regulären parlamentarischen Betrieb der Fall wäre. Rechtfertigen muss sich, wer von der Marschroute der Absprachen abweicht, längst bevor daraus verbindliche Rechtsnormen gemacht sind, und im Gegensatz zu der Idee des Grundgesetzes, die Ausführung der Bundesgesetze in Art. 83 GG zur „eigenen Angelegenheit“ der Länder zu machen. […]

Die Lebenswelten von Entscheidern und Meinungsmachern auf der einen Seite und „den Menschen im Lande“ fällt unter Corona-Regeln per staatlichem Befehl auseinander. Zwar kann und muss Politik nicht durch Betroffene gemacht werden. Wer aber jeden Abend in einem neuen Fernsehstudio sitzt, durch Deutschland und Europa jettet und Ansprache von beliebig vielen Mitarbeitern hat, dem fehlt in einem prinzipiellen Sinn die solidarische Anschauung, was Schulkinder, Studenten, Arbeitslose, psychisch Kranke, nein: eigentlich fast jedermann, zur Zeit durchmachen. Die Bevölkerung schaut sich Spitzensport und Talkshows, dicht an dicht, zur Erbauung an – aber wen kann es denn wundern, dass diese Parallelwelt zugleich fassungslos macht, jeden Tag ein wenig mehr. Auch in dieser Aufteilung zwischen „die und wir“ verlässt die Corona-Politik eine Grundverabredung der freien, republikanisch gesonnenen Welt: Unterschiede beruhen nicht auf staatlichem Zwang.

Hinnerk Wißmann: Verfassungsbruch? Schlimmer: Ein Fehler, Verfassungsblog vom 06.02.2021, CC BY-SA 4.0

Lösungsvorschlag

Die Lösungsvorschläge stellen nur eine mögliche Antwort dar. Andere Lösungsmöglichkeiten sind zugelassen, wenn sie der Aufgabenstellung entsprechen und sachlich richtig sind.

1. *Der Operator „beschreiben“ erfordert hier, anhand der Materialien M 2a bis c mögliche Auswirkungen der Corona-Pandemie auf das politische System mit eigenen Worten darzustellen. Die formalen Regeln der Textarbeit sind einzuhalten, um die volle Punktezahl zu erreichen.*

Umfrage: Sind die Corona-Maßnahmen angemessen?

Das Säulendiagramm M 2a basiert auf einer von Infratest dimap durchgeführten Befragung von jeweils rund 1 000 bis 1 350 Wahlberechtigten im Februar, April, Juni und August 2021, die angeben sollten, für **wie angemessen** sie die Corona-Maßnahmen halten. Auffällig sind die **starken Schwankungen** innerhalb eines recht kurzen Zeitraums von sieben Monaten. Sowohl im Februar als auch im August befand eine knappe Mehrheit von 51 Prozent der Befragten die Maßnahmen für angemessen, während der Wert im April nur knapp ein Viertel betrug, um im Juni auf 61 Prozent hochzuschnellen. Im April 2021 votierte knapp die Hälfte für noch striktere Maßnahmen. Jene Wahlberechtigten, welchen die Maßnahmen zu weit gingen, machten relativ konstant zwischen 22 und 25 Prozent aus.

Gebrauchshäufigkeit von „Verschwörung“

Material 2b trägt in Form eines Liniendiagramms die Gebrauchshäufigkeit von Wortformen, die **„Verschwörung“** enthalten, in RSS-Feeds von 13 deutschsprachigen Onlinemedien zwischen dem 1. Januar und dem 11. Dezember 2020 ab. Die Darstellung entstammt dem *cOWIDplus Viewer*. Ins Auge sticht der Höchstwert von gut 40 000 Token im Mai 2020, während er danach steil abfällt, um am Ende des Betrachtungszeitraums bei gut 5 000 Token zu landen.

Nutzung formaler Kontrollinstrumente durch die Opposition

Die Statistik M 2c gibt Auskunft über die **Nutzung formaler Kontrollinstrumente durch die parlamentarische Opposition** vor der parlamentarischen Sommerpause 2020. Die Übersicht wurde im September 2020 in „Blickpunkt“ veröffentlicht. Verglichen wird die Nutzung der kleinen Anfrage, schriftlicher Fragen und mündlicher Fragen in den beiden Monaten vor der Sommerpause 2020 mit den Werten für denselben Zeitraum 2019 sowie für den Durchschnitt der gesamten Wahlperiode. Für alle drei Kontrollinstrumente lässt sich feststellen, dass sie **vor der ersten Sommerpause während der Corona-Pandemie** häufiger genutzt wurden als im Vorjahreszeitraum und als im Schnitt der gesamten Legislaturperiode. Im Vergleich zu Letzterer stieg die Zahl mündlicher Fragen um knapp ein Fünftel.

mögliche Auswirkungen auf das politische System

Bezieht man die drei Materialien auf mögliche **Auswirkungen der Corona-Pandemie auf das politische System**, so kann man einerseits feststellen, dass die Stimmung der Bevölkerung **großen Schwankungen** unterworfen ist. Das macht es für die politisch Verantwortlichen schwer, angemessen zu handeln und dafür erfolgreich bei der Bevölkerung zu werben. Dieses Problem wird verschärft durch **Verschwörungserzählungen**, die die Pandemie dem Wirken finsterer Mächte zuschreiben und so einen rationalen Diskurs in einer ohnehin von erheblichen Unsicherheiten geprägten Lage zusätzlich erschweren. Andererseits nahm die Opposition im Bundestag durch die **intensivere Nutzung parlamentarischer Kontrollinstrumente** ihren Auftrag wahr, das Handeln der Regierung auch in Zeiten der Pandemie kritisch zu überprüfen.

2. *Hier müssen Sie die Aussageabsicht des Karikaturisten Thomas Mohr (M 3) mithilfe der Pluralismustheorie Ernst Fraenkels verständlich machen. Das heißt, dass Sie erst die Karikatur kurz analysieren, anschließend Fraenkels Pluralismustheorie prägnant erklären, um dann beide Aspekte zusammenzuführen. Beachten Sie, dass ab dem Abitur 2023 der Umgang mit komplexen politikwissenschaftlichen Theorien eine größere Rolle spielt.*

Beschreibung und Analyse der Karikatur

Die im Januar 2021 im Handelsblatt abgedruckte **Karikatur von Thomas Mohr** trägt den Titel „Schwer erziehbar“ und weist zwei zentrale Bildelemente auf. In der rechten Bildhälfte sieht man, wie der Bundesadler, von einem Schild mit der Aufschrift „Corona-Politik“ bedeckt, einen Karren mühsam bergauf zieht. Im Karren, auf dem das Wort „Frust“ zu lesen ist, steht der deutsche Michel und bewirft den Schild des Adlers mit etwas – möglicherweise rohen Eiern –, während er laut „Dilettant!“ brüllt. Der Karikaturist verdeutlicht die **gespannte Stimmung**, die in der deutschen Bevölkerung aufgrund der einschneidenden und teilweise widersprüchlichen Corona-Maßnahmen herrscht. Der Frust, der sich in **verbalen Entgleisungen**, aber auch in **gewaltsamen Protesten** entlädt, die an das unreife Gebaren schwer erziehbarer Kinder erinnern, macht indes die Aufgabe der politisch Verantwortlichen – verkörpert durch den Bundesadler – nicht einfacher.

Im Folgenden soll nun die Aussageabsicht Mohrs mithilfe der **Pluralismustheorie Ernst Fraenkels** erläutert werden. Fraenkel zufolge existiert in einer demokratisch ausdifferenzierten Gesellschaft kein vorab definiertes **Gemeinwohl**. Dieses resultiert vielmehr aus einem politischen Prozess, in dessen Verlauf **unterschiedliche Interessen** konkurrieren. Der Staat hat hierbei dafür Sorge zu tragen, dass sich mithilfe **verbindlicher Spielregeln** alle Interessengruppen gleichermaßen in den Prozess einbringen können.

Pluralismustheorie Ernst Fraenkels

Bezieht man Fraenkels Pluralismustheorie auf Mohrs Karikatur, so wird das im Zuge der Corona-Pandemie besonders prekäre **Spannungsverhältnis zwischen Partikularinteressen und Gemeinwohl** augenfällig. Während sich der Bundesadler als Symbol für die verantwortlichen Politikerinnen und Politiker sichtlich bemüht, den Karren aus dem sprichwörtlichen Dreck zu ziehen, in den er durch die Verwerfungen der Corona-Krise geraten ist, beharrt der deutsche Michel, der hier die **privaten Einzelinteressen** repräsentiert, auf lautstarkem Protest gegen die getroffenen Maßnahmen, die ihn vielleicht in seinem Bewegungsradius, aber möglicherweise auch in seiner beruflichen Existenz beschneiden. Die Politik handelt im Sinne des **Gemeinwohls**, wenn sie alles unternimmt, die **körperliche Unversehrtheit** (Art. 2,2 GG) der Bürger zu schützen, indem sie Maßnahmen zur Eindämmung der Pandemie ergreift. Zugleich schränkt sie damit jedoch auch die **freie Entfaltung der Persönlichkeit** (Art. 2,1 GG) empfindlich ein und zieht den Zorn vieler Bürger*innen auf sich. Die beispiellose Erfahrung einer global wütenden Pandemie konfrontierte die Entscheidungsträger ein ums andere Mal mit neuen epidemiologischen Wendungen, welche die Formulierung einer kohärenten Strategie erschwerten und gleichzeitig eine **allgemein akzeptierte Definition des Gemeinwohls** verhinderten.

Erläuterung der Karikatur anhand der Theorie

3. *Bei dieser Aufgabe wird von Ihnen gefordert, die in den beiden Materialien M 4 und M 5 vorgebrachten Positionen im Hinblick auf die Corona-Politik einander gegenüberzustellen. Dabei genügt es nicht, wesentliche Aspekte aus beiden Texten herauszuarbeiten. Ein gelungener Vergleich erfolgt so weit wie möglich aspektorientiert und mündet in ein Fazit, das die Gemeinsamkeiten und Unterschiede in den Argumentationen auf den Punkt bringt. Die formalen Regeln der Textarbeit sind einzuhalten.*

Thomas Jäger und Hinnerk Wißmann befassen sich in ihren Artikeln mit den **Auswirkungen der Corona-Pandemie** auf das

Einstieg: zentrales Thema

politische System der Bundesrepublik Deutschland. Beide rücken dabei das **Verhältnis der politisch Verantwortlichen zu den Bürgerinnen und Bürgern** in den Mittelpunkt ihrer Betrachtung und gelangen dabei zu einem insgesamt negativen Urteil über die Fähigkeit des politischen Systems, angemessen mit den Herausforderungen der Pandemie umzugehen.

institutionelle Dimension der Pandemiepolitik

Thomas Jäger macht bereits mit der Überschrift seines am 10. 03. 2021 auf der Homepage des Magazins Focus erschienenen Artikels deutlich, wie er die bisherige Corona-Strategie der Regierenden beurteilt: „Endlich Wahlen! Corona war die Stunde der Exekutive – und sie hat versagt." Jäger sieht Deutschland „in einer tiefen demokratischen, wirtschaftlichen, politischen und kulturellen Krise" (M 4, Z. 4 f.). Die **institutionelle Dimension dieser Krise** bildet den ersten zentralen Vergleichsaspekt beider Artikel. Jäger bemängelt das **Fehlen eines „ernsthaften demokratischen Diskurs[es] über die Regierungspolitik"** (Z. 9) und führt dieses Manko auf **fünf Faktoren** zurück: das mangelnde Engagement der Opposition, die Zurückhaltung der Legislative, das Verstummen der Parteien, korrupte Machenschaften einzelner Parlamentarier (vgl. Z. 10 ff.) und die Tatsache, dass – von der AfD abgesehen – alle im Bundestag vertretenen Parteien „über die Landesregierungen an der umfassenden Corona-Koalition […] beteiligt [waren]" (Z. 14 f.).

Wagenburg-Effekte

Hinnerk Wißmanns Artikel „Verfassungsbruch? Schlimmer: Ein Fehler" erschien am 06. 02. 2021 auf dem Verfassungsblog und kritisiert ebenfalls **Verschiebungen im institutionellen Gefüge** der Bundesrepublik. Wißmanns Kritik zielt auf die **Ministerpräsidentenkonferenz**, die die „großen Linien der Corona-Strategie" (M 5, Z. 12) bestimme. Was auf den ersten Blick durchaus der Machtmissbrauch verhindernden **Verschränkung von vertikaler und horizontaler Gewaltenteilung** entspreche, provoziere unter den Bedingungen der Pandemiebekämpfung „**Wagenburg-Effekte**[]" (Z. 20). Dies bedeute, so Wißmann, dass erstens Informationen nur noch sehr selektiv die Handelnden erreichen (vgl. Z. 20 f.), zweitens jene unter Rechtfertigungsdruck gerieten, die alternative Strategien vorschlügen (vgl. Z. 22 f.), und drittens die Bundesländer in ihrer verfassungsrechtlich garantierten Kompetenz zur Ausführung von Bundesgesetzen beschnitten würden (vgl. Z. 24 ff.).

politische Kommunikation während der Pandemie

Der zweite Vergleichsaspekt betrifft die **politische Kommunikation**. Jäger betrachtet diesen Sachverhalt aus der Perspektive jener, die sich theoretisch kritisch-kompetent zu den Beschlüssen der Verantwortlichen äußern könnten. Aber „**Unternehmen und Verbände**" (M 4, Z. 17) verfolgten ihre Partikularinteressen, ohne „gemeinsame[] Haltungen" (Z. 19) anzustreben. Und die

Opposition sei ins Fahrwasser von Populisten geraten, weshalb die Regierung ein leichtes Spiel mit ihr habe (vgl. Z. 20 ff.).

Politik der Verbote

Auch Wißmann widmet sich der Kommunikation der Corona-Politik angesichts einer „**allgemeinen Zermürbung**" (M 5, Z. 2 f.). Im Zuge eines „Erwartungsmanagements" (Z. 3 f.) würde zugunsten einer Verstetigung von Verboten unabhängig von der pandemischen Lage kommuniziert (vgl. Z. 4 f.). Man kann Wißmanns inhaltliche Kritik an der Strategie der Regierung erkennen, die die Menschen davon abhalten soll, sich in „falsche[r] Sicherheit" (Z. 7) zu wiegen, und so die Rücknahme von Corona-Maßnahmen verzögert.

Verhältnis Politik – Bürger

Schließlich beschäftigen sich beide Autoren mit dem **Verhältnis zwischen Regierenden und Regierten**, dem dritten Vergleichsaspekt. Jäger beschuldigt die in einer „Berliner Blase" (M 4, Z. 33) Agierenden, die vom Rest des Landes isoliert sind, „sachlich und kommunikativ überfordert" (Z. 34) zu sein. Viele Bürger fühlten sich „nicht ausreichend repräsentiert" (Z. 37), was in einen **Vertrauensverlust** resultiere, der möglicherweise zur Abwendung der Menschen von ihren Repräsentanten führe (vgl. Z. 38 ff.).

gegensätzliche Lebenswelten

Wißmann stößt in dasselbe Horn, wenn er eine wachsende Kluft zwischen den „**Lebenswelten** von Entscheidern und Meinungsmachern […] und ‚den Menschen im Lande'" (M 5, Z. 27 f.) diagnostiziert. Er kreidet den Herrschenden einen Mangel an **Solidarität** mit den Bürgerinnen und Bürgern an (vgl. Z. 32) und verschärft seine Kritik sogar noch, indem er Ersteren vorwirft, eine „**Parallelwelt**" (Z. 36) zu bewohnen und die Gesellschaft in ein „die und wir" (Z. 37) zu spalten. Sein düsteres Fazit lautet deshalb, die Regierenden verletzten einen zentralen **Grundkonsens** jeder Demokratie: „Unterschiede beruhen nicht auf staatlichem Zwang." (Z. 39)

vergleichendes Fazit

Beide Autoren sind sich einig darin, dass jene, in deren Händen **Macht und Entscheidung** in Zeiten der Pandemie liegen, enormen Herausforderungen gegenüberstehen. Diesen habe sich das institutionelle Gefüge Deutschlands bislang nicht gewachsen gezeigt. Und die Mängel in der Kommunikation der fraglos komplexen und bisweilen widersprüchlichen Beschlüsse haben eine **Krise der Repräsentation** heraufbeschworen, die die demokratische Ordnung in Mitleidenschaft ziehen könnte. Während Jäger in seiner durchweg stark polemischen Argumentation auf die **Bundestagswahlen** 2021 und die „**Medien als vierte Macht**" (M 4, Z. 25) hofft, ist der Duktus bei Wißmann über weite Strecken sachlicher, allerdings bleibt er **ohne konkreten Lösungsvorschlag** für die von ihm identifizierten Probleme.

4. *Den Einfluss der Medien auf Gesetzgebung und Regieren zu bewerten, verlangt hier, selbst gewählte Aspekte zu beurteilen, um dann eine persönliche Stellungnahme abzugeben und dabei die eigenen Wertmaßstäbe offenzulegen. Entscheidend ist dabei nicht die Anzahl der bewerteten Maßnahmen, sondern eine differenzierte, multiperspektivische Auseinandersetzung mit den zur Bewertung herangezogenen Kriterien.*

Erläuterung des Zitats

Thomas Jäger beschreibt die Medien als „vierte Macht im Staat" (M 4, Z. 25). Der Begriff spielt auf die **drei klassischen staatlichen Gewalten** an: Legislative, Exekutive und Judikative. Wenn Jäger nun die Medien in den Rang einer vierten Gewalt erhebt, spricht er ihnen damit eine herausragende Stellung in der Ordnung eines demokratischen Verfassungsstaats zu, da sie gewissermaßen auf Augenhöhe mit den drei anderen Gewalten agieren. Fundament des Wirkens von Medien in der Bundesrepublik Deutschland ist Artikel 5 GG, der die **Meinungsfreiheit** garantiert. Unterschiedliche, kontroverse Meinungen können demnach frei geäußert und verbreitet werden. „Eine Zensur findet nicht statt." (M 1) Jäger äußert harsche Kritik an der Corona-Politik und hofft auf die Medien als Korrektiv. Der **Einfluss der Medien** auf Gesetzgebung und Regieren soll im Folgenden anhand der **Kriterien Transparenz, Partizipation und Freiheit** bewertet werden.

Meinungsfreiheit im Grundgesetz

Bewertungskriterien

Transparenz

Im engeren politischen Sinn haben Medien eine **Informationsfunktion** und tragen mithin wesentlich zur **Transparenz des politischen Prozesses** bei. Das bedeutet, dass sie die Menschen über tagespolitische Themen informieren und sie so in die Lage versetzen, sich eine **eigene Meinung** zu bilden und daraufhin fundierte politische Entscheidungen zu treffen. Die Informationsfunktion führt also direkt zur zweiten wichtigen Funktion von Medien: zur **Meinungsbildungsfunktion**. Den beiden Funktionen entsprechend stellen freie Medien einen unverzichtbaren Bestandteil jeder freiheitlichen Demokratie dar. Das Funktionieren eines Gemeinwesens, in dem alle Staatsgewalt vom Volke ausgeht (vgl. Art. 20,2 GG) setzt voraus, dass dessen Bürger*innen über die Informationen verfügen, die sie benötigen, um sich eine eigene Meinung zu allen politischen Fraugen bilden zu können.

Partizipation

In modernen, pluralistisch ausdifferenzierten Gesellschaften ist **Politik ohne Massenmedien unmöglich**. Die Aufgabe der Medien besteht auch darin, Informationen zu beschaffen, eine Auswahl zu treffen und sie so zusammenzustellen, dass die Öffentlichkeit sie versteht. Dadurch erfüllen Medien zwei weitere Funktionen: Sie stellen zum einen eine Verbindung zwischen Volk und Politik her, denn durch sie erfährt der Bürger, was z. B.

Parlament und Regierung im Rahmen der Gesetzgebung vorhaben. Umgekehrt erfahren Parlamentarier nicht zuletzt durch die Medien, was das Volk bewegt. Diese unterschiedlichen, oft gegensätzlichen Interessen auf den Punkt zu bringen, kann als **Artikulationsfunktion** der Medien zusammengefasst werden. So wird den Bürgerinnen und Bürgern die **Partizipation am politischen Prozess** erst richtig ermöglicht. Zum anderen sind es ebenfalls die Medien, die maßgeblich mitbestimmen, worüber gesprochen und was von den Menschen als relevant erachtet wird. Dadurch, dass sie nur über eine Auswahl an Themen berichten, betreiben Medien „**Agenda-Setting**", sind selbst als Akteure tätig und fungieren im Sinne Jägers als vierte Gewalt.

Freiheit

Schließlich üben die Medien gegenüber den politisch Verantwortlichen eine **Kritik- oder Kontrollfunktion** aus und helfen so wesentlich dabei, fundamentale **Freiheitsrechte** vor dem Missbrauch durch die Herrschenden zu schützen. Nicht von ungefähr haben die Nationalsozialisten frühzeitig den Meinungspluralismus unterdrückt, indem sie die Presse gleichgeschaltet und auf Linie mit dem Regime gebracht haben. Dadurch, dass Medien in einer freien Gesellschaft Missstände aufdecken, veranlassen sie staatliche Kontrollinstanzen wie Parlamente dazu, sich öffentlich mit ihnen auseinanderzusetzen. Genau deswegen werden Medien als vierte Gewalt bezeichnet.

Fazit

Der Einfluss der Medien auf Gesetzgebung und Regieren kann gar nicht überbewertet werden. Sie schaffen **Transparenz** und machen so den politischen Prozess einer breiteren Öffentlichkeit erst verständlich. Ferner ermöglichen sie den Bürgerinnen und Bürgern die **Partizipation** am politischen Geschehen, indem sie einen Kommunikationskanal in beide Richtungen – vom Souverän zur Politik und umgekehrt – öffnen. Schließlich leisten sie einen unschätzbaren Beitrag dazu, die Abwehrrechte und **Freiheiten** der Bürger gegen Übergriffe der öffentlichen Gewalt zu schützen. Allerdings muss einschränkend angemerkt werden, dass gerade sog. soziale Medien und Netzwerke in jüngerer Zeit und verschärft in Zeiten der Pandemie nicht unwesentlich zur **Polarisierung** in pluralistischen Gesellschaften beitragen können – wenn sie sich nämlich in den Dienst von Verschwörungserzählungen, Hass und Hetze stellen.

Abiturprüfung Gemeinschaftskunde – Baden-Württemberg
Übungsaufgabe 5: Politisches System

Leitthema: Zukunft der Demokratie – Demokratie der Zukunft: Wie soll politische Partizipation gefördert werden?

Aufgaben:

1. Charakterisieren Sie anhand von M 2a bis M 2c Entwicklung und Zustand der politischen Partizipation in Deutschland.	14 VP
2. Die empirische Wahlforschung hat verschiedene Theorien im Zusammenhang mit dem Verhalten von Wählerinnen und Wählern entwickelt. Erklären Sie Wahlverhalten anhand der Rational-Choice-Theorie.	14 VP
3. Stellen Sie ausgehend von der Karikatur M 3 mögliche Folgen einer geringen Wahlbeteiligung dar.	12 VP
4. Bewerten Sie eine Möglichkeit, politische Partizipation zu fördern.	20 VP
	60 VP

M 1 Grundgesetz

M 2 a Wahlbeteiligung bei Bundestagswahlen, in Prozent

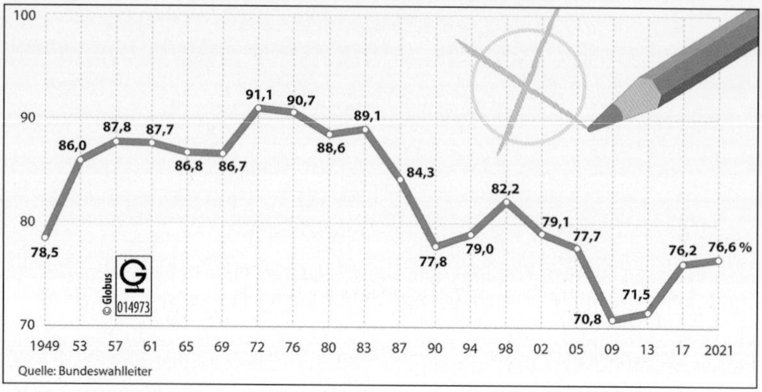

picture alliance/dpa/dpa-infografik GmbH

M 2 b Mit Parteibuch.
Mitglieder der im deutschen Bundestag vertretenen Parteien in 1 000.

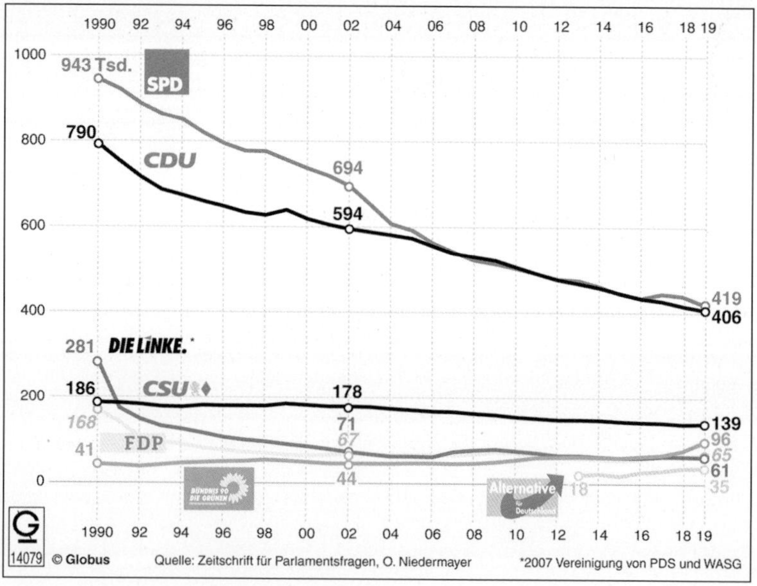

picture alliance/dpa/dpa-infografik GmbH

M 2 c Nicht institutionalisierte und organisatorische Formen der Beteiligung nach Bildung und Alter 2018, in Prozent

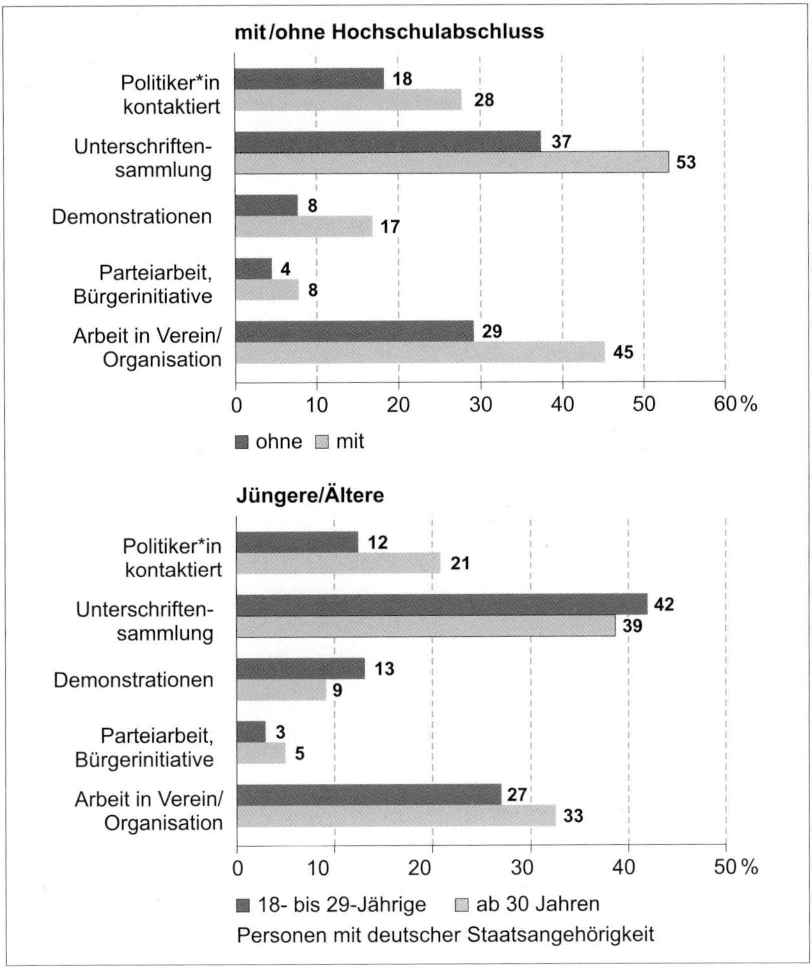

Bernhard Weßels: Politische und gesellschaftliche Partizipation, Auszug aus dem Datenreport 2021, WZB/SOEP, Datenbasis: European Social Survey 9, 2018

M 3 „Nichtwähler“

Kostas Koufogiorgos/toonpool.com

Lösungsvorschlag

Die Lösungsvorschläge stellen nur eine mögliche Antwort dar. Andere Lösungsmöglichkeiten sind zugelassen, wenn sie der Aufgabenstellung entsprechen und sachlich richtig sind.

1. *Der Operator „charakterisieren" erfordert, dass Sie typische (d. h. „charakteristische") Merkmale der politischen Beteiligung bestimmen. Die Aufgabenstellung gibt Ihnen bereits eine mögliche Strukturierung Ihrer Antwort vor, indem sie nach „Entwicklung" und „Zustand" fragt. Eine detaillierte Analyse der Materialien wird ausdrücklich nicht verlangt, wohl aber ein formal korrekter Umgang mit den Grafiken und Statistiken.*

Einleitung mit Bezug zur Aufgabenstellung

Die Grafiken M 2a bis M 2c beschäftigen sich mit verschiedenen Formen politischer Partizipation in der Bundesrepublik Deutschland.

M 2a: Entwicklung der Wahlbeteiligung

Bei Material M 2a handelt es sich um ein Liniendiagramm, das die Entwicklung der **Wahlbeteiligung** bei Bundestagswahlen seit Bestehen der BRD bis zur letzten Bundestagswahl im Jahr 2021 zeigt. Die Daten stammen vom Bundeswahlleiter und werden in Prozent angegeben. Es ist daraus abzulesen, dass die Wahlbeteiligung im Laufe der Zeit deutlichen **Schwankungen** unterlag. Zwar stieg sie bei den vergangenen drei Bundestagswahlen von ihrem absoluten Tiefpunkt mit 70,8 % im Jahr 2009 merklich auf 76,6 % (2021), doch liegt dieser Wert immer noch deutlich unter dem der höchsten Wahlbeteiligung im Jahre 1972 (91,1 %). Bei der institutionalisiertesten Form der Partizipation lässt sich anhand von M 2a also ein **Rückgang** konstatieren.

M 2b: Entwicklung der Parteimitgliedschaften

Auch die **Parteimitgliedschaft** als Form der Partizipation hat an Bedeutung verloren. Die Globus-Infografik (M 2b), die die Zahl der Parteimitglieder der im Deutschen Bundestag vertretenen Parteien von 1990 bis 2019 abbildet, zeigt, dass 2019 nur noch 1,2 Millionen Männer und Frauen parteipolitisch organisiert waren. Damit hat sich die Zahl der Parteimitglieder seit 1990 halbiert. Den größten **Rückgang** hatte die SPD zu verzeichnen. Mitgliederzuwächse hatten nur die AfD und die GRÜNEN.

M 2c: Zustand der Beteiligung nach Alter und Bildung

Bei M 2c handelt es sich um zwei Grafiken, die dem Datenreport 2021 entstammen und die **nicht institutionalisierte und organisatorische Formen der Beteiligung** des Jahres 2018 in Balkendiagrammen abbilden. Es wird deutlich, dass ein enger **Zusammenhang** zwischen **Bildungsabschluss** und **politischer Beteiligung** besteht: Menschen mit Hochschulabschluss nutzen jede der fünf genannten Partizipationsmöglichkeiten deutlich häufiger als Nichtakademiker. Hinsichtlich einer Differenzierung der Partizipation anhand des **Alters** ergibt sich ein etwas weniger einheitliches Bild. Erkennbar ist jedoch eine Präferenz der 18-

bis 29-Jährigen für die Teilnahme an Unterschriftensammlungen und Demonstrationen. Hier liegen die Beteiligungswerte über denen der „Älteren" (ab 30 Jahren).

Zusammenfassend lässt sich sagen, dass die politische **Partizipation** gemessen an Wahlbeteiligung und Zahl der Parteimitgliedschaften seit Bestehen der Bundesrepublik abgenommen hat. Darüber hinaus ist sie in Bezug auf weniger institutionalisierte Formen abhängig von Bildungsgrad und Alter.

knappes Fazit

2. *„Erklären" erfordert grundsätzlich den Bezug zu einer Theorie, einem Modell, einem Gesetz o. Ä. Hier ist es nun Ihre Aufgabe, Wahlverhalten schlüssig im Zusammenhang mit der Rational-Choice-Theorie (RCT) zu erklären. Zusätzliches Material steht Ihnen dabei nicht zur Verfügung.*

Die Theorie der rationalen Entscheidung (engl. Rational-Choice-Theorie, RCT) ist eine **ökonomisch** geprägte, allgemeine **Handlungstheorie**. Sie gilt in der Wahlforschung zur Erklärung von Wahlverhalten als etabliertes Modell.

Einleitung

Die RCT besagt, dass jedes menschliche Handeln durch die **Ziele, Wünsche und Bedürfnisse** sowie durch den menschlichen Versuch, diese Ziele in höchstmöglichem Ausmaß zu realisieren, bedingt ist. Eine Handlung wird der Theorie nach umso wahrscheinlicher begangen, je größer der **persönliche Nutzen** ist und je geringer die **persönlichen Kosten** dieser Handlung sind.

schlüssige Darstellung der Theorie

Abwägung von Kosten und Nutzen

Dies gilt demnach auch für die Beteiligung an Wahlen. Analog zum Modell des *homo oeconomicus* geht die RCT davon aus, dass Parteien, Politiker und Wähler als **rationale Akteure** auf einem Markt agieren, auf dem politische Macht in Form von Wählerstimmen gegen die Realisierung politischer Ziele „getauscht" wird. Dabei ist der Begriff der „Rationalität" in einem **instrumentellen Sinne** zu verstehen und bezieht sich auf die bestmögliche Erreichung persönlicher ökonomischer und politischer Ziele.

Ein Wahlberechtigter wägt demnach die „Kosten" seiner Wahlbeteiligung (z. B. Zeitaufwand) gegen den zu erwartenden Nutzen (Beeinflussung des Wahlausgangs) ab und trifft seine Entscheidung dabei **nutzenmaximierend** und **kostenminimierend**.

Da jedoch beispielsweise bei der Bundestagswahl im Jahr 2021 mehr als 60 Millionen Bürger*innen wahlberechtigt waren, musste der **eigene Einfluss auf den Wahlausgang** als extrem gering eingeschätzt werden. Wenn also die Kosten der Wahlbeteiligung den daraus entstehenden Nutzen übersteigen, würde ein rationaler Bürger nicht an der Wahl teilnehmen. Diese Schlussfolgerung steht allerdings im Widerspruch zu den Wahl-

Achillesferse der Theorie: Wahlparadox

beteiligungsraten (vgl. M 2a). Die Tatsache, dass sich die Mehrzahl der Wahlberechtigten an Wahlen beteiligt, wird als **Wahlparadox** bezeichnet und kann als die Achillesferse der RCT betrachtet werden.

3. *Die hier geforderte Darstellung möglicher Folgen einer geringen Wahlbeteiligung muss auf der Kernaussage der Karikatur M 3 basieren (= „ausgehend von ...“). Dabei ist der formal korrekte Umgang mit der Karikatur ebenso von Bedeutung wie die inhaltliche Verknüpfung und Strukturierung Ihrer Antwort mit der Bildaussage.*

Die Karikatur mit dem Titel „Nichtwähler“ stammt von Kostas Koufogiorgos und wurde auf www.toonpool.com im Zusammenhang mit der Bundestagswahl im September 2017 veröffentlicht. Zentrales Bildelement sind zwei Personen: Zum einen der „**deutsche Michel**“, der – mit seiner Schlafmütze als nationale Personifikation der Deutschen – mit einer Bierflasche gemütlich im Liegestuhl sitzt. Zum anderen ein kahlköpfiger beleibter Mann, der neben einem Baseballschläger auch einen Wahlzettel bzw. eine Wahlbenachrichtigung in den Händen hält. Durch die Darstellung ist er eindeutig als **Rechtsextremist** zu identifizieren. Er beruhigt den deutschen Michel im Liegestuhl, indem er ihm erklärt, dass Michel seine bequeme Position nicht verlassen müsse, sondern sitzen bleiben könne, und er für ihn „mitwählen“ würde.

Vorstellung von M 3

knappe Beschreibung

Der Karikaturist weist damit auf eine **Gefahr des Nichtwählens** hin, die darin besteht, dass eine geringe Wahlbeteiligung Parteien an den politischen Rändern begünstigt und zu einer **Radikalisierung** führt. „Wer nicht wählt, wählt rechts!“ ist in diesem Kontext ein recht bekannter Slogan.

Kernaussage

Diese Aussage greift zwar etwas kurz, da alle Parteien von Nichtwählern profitieren und jede Partei bei einer geringeren Wahlbeteiligung mit weniger (absoluten) Stimmen ihr angestrebtes (prozentuales) Wahlziel erreicht. Dennoch ist die Aussage nicht falsch. Die Gefahr einer Radikalisierung durch eine geringe Wahlbeteiligung besteht vor allem darin, dass es Parteien an den **politischen Rändern** gelingt, ihre Wähler zu mobilisieren, während „zufriedene Durchschnittsbürger“ der Wahl aus Bequemlichkeit fernbleiben (vgl. Karikatur) und Parteien der Mitte Stimmenverluste verzeichnen. Radikale Stimmen, die demokratische Grundprinzipien ablehnen, erlangen so mehr Gewicht, können als aktive Minderheit ihre Interessen gegen eine Mehrheitsmeinung durchsetzen und stellen somit eine wachsende **Gefahr für die Demokratie** dar.

Verdeutlichung möglicher Gefahren einer geringen Wahlbeteiligung

Radikalisierung

Darüber hinaus hat eine geringe Wahlbeteiligung zwangsläufig eine **geringe Legitimation** der Gewählten zur Folge und die Regierung kann sich der Zustimmung der Mehrheit des Volkes nicht sicher sein. Berücksichtigt man dies im Zusammenhang mit der Tatsache, dass Wahlen deutlich weniger als andere Formen der politischen Beteiligung sozial verzerrt sind (vgl. auch M 2 c), bedeutet eine geringe Wahlbeteiligung auch **geringe politische Gleichheit**. Vor allem auch deshalb gilt die Wahlbeteiligung als Gradmesser der Qualität einer Demokratie und eine hohe Wahlbeteiligung als deren Ideal. Wenn nun bestimmte Gruppen kaum noch wählen und sie mit ihren Interessen in den Parlamenten unterrepräsentiert oder gar nicht vertreten sind, gerät dieses Ideal in Gefahr. Letzten Endes ist damit eine geringe Wahlbeteiligung auch ein **Indiz für Desintegrationsprozesse** in der Gesellschaft und ein Zeichen bröckelnden politischen Zusammenhalts.

Legitimation von Macht

politische Gleichheit

4. *Der Operator „bewerten" verlangt hier, eine Möglichkeit zur Förderung politischer Partizipation zu beurteilen, eine persönliche Stellungnahme abzugeben und dabei die eigenen Wertmaßstäbe offenzulegen. Welche Möglichkeit Sie dabei in den Blick nehmen, ist deutlich weniger wichtig als eine fundierte und differenzierte Auseinandersetzung mit eben jener Maßnahme. Die geeignete Auswahl an Bewertungskriterien ist darüber hinaus entscheidender als deren Anzahl.*
Mögliche Maßnahmen könnten neben der hier beispielhaft bewerteten Stärkung der politischen Bildung auch die Einführung direktdemokratischer Elemente auf Bundesebene oder die Einführung der Wahlpflicht sein. (Eine mögliche Argumentation und geeignete Kriterien zur Bewertung dieser Möglichkeit finden Sie auch auf S. 41 f.)

Schon 1863 beschrieb Abraham Lincoln Demokratie als „Regierung des Volkes, durch das Volk und für das Volk" und betonte damit die Bedeutung der **Volkssouveränität**. Dies finden wir im Grundgesetz Art. 20 (2) wieder. Dort heißt es: „Alle Staatsgewalt geht vom Volke aus. Sie wird vom Volke in Wahlen und Abstimmungen […] ausgeübt."

Einleitung mit kurzer Begründung der gewählten Maßnahme

Wahlen sind allerdings bei Weitem nicht die einzige Möglichkeit, sich politisch zu beteiligen und eigene Interessen durchzusetzen. Im Gegenteil: Eine **Vielzahl unterschiedlichster Beteiligungsformen** (vgl. auch M 2 c) wurde durch eine intensivierte Digitalisierung zusätzlich erweitert. Das effektive Mittel gegen schwindende Partizipation ist daher augenscheinlich nicht in einem **Mehr an Möglichkeiten** zu suchen. Vielmehr sollte in eine Maßnahme investiert werden, die die **Ursachen** geringer Beteiligung nachhaltig bekämpft und dabei zwar nicht ausschließlich, aber vor allem auf eine **Steigerung der Wahlbetei-**

Steigerung der Wahlbeteiligung

ligung setzt. Dies lässt sich einfach dadurch begründen, dass **Wahlen am geringsten sozial verzerrt** sind. Unkonventionelle Beteiligungsformen werden im Vergleich zu Wahlen mit sehr viel größerer Wahrscheinlichkeit von gebildeten Personen mit überdurchschnittlichem Einkommen, sog. Partizipationseliten, genutzt und führen daher zwangsläufig zu einem einseitigen Bild des Volkswillens.

Bewertungs-kriterien

Eine **effektive** und gleichzeitig **gerechte** und **nachhaltige** Möglichkeit, politische Partizipation jeder Art zu fördern, ist daher in stärkerer (politischer) **Bildung** zu sehen. Denn nur wer in der Lage ist, seine eigenen Interessen zu artikulieren und gegenüber anderen zu begründen, und wer seine Möglichkeiten, diese in den Willensbildungsprozess einzuspeisen, kennt, wird im politischen Alltag Gehör finden. (Politische) Bildung greift also an den Wurzeln politischer Partizipation an und schafft die **sozialen Voraussetzungen** für Beteiligung. Entsprechend könnte beispielsweise mehr politische Bildung in der Schule stattfinden. Dies gilt sowohl für den **Unterricht** in Fächern wie Gemeinschaftskunde als auch als **Leitprinzip** in der Schule als Institution. Werden schon Kinder und Jugendliche an Beteiligung herangeführt und ihnen somit nicht nur die theoretische Bedeutung der Demokratie, sondern auch ein **positives Selbstwirksamkeitsgefühl** vermittelt, steigt die Beteiligungsbereitschaft nachhaltig. Das Gefühl, keine Stimme zu haben und Politik nicht zu verstehen, käme damit gar nicht mehr auf und einer Resignation (beispielhaft auch durch geringe Wahlbeteiligung belegt) würde ebenso entgegengewirkt wie antidemokratischen Bewegungen.

Fazit

Zusammenfassend lässt sich sagen, dass **politische Bildung** als Maßnahme zur Förderung politischer Partizipation und damit auch langfristig zur **Stärkung unserer Demokratie** uneingeschränkt positiv bewertet werden kann. Denn auch wenn dadurch „nicht über Nacht" Erfolge zu messen sind, so ist die **Nachhaltigkeit** dieses Ansatzes, der perspektivisch für mehr **Gerechtigkeit** bei der **Partizipation** und damit auch zu einer höheren **Legitimation** von Wahlentscheidungen führt, dem **Gemeinwohl** zuträglich. Des Weiteren schließt mehr politische Bildung weitere Maßnahmen zur Förderung der Partizipation nicht aus. Ganz im Gegenteil: Sie kann als Basis für viele weitere Maßnahmen betrachtet und mit diesen vereinbart werden.

Kombinationsprüfung Gemeinschaftskunde/Geographie
Übungsaufgabe 6: Schwerpunktfach Gemeinschaftskunde

Thema: *Kann die UNO den Weltfrieden sichern?*

Aufgabenstellung

1. In der Charta der Vereinten Nationen verpflichten sich die Mitgliedstaaten, für Weltfrieden und internationale Sicherheit einzutreten.
Stellen Sie dar, wodurch Frieden und Sicherheit derzeit bedroht werden.
2. Erläutern Sie ausgehend von M 1 und M 2 aktuelle Probleme der UNO.
3. Bewerten Sie exemplarisch eine Maßnahme, um die Handlungsfähigkeit der UNO zu stärken.

M 1 Heiko Sakurai: „Der Wachhund und sein neues Herrchen"

© Heiko Sakurai, 2017

M 2 Uno kann Mitarbeiter im November womöglich nicht bezahlen

[…]

Die Vereinten Nationen haben nach Auskunft ihres Generalsekretärs António Guterres dringende Geldsorgen. Die Uno erlebe die „schlimmste Geldkrise seit fast einem Jahrzehnt“, sagte Guterres laut einer Mitteilung. „Die Organisation ist gefährdet, ihre liquiden Reserven bis zum Ende des Monats aufzubrauchen, und bei Zahlungen an Mitarbeiter und Lieferanten in Verzug zu geraten.“

129 der 193 Mitgliedstaaten hätten ihre diesjährigen Zahlungen schon geleistet. Alle anderen rief Guterres dazu auf, das so bald wie möglich zu tun. „Wir riskieren, in den November zu gehen, ohne das Geld für die Gehälter unserer Mitarbeiter zu haben.“

Der Etat der Vereinten Nationen liegt 2019 bei rund 3,3 Milliarden Dollar. Größter Beitragszahler sind die USA, die 22 Prozent des Budgets bestreiten. Aktuell schuldet die Regierung in Washington der Staatengemeinschaft rund 380 Millionen Dollar für frühere Budgets und gut 670 Millionen Dollar für den Haushalt in diesem Jahr, zusammen also mehr als eine Milliarde Dollar. US-Präsident Donald Trump hat mehrfach kritisiert, sein Land zahle einen unfair hohen Beitrag zum Budget der Vereinten Nationen. Er fordert eine Reform.

Schon seit Anfang des Jahres hätte die Uno an allen möglichen Stellen gespart, sagte Guterres am Dienstag. Sonst wäre die jährliche Generaldebatte im September diesmal nicht möglich gewesen. Wenn nicht bald Geld von den Mitgliedstaaten eingehe, müsse noch mehr gespart werden – unter anderem könnten Mitarbeiter dann weniger reisen und möglicherweise müssten Konferenzen und Treffen verschoben werden.

Guterres: UN in schlechtester Finanzlage seit fast zehn Jahren; 08.10.2019

Lösungsvorschlag

Allgemeine Tipps und Hinweise:
Während der etwa 20-minütigen Vorbereitungszeit sollten Sie sich Notizen machen, die Sie auch mit in die Prüfung nehmen dürfen. Machen Sie davon unbedingt Gebrauch, denn gute Notizen vermitteln Ihnen nicht nur ein Gefühl der Sicherheit und können Ihnen über einen möglichen „Hänger" hinweghelfen, sondern erleichtern es Ihnen auch, Ihren Vortrag klar und sinnvoll zu strukturieren. Verfassen Sie jedoch keinen Fließtext. Stichworte oder einfache grafische Darstellungen wie Mindmaps oder Fließschemata sind nicht nur zeitsparend und übersichtlicher, sie verhindern auch, dass Sie zu sehr an Ihren Notizen kleben und darüber den freien Vortrag vergessen. Farbige Markierungen in Ihren Notizen können Ihnen zusätzlich helfen, Inhalte mit nur einem Blick zu erfassen. Und: Notizen zu erstellen, ist eine Kompetenz, die Sie üben sollten. Es gibt nicht die eine richtige Form. Experimentieren Sie also mit unterschiedlichen Varianten und finden Sie heraus, welche Form Ihnen am meisten liegt.

Zeitmanagement:
Sowohl für die Vorbereitungszeit als auch in der Prüfung ist Zeitmanagement ganz zentral. Sie sollten daher immer die Uhr im Blick haben und ein Gespür für eine angemessene zeitliche Strukturierung der Prüfung entwickeln. Die vorgegebenen Zeiten aufgrund mangelnden Zeitmanagements nicht eigenständig zu füllen, ist dabei ebenso ärgerlich, wie sich zu verzetteln und so Wissen nicht einbringen zu können.
Beachten Sie dabei auch, dass Prüfungsaufgaben häufig eine gewisse Progression aufweisen, also zunehmend anspruchsvoller werden. Um Ihr Wissen und Können unter Beweis zu stellen, sollten Sie weniger Zeit auf Aufgaben des Anforderungsbereichs I verwenden (und beispielsweise minutenlang einen Cartoon beschreiben) als vielmehr vertieft auf die Anforderungsbereiche II und III eingehen (vgl. hierzu auch den gängigen Operatorenkatalog).

1. *Bitte beachten Sie bei Ihrem Zeitmanagement, dass die Aufgabe als „Türöffner" gedacht ist und Ihnen den Einstieg in die Prüfungssituation erleichtern und Sie zum thematischen Schwerpunkt, der UNO, hinführen soll. Vollständigkeit wird bei Ihrer Darstellung nicht erwartet, aber die Aufgabe verlangt von Ihnen, Zusammenhänge zu verdeutlichen und zu beschreiben. Eine isolierte Nennung einzelner sicherheitspolitischer Herausforderungen erfüllt daher die Anforderungen nicht. Wünschenswert ist eine Darstellung, die Risiken für die innere und für die äußere Sicherheit miteinander verbindet und nach militärischen, politischen, sozialen, ökologischen und ökonomischen Gefahren für den Frieden differenziert.*

   Frieden und Sicherheit werden heute durch eine Vielzahl unterschiedlicher Gefahren bedroht und „Frieden" wird dabei auch nicht mehr nur negativ als die **Abwesenheit von Krieg** definiert, sondern es wird ein **erweiterter** oder **umfassender Sicherheitsbegriff** zugrunde gelegt.

Dieser erweiterte Sicherheitsbegriff trennt nicht mehr strikt zwischen äußerer und innerer Sicherheit, wie beispielsweise Angriffskriegen auf einen Staat oder Massenarmut, also Problemlagen, die sowohl den Staat als auch dessen Gesellschaft aus sich selbst heraus bedrohen. Er betont darüber hinaus nicht nur die Zusammenhänge zwischen verschiedenen Sicherheitsgefährdungen, sondern auch deren globale Vernetzungen und Auswirkungen aufeinander.

Möchte man die Vielzahl der Gefahren für Frieden und Sicherheit kategorisieren, ist folgende Strukturierung denkbar:

- **politisch-militärische Gefahren:**
  z. B. Proliferation von Massenvernichtungswaffen, „neue" Kriege und hybride Kriege, nukleare Aufrüstung, „neuer Kalter Krieg"
- **ökonomische Gefahren:**
  z. B. (Welt-)Wirtschaftskrisen, Verteilungskämpfe um knappe Ressourcen wie Öl, aber auch Wasser
- **ökologische Gefahren:**
  z. B. Klimawandel mit all seinen Folgeerscheinungen wie Desertifikation, Wasserknappheit und schließlich Anstieg der Zahl der „Klimaflüchtlinge"
- **soziale Gefahren:**
  z. B. Armut, Hunger, Krankheiten, mangelnde Bildungschancen, aber auch Ausgrenzung und Unterdrückung
- **rechtliche Gefahren:**
  z. B. Verletzung der Menschenrechte, Völkermord, Folter und Diskriminierung

2. *Die Materialien stellen lediglich den Ausgangspunkt der Erläuterung dar („… ausgehend von …"). Die Nennung weiterer Schwierigkeiten der UNO, die im Zusammenhang beschrieben und mit Beispielen erklärt werden, sind nötig. Daher bietet es sich an, in Ihrem Vortrag klar zu differenzieren und deutlich zu machen, welche Aspekte den Materialien entstammen und welcher Teil der Darstellung auf Ihrem eigenen Wissen basiert. Beachten Sie bitte auch im mündlichen Vortrag die formalen Kriterien im Umgang mit Material, wie beispielsweise die kurze Vorstellung der Materialien oder richtiges Zitieren.*

Bei **Material M 1** handelt es sich um einen Cartoon von Heiko Sakurai aus dem Jahre 2017, der auf die Wahl António Guterres' zum UN-Generalsekretär Bezug nimmt.

- **Titel und Sprechblase:** Die UNO ist der Wachhund des Weltfriedens und der neue UN-Generalsekretär dessen Herrchen. **Aber:** Der Wachhund ist ein kleiner Dackel und wirkt alles andere als angsteinflößend oder wirkungsmächtig. Lediglich die Hundehütte, durch die Aufschrift und das Emblem als UNO zu identifizieren, ist groß und eindrucksvoll – für den ängstlich dreinblickenden Dackel jedoch völlig überproportioniert.
- **„Herrchen":** Guterres scheint sich seiner Aufgabe als Hundeführer nicht wirklich sicher zu sein. Beklommen winkt er in Richtung des Hundes und fragt ihn

nach seiner Bereitschaft, den Weltfrieden zu sichern, statt zuversichtlich auf dessen Stärke zu bauen.

Damit thematisiert Material M 1 die Machtlosigkeit der UNO in Bezug auf ihre Kernaufgabe.

Der **Artikel M 2**, der am 9. Oktober 2019 im Nachrichtenmagazin „Der Spiegel" erschien, stellt die finanzielle Schwäche der UNO dar und weist auf Folgendes hin:

- Vor allem die **Zahlungsmoral der USA** bringe die Organisation in eine massive Schieflage.
- Die **Finanzschwäche der UNO** und der Unwille ihrer Mitglieder, daran etwas zu ändern, sei Ursache von Problemen: Wenn allein die USA den Vereinten Nationen mehr als eine Milliarde Dollar schulden, dann wird deutlich, wie wenig die Organisation bereit sein kann, als Wachhund des Weltfriedens zu fungieren (vgl. M 1).

Weitere Probleme sind z. B.:

- **Überforderung der UNO** durch die Vielzahl an Missionen und die neue Art von Sicherheitsgefährdungen
- **Ineffizienz** der Blauhelmeinsätze: wie beispielsweise MONUC/MONUSCO seit 1999 in der Demokratischen Republik Kongo
- Frage nach der **Legitimität** des Eingreifens in innerstaatliche Angelegenheiten
- Struktur des **UN-Sicherheitsrates** (Veto-Staaten)

3. *Sie sind in der Wahl einer möglichen Reformmaßnahme frei. Achten Sie jedoch unbedingt darauf, ganz konkret eine Maßnahme in den Blick zu nehmen und diese kriteriengestützt zu bewerten.*
Eine Reform des Sicherheitsrates, der in seiner derzeitigen Zusammensetzung die geopolitischen Verhältnisse von 1945 widerspiegelt und durch das Vetorecht der ständigen Mitglieder maßgeblich für die Ineffizienz der Organisation ist, liegt nahe.

Der **Sicherheitsrat der Vereinten Nationen** trägt laut Artikel 24 der UN-Charta die Hauptverantwortung für die Wahrung des Weltfriedens und der internationalen Sicherheit und kann im Krisenfall vorläufige nichtmilitärische und militärische Maßnahmen beschließen. Dies sind zum Beispiel Vermittlungsbemühungen, Sanktionen, aber auch Kriegseinsätze. Damit ist der Sicherheitsrat **das zentrale Organ** der UNO und gerät auch sofort in den Fokus, wenn es darum geht, die Handlungsfähigkeit der Vereinten Nationen zu verbessern. **Denn: Die Struktur** bzw. Zusammensetzung des Weltsicherheitsrates trägt maßgeblich zur **mangelnden Handlungsfähigkeit und Ineffizienz** bei. Er setzt sich zusammen aus fünf ständigen und zehn nichtständigen Mitgliedern, die durch die Generalversammlung jeweils für zwei Jahre bestimmt werden. Entscheidend ist, dass die fünf ständigen Mitglieder („Permanent Five", P5) USA, Russland, China, Großbritannien und Frankreich bei der Verabschiedung von Resolutionen ein Vetorecht haben und das zentrale Gremium wegen der Differenzen zwischen Russland und den drei westlichen Vetomächten derzeit in vielen Fragen blockiert ist.

Exemplarische Maßnahme: Abschaffung des Vetorechts

- **Kriterium der Wirksamkeit:** Die **Handlungsfähigkeit** der Vereinten Nationen könnte maßgeblich verbessert werden.
- **Kriterium der Gerechtigkeit:** Durch die Abschaffung des Vetorechts könnte die als ungerecht empfundene institutionelle Ungleichheit unter den Mitgliedern beendet werden.
- **Kriterium der Legitimität/Autorität:** Damit Resolutionen des Sicherheitsrates von allen Staaten respektiert und eingehalten werden, muss er über die notwendige Autorität und Legitimität verfügen. Dies setzt jedoch voraus, dass er repräsentativ ist. In seiner derzeitigen Zusammensetzung inkl. der ständigen Mitglieder mit Vetorecht ist er das jedoch nicht. Dem könnte entgegengewirkt werden.
- **Kriterium der Durchsetzbarkeit:** So **effizient, legitim und gerecht** eine Abschaffung des Vetorechts der P5 im Hinblick auf die Steigerung der Handlungsfähigkeit der UNO auch wäre, so **unrealistisch** ist sie auch. Denn gegen den Willen der ständigen Mitglieder ist diese Reform nicht durchzusetzen. **Vielversprechender** sind dahingegen Forderungen nach einer **Einschränkung des Vetorechts** oder dessen **Aussetzen**, wenn beispielsweise durch ein Veto Resolutionen des Sicherheitsrates zur Prävention oder Beendigung von Kriegsverbrechen, Verbrechen gegen die Menschlichkeit und Völkermord blockiert werden.

Rückbezug zu Aufgabe 1: Nur durch eine umfassende **Reform des Sicherheitsrates** kann es der UN gelingen, auf die in Aufgabe 1 genannten Bedrohungen für Frieden und Sicherheit angemessen zu reagieren und so ihre Hauptaufgabe, die Wahrung des Weltfriedens und der internationalen Sicherheit, zu erfüllen.

Mögliche Aspekte für das Kolloquium im Schwerpunktfach

Der Prüfungsteil A (Schwerpunktfach) besteht aus Ihrem Vortrag, der sich auf die Aufgabenstellung bezieht (vgl. Tipps und Hinweise, S. XIV). Das anschließende Prüfungsgespräch kann Rückfragen, weiterführende Fragen und auch Fragen zu anderen Lehrplanthemen enthalten. Die folgenden Aspekte dienen als Beispiel.

1. Vergleich der Rahmenbedingungen der Politik im Nationalstaat mit denen der internationalen Politik (Gewaltmonopol, Gesetzgebung, Durchsetzung von Entscheidungen)

2. Beschreibung der Rolle der Bundesrepublik Deutschland in internationalen Organisationen wie der UNO

Kombinationsprüfung Gemeinschaftskunde/Geographie
Übungsaufgabe 7: Schwerpunktfach Gemeinschaftskunde

Thema: *Politische Partizipation als Grundlage demokratischer Herrschaft*

Aufgabenstellung

1. Arbeiten Sie aus dem Artikel heraus, wie sich die politische Partizipation gegenwärtig verändert.
2. Erläutern Sie die Funktion von Wahlen in der Demokratie.
3. Erörtern Sie Vor- und Nachteile des parlamentarischen Regierungssystems der Bundesrepublik Deutschland.

M Bürger an die Macht

[…] Bürger nehmen immer öfter die Politik in ihre eigenen Hände. Erstens, weil sie mitreden wollen, und zweitens, weil nur so neue Ideen in die erstarrte, ritualisierte Debatte der professionellen Politiker gebracht werden können. […] „Die Probleme der Demokratie können nur mit mehr Demokratie gelöst werden, nicht mit weniger. Es gibt den wachsenden Wunsch nach Mitbestimmung, und das sollte man ernst nehmen", findet der Wiener Politikexperte Edward Strasser. […]
Tatsächlich könnten die derzeit noch innovativen Formen der Partizipation schon bald das neue Normalverhalten sein. In der Deutschsprachigen Gemeinschaft, dem östlichsten Bundesland Belgiens, wurde kürzlich ein permanenter Bürgerrat eingerichtet, der mehrmals im Jahr tagt. Die Mitglieder werden nach dem Zufallsprinzip ausgewählt und entscheiden selbst, welche Themen sie auf die Agenda setzen wollen. […]
[Politikwissenschaftler weisen] darauf hin, dass die Bürgerbeteiligung neuen Stils weit über das hinausreichen muss, was traditionellerweise unter direkter Demokratie verstanden wurde. „Es geht nicht einfach darum, mit Ja oder Nein abzustimmen oder Unterschriften zu sammeln. Die Menschen wollen von Anfang an auch inhaltlich mitreden können." […]
Die Digitalisierung liefert das Werkzeug, um solche Prozesse auch im großen Maßstab umsetzen zu können. So holte sich [Bürgermeisterin] Ada Colau in Barcelona die italienische IT-Expertin Francesca Bria für den Aufbau einer digitalen Infrastruktur, mit der ihre Vision einer permanenten Bürgerbeteiligung praktisch umgesetzt werden kann. „Wir müssen die digitale Revolution mit einer demokratischen Revolution verbinden", ist Bria überzeugt. Für den österreichischen Wohnrechtskonvent 2019[1] kommt ebenfalls eine relativ neue Software zum Einsatz. Auf der Webplattform eComitee können alle Teilnehmer ihre Beiträge posten und die Beiträge der anderen kommentieren. Anders

als in den sozialen Medien dürfen das aber auch längere Texte sein. Sogar die Begutachtung von Gesetzesvorschlägen könnte auf diese Weise unter allen Wählerinnen und Wählern durchgeführt werden. […]

Walter Osztovics: „Bürger an die Macht", DIE ZEIT Österreich 34/2019

Anmerkungen

1 Bei diesem Projekt sollen Bürger*innen in mehreren Phasen ein Weißbuch (Grundlagendokument) zum Thema „Wohnen" erstellen.

Lösungsvorschlag

1. *Der Operator „herausarbeiten" erfordert hier, in dem vorliegenden Artikel die Veränderungen zu identifizieren, die sich gegenwärtig im Bereich der politischen Partizipation abzeichnen, und diese im Prüfungsgespräch unter Hinweis auf die entsprechenden Textstellen zu nennen. Um das Zeitmanagement nicht aus den Augen zu verlieren, bietet es sich – wie immer bei Textarbeit – an, relevante Passagen zu unterstreichen und anschließend stichwortartig zu notieren.*

   Walter Osztovics hebt in seinem 2019 erschienenen Zeit-Artikel folgende Veränderungen im Bereich der politischen Partizipation hervor:

   - Die Bürger*innen verlangen größeres **Mitspracherecht** (vgl. Z. 1 f.).
   - Die „erstarrte, ritualisierte Debatte" (Z. 2 f.) wird durch **neue Partizipationsformen** belebt.
   - Neue Partizipationsformen dienen als **Antwort auf Probleme der Demokratie** (vgl. Z. 4 f.).
   - Ein **Beispiel** einer innovativen Partizipationsform ist der **Bürgerrat** in Ostbelgien (vgl. Z. 9 ff.).
   - Die Menschen verlangen nach **frühzeitiger Mitbestimmung** bei politischen Prozessen (vgl. Z. 17 f.).
   - Instrumente der **Digitalisierung** helfen bei der Verwirklichung neuer Ansätze, z. B. permanente Bürgerbeteiligung (vgl. Z. 19 f.).

2. *Der Operator „erläutern" verlangt hier von Ihnen, die Funktionen von Wahlen in der Demokratie im Zusammenhang zu beschreiben und anschaulich mit Beispielen oder Belegen zu erklären. Der „Zusammenhang" ist hier die verfassungsmäßige Ordnung (Art. 20,2 Grundgesetz: „Alle Staatsgewalt geht vom Volke aus. Sie wird vom Volke in Wahlen und Abstimmungen und durch besondere Organe der Gesetzgebung, der vollziehenden Gewalt und der Rechtsprechung ausgeübt."). Der Veranschaulichung dienen könnte etwa der Vergleich mit nichtdemokratischen Regimen wie dem NS-Staat oder der DDR, in denen (z. T. manipulierte) Wahlen ausschließlich eine Akklamationsfunktion besaßen. Diese sollte die vermeintliche Einheit von Führung und Gefolgschaft propagandistisch unter Beweis stellen und gerade nicht den konstruktiv-konflikthaltigen Charakter einer pluralistischen Gesellschaft sichtbar machen.*

Wahlen in der Demokratie haben u. a. folgende Funktionen:

- **Mitwirkung** der Bevölkerung an der **politischen Willensbildung** (vgl. Art. 20 GG: Volkssouveränität)
- **Legitimation** und Kontrolle politischer Herrschaft
- **Rekrutierung** politischer Funktionsträgerinnen und Funktionsträger
- **friedlicher Austrag** politischer Konflikte
- Bildung einer funktionsfähigen **Exekutive** und einer **Opposition**, die als „Regierung im Wartestand“ fungiert
- Integration einer pluralistischen Gesellschaft durch **verbindliche Verfahren** („Legitimation durch Verfahren“)

3. *Der Operator „erörtern“ fordert von Ihnen, durch Abwägen von Vor- und Nachteilen des parlamentarischen Regierungssystems der Bundesrepublik Deutschland ein begründetes Urteil zu fällen. Da es sich hierbei um eine Frage aus dem dritten Anforderungsbereich handelt, sollten Sie in der Vorbereitung genügend Zeit für deren Bearbeitung reservieren und im anschließenden Prüfungsgespräch den Schwerpunkt auf diesen Teil legen. Idealerweise beziehen Sie sich dabei auf die vorausgehenden Fragen, da diese in einem inhaltlichen Zusammenhang mit der dritten Aufgabe stehen. Auch die Verknüpfung mit aktuellen Entwicklungen – z. B. der Situation nach Landtagswahlen (wie der in Thüringen im Herbst 2019, wo es große Schwierigkeiten bei der Regierungsbildung gab) oder den Kontroversen über ein neues Wahlrecht für den Bundestag (z. B. Reduzierung der Abgeordneten, da aufgrund des Systems mit vielen Überhang- und Ausgleichsmandaten hohe Kosten für die Steuerzahler*innen entstehen) – wertet Ihre Lösung auf.*

Das **parlamentarische Regierungssystem** der Bundesrepublik Deutschland legt die Berufung und den Sturz der Regierung in die Hand des Parlaments und ordnet die Beziehung zwischen beiden Verfassungsorganen so, dass die **Regierung dem Parlament verantwortlich ist** und bestimmten Mitteln der **parlamentarischen Kontrolle** unterliegt. Im **präsidentiellen System**, wie es z. B. in den Vereinigten Staaten von Amerika ausgeprägt ist, **vereint der Präsident bzw. die Präsidentin die Funktionen des Staatsoberhaupts und des Regierungschefs** in sich und kann nicht vom Parlament abberufen werden.

Vorteile des parlamentarischen Systems	**Nachteile des parlamentarischen Systems**
• Da die Regierung aus dem Parlament hervorgeht, ist i. d. R. gewährleistet, dass die Regierungsarbeit nicht durch die Legislative blockiert wird (wie im Fall des *divided government* in der präsidentiellen Demokratie der USA).	• Wahlen bieten oft – anders als im präsidentiellen System – keine klare Identifikationsfigur, zumal die Wahl des Regierungschefs bzw. der Regierungschefin nicht unmittelbar aus der Partizipation der Bürger*innen resultiert, sondern Koalitionsabsprachen entspricht.

- Der politische Tageskampf konzentriert sich stärker auf Inhalte als auf Personen. Dies trägt neben der meist gegebenen Notwendigkeit, eine Koalitionsregierung zu bilden, dazu bei, die Polarisierung zwischen politischen Lagern zu mäßigen.
- Ein Bundeskanzler oder eine Bundeskanzlerin, der oder die das Vertrauen des Bundestags verloren hat, kann durch ein konstruktives Misstrauensvotum (Art. 67 GG) gestürzt werden.

- Die Gewaltenverschränkung (statt einer konsequenten Gewaltenteilung) erschwert die Zurechnung politischer Verantwortung und die parlamentarische Kontrolle (Minister*innen können auch Abgeordnete sein).
- Die im Bundestag vorherrschende Fraktionsdisziplin schwächt die Responsivität der Abgeordneten gegenüber ihren Wählerinnen und Wählern vor Ort.
- V. a. bei einem Verhältniswahlrecht besteht die Gefahr einer Zersplitterung der Parteienlandschaft, was die Bildung einer stabilen Regierung erschweren kann.

Fazit:
*Das Fazit sollte glaubhaft Ihre eigene Meinung widerspiegeln und sich nicht in einem zaghaften „Man kann es so, aber auch anders sehen" erschöpfen. Befürworten Sie das parlamentarische System, könnten Sie darauf abheben, dass es trotz des Phänomens der mit großer personeller Kontinuität einhergehenden „Kanzlerdemokratie" (nur acht Amtsinhaber*innen seit 1949) weniger auf eine Person zugeschnitten ist. Somit tendiert es, zumindest bislang, nicht in gleichem Maße zur Polarisierung wie das präsidentielle System.*
Stehen Sie indes dem parlamentarischen System kritisch gegenüber, könnten Sie dessen Komplexität hervorheben. Dabei können Sie auf die Zersplitterung der Parteienlandschaft eingehen. Sie erschwert nicht nur die Regierungsbildung nach den Wahlen, sondern schleift im weiteren Verlauf der Regierungstätigkeit die Unterscheidbarkeit der an ihr beteiligten Parteien ab und schwächt so das Prinzip der Repräsentation.

Mögliche Aspekte für das Kolloquium im Schwerpunktfach

Der Prüfungsteil A (Schwerpunktfach) besteht aus Ihrem Vortrag, der sich auf die Aufgabenstellung bezieht (vgl. Tipps und Hinweise, S. S. XVI). Das anschließende Prüfungsgespräch kann Rückfragen, weiterführende Fragen und auch Fragen zu anderen Lehrplanthemen enthalten. Die folgenden Aspekte dienen als Beispiel.

1. Vor- und Nachteile direkter Demokratie
2. Ansätze zur Reform des Bundestagswahlrechts
3. Bedeutung der Medien als „vierte Gewalt"

Kombinationsprüfung Gemeinschaftskunde/Geographie
Übungsaufgabe 8: Nicht-Schwerpunktfach Gemeinschaftskunde
Impuls Gemeinschaftskunde

Thema: *Sicherheitspolitische Herausforderungen und Lösungsversuche*

Nachdem der erste Teil der Prüfung abgeschlossen ist (Teil A: Schwerpunktfach), erhalten Sie einen Impuls. Dieser leitet zum Nicht-Schwerpunktfach über. Das folgende Beispiel simuliert also den zweiten Teil (Teil B) einer Prüfung, bei der das Schwerpunktfach „Geographie" und das Nicht-Schwerpunktfach „Gemeinschaftskunde" gewählt wurden.
Bedenken Sie, dass für den zweiten Teil nur ca. 7 Minuten zur Verfügung stehen. Falls der Impuls also beispielsweise eine Karikatur ist, können Sie sicher keine allumfassende Analyse liefern.
Der folgende Prüfungsverlauf ist nur beispielhaft. Generell hängt dieser sehr stark vom Thema und Ihrer Leistung ab. Die Aufgaben und Fragen werden Ihnen nicht schriftlich vorgelegt wie bei Teil A, sondern sie ergeben sich im Gespräch.

M Impuls: Warschauer NATO-Gipfel

Möglicher Verlauf des Prüfungsgesprächs

1. Erläutern Sie die Aussageabsicht des Karikaturisten.
2. Erklären Sie den erweiterten Sicherheitsbegriff.
3. Bewerten Sie die Aufnahme Nordmazedoniens in die NATO.

Lösungsvorschlag

1. *Sie müssen hier die vorliegende Karikatur von Horst Haitzinger im Zusammenhang beschreiben und anschaulich mit Beispielen oder Belegen erklären. Angesichts des knappen zeitlichen Umfangs der Prüfung im Nicht-Schwerpunktfach ist es von großer Bedeutung, dass Sie mithilfe des im Unterricht geübten Instrumentariums zur Analyse einer Karikatur zügig deren zentrale Aussage erfassen.*

   - Der **Kalte Krieg** wird **als Untoter** charakterisiert, der im Jahr 2016 zu neuem Leben erwacht ist.
   - Die Inschrift auf dem Grabstein stellt mithilfe einer geläufigen Formulierung („in Frieden ruhen“) eine **Verbindung** zwischen dem **Ende des Kalten Kriegs** und der **Bewahrung des Friedens** her.
   - Die **NATO-Mitgliedstaaten** mit Uncle Sam, der Allegorie der Vereinigten Staaten von Amerika, an der Spitze **erschrecken**, als sie bemerken, dass der Kalte Krieg wiederersteht, da das westliche Verteidigungsbündnis nun mit **neuen sicherheitspolitischen Herausforderungen** konfrontiert wird, die z. B. die Solidarität der Bündnispartner oder die aktuell geltende NATO-Strategie auf die Probe stellen könnten.
   - Folgende **Ereignisse bzw. Entwicklungen** könnten den Karikaturisten zu seiner Zeichnung angeregt haben: die aggressive Außenpolitik Russlands unter Präsident Wladimir Putin (die von vielen als völkerrechtswidrig angesehene Annexion der Halbinsel Krim im Jahr 2014), der Aufstieg der Volksrepublik China zu einer selbstbewusst auftretenden Weltmacht (Konflikte um Territorien im Südchinesischen Meer) und das sprunghafte Verhalten des NATO-Mitgliedstaats Türkei unter Präsident Recep Tayyip Erdoğan (v. a. mit Blick auf den Syrienkrieg).

2. *Bei diesem Auftrag sind Informationen in Bezug auf den Begriff des erweiterten Sicherheitsbegriffs durch eigenes Wissen und eigene Einsichten begründet in einen Zusammenhang zu stellen. Es geht also darum, das im Unterricht Gelernte bündig zu präsentieren, indem Sie Merkmale des erweiterten Sicherheitsbegriffs darlegen.*

Zentrale Elemente des erweiterten Sicherheitsbegriffs sind u. a.:
- Verbindung von **innerer** und **äußerer Sicherheit** eines Staates
- Berücksichtigung **neuer Bedrohungslagen** (russischer Imperialismus, transnationaler Terrorismus, Verbreitung von Massenvernichtungswaffen, Folgen des Klimawandels)
- **Einbeziehung nichtstaatlicher Akteure** (wie Warlords oder NGOs) und weiterer Dimensionen (neben der militärischen v. a. auch ökonomische, ökologische, soziale und humanitäre Sicherheit als Voraussetzung stabiler Staatlichkeit)
- **Nation Building** als Strategie zum Wiederaufbau von Failed States (d. h. langfristige Bekämpfung der Ursachen von Konflikten statt eines bloßen Adhoc-Krisenmanagements)

3. *Der anspruchsvolle Operator „bewerten" verlangt von Ihnen, die Aufnahme Nordmazedoniens in die NATO zu beurteilen, eine persönliche Stellungnahme abzugeben und dabei die eigenen Wertmaßstäbe offenzulegen. Dazu benötigen Sie Kriterien, die Sie im Prüfungsgespräch benennen müssen. Von Vorteil ist es, gerade auch mit Blick auf die zur Verfügung stehende Zeit, sich auf wenige – zwei oder drei – treffende Kriterien zu beschränken, diese jedoch anschaulich und anhand aktueller Beispiele auszuführen.*
Diese Aufgabenstellung zeigt deutlich, wie unterschiedlich das Prüfungsgespräch verlaufen kann. Der Auftrag ist sehr anspruchsvoll und falls Sie mit dem Thema gut vertraut sind, können Sie auf jeden Fall punkten. Falls Sie Schwierigkeiten haben, kann es aber auch sein, dass der Prüfer oder die Prüferin durch detaillierte Nachfragen zu den Themen „Nordmazedonien" oder „NATO" lenkend eingreift. Auch hier gilt es zu beachten, dass die Zeit extrem knapp ist und Sie nur kurz die Möglichkeit haben, zu überlegen. Zudem wird die Aufgabenstellung nicht wie im schriftlichen Teil des Abiturs zentral gestellt, sondern vom Prüfer oder von der Prüferin selbst. Somit sollten Sie auf Schwerpunkte, die ihre Lehrkraft im Unterricht gesetzt hat, vorbereitet sein.

Nachdem Mazedonien Anfang 2019 den jahrzehntelangen **Streit mit Griechenland um seinen Staatsnamen** beilegen konnte, indem es sich in Nordmazedonien umbenannte, stand der bis dato von Athen blockierten Aufnahme des Balkanlandes in die NATO nichts mehr im Wege.

- **Kriterium der Stabilität:** Die Aufnahme Nordmazedoniens exportiert Stabilität in eine seit jeher unruhige Region, zumal die russische Außenpolitik ihren Einfluss auf dem Balkan ausweiten möchte, was den Sicherheitsinteressen der NATO widerspricht. Diese fürchtet, Russland könne die Region ähnlich destabilisieren wie die Ukraine, der Wladimir Putin zur Legitimation seiner

Invasion das Existenzrecht als eigenständige Nation abgesprochen hat und stattdessen eine panslawistische Ideologie propagiert. Da zudem die sog. Balkanroute einen der zentralen Fluchtwege vom Nahen Osten nach Europa darstellt, liegt die Stabilisierung der Region im Interesse des atlantischen Bündnisses. Dies gilt vor allem, wenn man den erweiterten Sicherheitsbegriff zugrunde legt, bei dem gerade auch die Prävention von Konflikten eine Rolle spielt.

- **Kriterium der Legitimität:** Einerseits kann argumentiert werden, dass Mazedonien stets der NATO-Beitritt in Aussicht gestellt wurde, sofern der Balkanstaat in puncto Namensstreit zu einem Kompromiss mit Griechenland bereit sei. Als dies dann im Jahr 2019 der Fall war, hätte die NATO nur um den Preis der eigenen Glaubwürdigkeit von diesem Versprechen abrücken können. Andererseits kann eingewandt werden, dass die NATO-Osterweiterung nach dem Ende des Ost-West-Konflikts 1990 Russland in die Enge getrieben und so neue Unsicherheiten geschaffen habe. Daher sei es fragwürdig, den NATO-Schutzschirm auf Regionen auszudehnen, die traditionell auch im Brennpunkt der russischen Außenpolitik stehen, denn dadurch könnten Konflikte angefacht werden, was letztlich der Sicherheit in Europa abträglich wäre. Allerdings hat Putins Invasion der Ukraine der NATO neue Legitimität verschafft. Sogar traditionell neutrale Staaten wie Schweden und Finnland ziehen einen Beitritt zum nordatlantischen Bündnis in Betracht. Und in den NATO-Staaten selbst – v. a. in Deutschland – sind jene Stimmen weitgehend verstummt, die bis vor Kurzem das Existenzrecht der Allianz in Frage stellten und die gleiche sicherheitspolitische Distanz zu Moskau und Washington verlangten.

Kombinationsprüfung Gemeinschaftskunde/Geographie
Übungsaufgabe 9: Nicht-Schwerpunktfach Gemeinschaftskunde
Impuls Gemeinschaftskunde

Thema: *Politische Partizipation als Grundlage demokratischer Herrschaft*

Nach dem ersten Teil der Prüfung (Teil A: Schwerpunktfach) erhalten Sie einen Impuls, der zum Nicht-Schwerpunktfach überleitet. Im Folgenden sehen Sie ein Beispiel des zweiten Teils (Teil B) einer Prüfung, bei der das Schwerpunktfach „Geographie" und das Nicht-Schwerpunktfach „Gemeinschaftskunde" gewählt wurden. Für diesen Teil stehen nur ca. 7 Minuten zur Verfügung. Dies sollten Sie bei Ihrem Zeitmanagement dringend berücksichtigen und beispielsweise im vorliegenden Fall auf eine ausführliche Beschreibung des Cartoons verzichten. Achten Sie wegen der Kürze der Zeit ganz besonders auf eine klare Strukturierung Ihrer Antworten.
Der folgende Prüfungsverlauf ist nicht allgemeingültig oder gar vorgeschrieben. Generell hängt dieser sehr stark vom Thema, aber auch von Ihrer Leistung ab. Anders als im Prüfungsteil A erhalten Sie die Aufgaben nicht schriftlich. Vielmehr ergeben diese sich im Gespräch und aufgrund Ihrer Darstellungen.

M Impuls: Naturkundemuseum

Möglicher Verlauf des Prüfungsgesprächs

1. Analysieren Sie die Karikatur.
2. Stellen Sie die Funktion von Parteien im politischen Prozess dar.
3. Bewerten Sie eine Maßnahme, die politische Partizipation junger Menschen zu fördern.

Lösungsvorschlag

1. *Die Analyse der Karikatur erfordert eine systematische und zugleich auf die Kernaussage fokussierte Wiedergabe der wesentlichen Bildinformationen. Entscheidend ist die Erkenntnis, dass Volksparteien wie SPD und CDU nach Darstellung des Karikaturisten „ausgestorbene" bzw. „aussterbende Spezies" sind, die der heutigen Zeit nicht mehr gewachsen sind. Der Rückgang der Mitgliederzahlen und aktuelle Wahlergebnisse könnten als Belege dienen.*

   - Die Karikatur von Phil Hubbe aus dem Jahr 2016 beschäftigt sich mit dem **Zustand bzw. der Zukunft der Volksparteien**.
   - Überspitzt bezeichnet der Karikaturist **Volksparteien** wie die CDU und die SPD als **aussterbende Spezies**, deren Platz künftig im Naturkundemuseum neben Dinosauriern sein wird. Genau wie Dinosaurier, die aufgrund ihrer **mangelnden Anpassung an natürliche Gegebenheiten** schließlich ausstarben, werden nach Auffassung des Karikaturisten auch Volksparteien bald aus der politischen Landschaft verschwinden.
   - Da Volksparteien sich vor allem dadurch auszeichnen, dass sie **breite Wählerschichten ansprechen** wollen und ihre Wählerschaft nicht nur aus begrenzten Interessengruppen rekrutieren, sind ihre Programme sehr umfassend, aber auch **wenig trennscharf**. Abfällig werden sie daher auch als **„Catch-all"-Parteien** bezeichnet, die anpassungsfähig und auf Machterhalt aus, aber unfähig sind, flexibel auf gesellschaftliche Strömungen zu reagieren.
   - Folgende **Ereignisse bzw. Entwicklungen** könnten den Karikaturisten zu seiner Zeichnung angeregt haben: Die **Wahlergebnisse** verschiedenster Landtagswahlen, aber auch die Ergebnisse der letzten Bundestagswahl zeigen, dass vor allem die SPD viele Wählerstimmen einbüßen musste. Zwar sind bisher weder CDU noch SPD „ausgestorben", die Parteienlandschaft hat sich jedoch deutlich zu deren Ungunsten gewandelt und Volksparteien haben an Einfluss verloren.

2. *Die „Darstellung" verlangt, die besondere Rolle der Parteien zu beschreiben und ihre Aufgaben zu verdeutlichen. Die Funktion der Parteien als Scharnier zwischen Volk und Staatsapparat sollte dabei veranschaulicht werden, ohne dass Vollständigkeit in der Darlegung aller Parteifunktionen zwingend wäre. Der Bezug zum Grundgesetz ist wünschenswert.*

Parteien sind die **Verbindung zwischen Staat und Volk**. Sie spielen in einer parlamentarischen Demokratie wie der der Bundesrepublik Deutschland eine unerlässliche Rolle. Wie groß ihre Bedeutung ist, wird auch daran deutlich, dass sie als Träger der politischen Willensbildung in Art. 21 Abs. 1 GG explizit erwähnt werden und ihre (plurale) Existenz als wesentliches Merkmal einer Demokratie an und für sich gilt.

Im politischen Prozess übernehmen sie im Wesentlichen **fünf Funktionen**:

1. **Rekrutierungsfunktion**
   Da es in der Regel ihre Funktionäre und Funktionärinnen sind, die zur Wahl stehen, kommt den Parteien die Aufgabe zu, die **Rekrutierung und Auswahl des politischen Personals** zu übernehmen. Parteien suchen und bilden geeignetes Personal aus, verantwortungsvolle Positionen zu übernehmen, und stellen das Personal für die Parlamente und die Regierung.
2. **Programmfunktion**
   Parteien wählen bestimmte Forderungen aus und bündeln eine Vielzahl heterogener Forderungen zu **parteipolitischen Zielen in einem Parteiprogramm**. Dadurch erhalten sie für den Wähler und die Wählerin ein Profil, das sie bei Wahlen möglichst attraktiv erscheinen lässt.
3. **Vermittlungsfunktion**
   Bei der Aggregation und Selektion von Interessen sind Parteien um Interessenausgleich bemüht. Sie versuchen, gegenläufige und widerstreitende Interessen verschiedener gesellschaftlicher Gruppen durch Kompromisse zu versöhnen und einen Ausgleich zwischen ihnen zu erzielen. So integrieren sie breit gestreute Gruppeninteressen. Gleiches gilt auch für die Vermittlung zwischen staatlichen und gesellschaftlichen Interessen. Auch hier treten die Parteien als Mittler auf und versuchen, einen Ausgleich der Interessen zu erzielen.
4. **Meinungsbildungsfunktion**
   Wie oben bereits erwähnt, wirken Parteien an der politischen Willensbildung des Volkes mit. Das bedeutet, dass sie die **öffentliche Meinung beeinflussen** und damit zur **Meinungs- und Willensbildung des Volkes beitragen**. Medien und Verbände dienen ebenfalls der politischen Willensbildung, anders als Parteien haben sie dazu jedoch keinen verfassungsrechtlichen Auftrag.
5. **Partizipationsfunktion**
   Parteien bieten den Bürgerinnen und Bürgern die Möglichkeit, sich **über Wahlen hinaus aktiv politisch zu beteiligen**. Durch die Mitarbeit in Parteigremien auf den unterschiedlichsten Ebenen ist eine Mitgestaltung von Politik möglich. Sie dient gleichzeitig der Legitimation parteipolitischer Entscheidungen.

Eine sehr gute Schülerleistung zeichnet sich auch dadurch aus, dass es dem Schüler oder der Schülerin gelingt, die Antworten miteinander zu verknüpfen und Zusammenhänge zwischen den einzelnen Teilaufgaben herzustellen. In der folgenden Aufgabe könnten Sie beispielsweise ausgehend von dem schlechten Ruf, den Parteien bei Jugendlichen haben, bewerten, ob ein „moderneres" und „jugendlicheres Auftreten" der Parteien beispielsweise in sozialen Netzwerken geeignet wäre, die junge Generation für politische Beteiligung zu gewinnen.

3. *Sie sind in der Wahl der zu bewertenden Maßnahme zur Förderung der Partizipation junger Menschen frei. Sie können sowohl zu einer Maßnahme persönlich Stellung beziehen, die die formelle Beteiligung fördert, als auch zu einer, die die informelle Beteiligung fördert. Wichtig ist jedoch, dass Sie sich bei Ihrer Bewertung an Kriterien orientieren und sich vertieft mit der von Ihnen gewählten Maßnahme auseinandersetzen. Die Liste an Bewertungskriterien ist für jede gewählte Maßnahme lang. Versuchen Sie also bitte nicht, möglichst viele Kriterien „abzuhaken", sondern wählen Sie bewusst aus und nennen Sie die Kriterien explizit. Eine mögliche Verknüpfung mit der vorangegangenen Aufgabe wurde oben bereits angedeutet und kann dazu dienen, kurz zu begründen, wieso Sie sich für die Bewertung einer bestimmten Maßnahme entschieden haben.*

Die **politische Partizipation junger Menschen** zu fördern, wird von vielen unterschiedlichen Akteuren, in besonderem Maße aber von Parteien, immer wieder propagiert. Ein Blick in Statistiken zeigt jedoch, dass junge Menschen als Mitglieder in Parteien, aber auch bei der institutionalisiertesten Form der Partizipation, der Wahl, deutlich **unterrepräsentiert** sind. Mögliche Gründe dafür könnten sein, dass **Parteien auf junge Menschen wenig attraktiv wirken** und sich gerade die Jüngeren von ihnen nicht wahr- oder ernst genommen fühlen. Junge Menschen haben nicht den Eindruck, durch die Mitarbeit in einer Partei oder durch die Wahl etwas bewegen zu können.

Exemplarische Maßnahme: stärkere Präsenz auf Social-Media-Kanälen

- **Kriterium der Effizienz:** Die junge Generation verbringt viel Zeit online und ist geübt im Sammeln und Sortieren der als relevant empfundenen Themen. Wenn es Parteien gelingt, sich online attraktiv zu präsentieren, das eigene Programm als bedeutsam für Junge darzustellen, erhöht das die Chance, dass die jüngere Generation das vorherrschende negative Bild von Parteien ablegt. Starke Präsenz in den modernen Medien könnte darüber hinaus von Parteien dazu genutzt werden, Stimmungslagen zu ergründen oder Online-Umfragen durchzuführen. Mit geringem finanziellem Aufwand könnten davon Parteien und junge Menschen profitieren.
- **Kriterium der Nachhaltigkeit:** Jüngere könnten zu der Überzeugung gelangen, gehört zu werden und etwas verändern zu können. Diese Wirksamkeitsüberzeugung führt wiederum dazu, sich umfassender zu informieren, und sie erhöht nachhaltig die Bereitschaft, Zeit für politisches Engagement zu investieren.
- **Kriterium der Gerechtigkeit:** Insgesamt würde Politik damit auch gerechter. Denn wenn Politik nur von Alten für Alte gemacht wird, leiden das Gemeinwohl und der gesellschaftliche Zusammenhalt. Künftig über moderne Medien einen genaueren Blick darauf zu werfen, was junge Menschen beschäftigt und wie man sie zur Beteiligung bewegen kann, bedeutet nicht, dass man andere aus dem Blick verliert.

Verstärkte Parteipräsenz auf Social Media kann eine **ergänzende Maßnahme**, kein Ersatz im Hinblick auf Partizipation sein.

Kombinationsprüfung Gemeinschaftskunde/Geographie
Übungsaufgabe 10: Schwerpunktfach Gemeinschaftskunde
Impuls Geographie

Thema: *Klimawandel*

Das folgende Beispiel simuliert den zweiten Teil einer Prüfung, bei der das Schwerpunktfach „Gemeinschaftskunde" und das Nicht-Schwerpunktfach „Geographie" gewählt wurden.
Nachdem der erste Teil der Prüfung im Schwerpunktfach abgeschlossen ist, erhalten Sie einen Impuls. Dieser leitet zum Nicht-Schwerpunktfach über.
Der folgende Prüfungsverlauf ist nur beispielhaft. Generell hängt dieser sehr stark vom Thema und von Ihrer Leistung ab. Die Aufgaben und Fragen werden Ihnen nicht schriftlich vorgelegt, sondern sie ergeben sich im Gespräch. Bedenken Sie, dass für diesen zweiten Teil der Prüfung nur ca. 7 Minuten zur Verfügung stehen.

M 1 Temperaturanomalie Deutschland 1881 bis 2021 (Referenzzeitraum 1961 bis 1990)

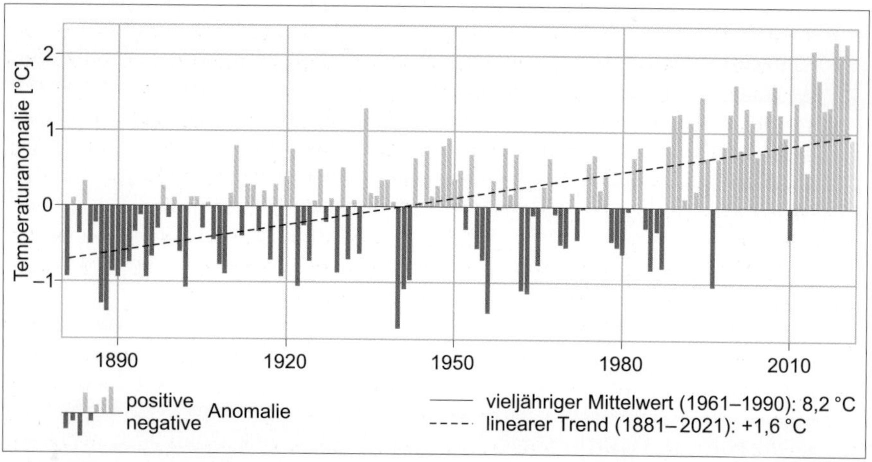

Möglicher Verlauf des Prüfungsgesprächs

1. *Arbeiten* Sie die Kernaussage aus dem Diagramm „M 1 Temperaturanomalie" *heraus.*

2. *Beschreiben* Sie verschiedene Ursachen des Klimawandels.

3. *Stellen* Sie Möglichkeiten zur Verringerung des Ausstoßes von Treibhausgasen *dar*.

4. Eine Folge des Klimawandels ist der Anstieg des Meeresspiegels.
   Stellen Sie verschiedene Anpassungsstrategien an diese Klimawandelfolge *dar* und *bewerten* Sie diese unter dem Aspekt der Nachhaltigkeit.

Lösungsvorschlag

1. *Die erste Aufgabe bezieht sich klar auf das vorgegebene Material. Entnehmen Sie diesem die wesentlichen Aussagen und geben Sie diese im Prüfungsgespräch kurz wieder.*

   - Das Diagramm zeigt die **Temperaturabweichung** in den Jahren 1881 bis 2021 **im Vergleich zum langjährigen Mittelwert** in Deutschland. Dieser ist als durchgezogene Linie dargestellt und betrug in den Jahren 1961 bis 1990 (die dem Referenzzeitraum entsprechen) 8,2 °C. Die Abweichungen zu diesem Referenzwert werden als Säulen dargestellt.
   - In den Jahren bis ca. 1950 überwiegen die negativen Anomalien. Anschließend werden die negativen Abweichungen immer weniger. Ab etwa Mitte der 1980er-Jahre sind fast ausschließlich positive Temperaturabweichungen zu verzeichnen.
   - Für den Zeitraum von 1881 bis 2021 ist ein deutlicher Temperaturanstieg zu erkennen. Während die Temperaturen in den Jahren um das Jahr 1900 häufig deutlich unter dem vieljährigen Mittelwert von 8,2 °C lagen (teilweise mehr als –1 °C), sind nach 2010 mehrere Jahre mit mehr als 2 °C über diesem Referenzwert zu verzeichnen. Es ist zu entnehmen, dass es in Deutschland in den letzten 140 Jahren einen **deutlichen Temperaturanstieg** (+1,6 °C) gab. Dieser lineare Trend wird durch die gestrichelte Linie verdeutlicht.

2. *Der Operator „Beschreiben" verlangt von Ihnen, dass Sie verschiedene Ursachen des Klimawandels schlüssig wiedergeben. Unterteilen Sie Ihre Antwort zu dieser Frage in die Kategorien „natürliche" und „anthropogene Ursachen". Die hier abgedruckten Lösungsvorschläge sind beispielhaft zu verstehen und besitzen keinen Anspruch auf Vollständigkeit.*

   Natürliche Ursachen sind u. a.:

   - *Veränderungen in der Strahlungsbilanz der Erde:*
     Die von der Sonne ausgehende Energiemenge, die auf der Erde ankommt, ist nicht immer gleich.

- *Meteoriteneinschläge:*
  Bei einem Meteoriteneinschlag werden große Mengen an Staub aufgewirbelt. Diese verändern die Strahlungsbilanz der Erde. Außerdem können die aufgewirbelten Teilchen in der Atmosphäre als Kondensationskerne dienen, was wiederum die Niederschlagsverhältnisse beeinflusst.
- *Vulkanausbrüche:*
  Bei Vulkanausbrüchen werden Gase freigesetzt, die für den Treibhauseffekt relevant sind. Außerdem werden Aschepartikel in die Atmosphäre abgegeben, die insbesondere bei sehr starken Ausbrüchen die Strahlungsbilanz der Erde zeitweilig verändern können.
- *Plattentektonische Prozesse:*
  Diese beeinflussen die Lage von Kontinenten, führen zur Bildung von Gebirgen und beeinflussen die Land-Meer-Verteilung der Erde. Diese Auswirkungen der Plattentektonik können auch Einfluss auf den Strahlungshaushalt der Erde haben und somit letztlich auf das Klima.

Anthropogene Ursachen sind u. a.:

- *Verstärkter Ausstoß von CO_2, insbesondere durch die Verbrennung fossiler Brennstoffe:*
  Die Emissionen fallen in verschiedenen Bereichen an (z. B. Landwirtschaft, Industrie, Verkehr, private Haushalte).
- *Brandrodung großer Waldflächen (z. B. Regenwälder):*
  Bei der Verbrennung wird CO_2 freigesetzt und gleichzeitig kann durch die fehlenden Bäume weniger Kohlenstoffdioxid durch Fotosynthese aus der Luft aufgenommen werden.
- *Verstärkter Ausstoß weiterer klimaschädlicher Gase wie Methan:*
  Dieses fällt zum Beispiel in großen Mengen in der Rinderzucht an.
- *Düngung von Feldern:*
  Durch die Düngung von Feldern mit stickstoffhaltigen Düngemitteln wird Lachgas freigesetzt, das klimaschädlich wirkt.

3. *Diese Fragestellung baut logisch auf der vorangegangenen Aufgabe auf. Nutzen Sie Ihre Kenntnisse über die Ursachen des anthropogenen Treibhauseffekts und verdeutlichen Sie, wie man diesen entgegentreten kann. Aufgrund der Offenheit der Aufgabenstellung haben Sie hier die Möglichkeit, die Breite Ihres Wissens darzustellen! Die hier abgedruckten Antworten bilden nur einen kleinen Teil der denkbaren Lösungen ab.*

Um den Treibhausausstoß zu verringern, können sowohl der **Staat** als auch **einzelne Personen** etwas tun, z. B.:

- *Stromerzeugung:* vermehrter Einsatz erneuerbarer Energien (z. B. Windräder, Solaranlagen);
- *Emissionshandel:* als Anreiz für Unternehmen, ihren CO_2-Ausstoß zu verringern;

- *Zuschüsse:* als Anreiz für Investitionen in nachhaltige Energieerzeugung und Maßnahmen zur Gebäudedämmung;
- *Pkw-Fahrverbote:* z. B. autofreie Sonntage;
- *Geschwindigkeitsbegrenzungen:* z. B. auf Autobahnen.
- *Verringerung des CO_2-Ausstoßes bei der* privaten *Mobilität:* Nutzung des ÖPNV oder des Fahrrads, zu Fuß gehen;
- *Verringerung des CO_2*-Ausstoßes *beim privaten Konsum:* lokal und regional einkaufen (geringere Transportwege der Waren, dadurch weniger CO_2-Ausstoß im Transport); technische Geräte, Kleidung etc. länger nutzen;
- *Reduktion des persönlichen Energiebedarfs:* durch die Nutzung energieeffizienterer Geräte (z. B. Kühlschränke, Wasch- und Spülmaschinen) und Stromsparen im Haushalt (z. B. Geräte ausschalten statt im Stand-by-Modus betreiben);
- *(teilweise) Erzeugung der selbst benötigten Energie und Wärme:* z. B. durch Photovoltaik und/oder Solarthermie;
- *Einbau energieeffizienterer Heizungen und Verbesserung der Dämmung von Wohnhäusern:* um den Energiebedarf zum Heizen der Gebäude zu verringern;
- *Verringerung des Fleischkonsums:* um den Methanausstoß in der Tierzucht zu verringern (dadurch würde einerseits auch der Anteil des CO_2 wegfallen, der bei der Rodung freigesetzt wird, andererseits bliebe mit dem bestehenden Regenwald eine CO_2Senke erhalten, welche weiteres Kohlenstoffdioxid durch Fotosynthese aufnehmen könnte);
- *Verzicht auf Plantagenprodukte aus dem tropischen Regenwald:* um die (illegale) Rodung tropischer Regenwälder nicht weiter voranzutreiben. (diese sehr großen Wälder sind für das Weltklima von essenzieller Bedeutung; allerdings müssen sich Verbraucher und Verbraucherinnen gut informieren, um solche Produkte zu erkennen).

4. *Die vierte Teilaufgabe beinhaltet zwei Operatoren. Nennen Sie zunächst jeweils eine Ihnen bekannte Maßnahme zum Küstenschutz und veranschaulichen Sie deren Funktion. Anschließend müssen Sie die von Ihnen gewählte Maßnahme bewerten. Die Aufgabenstellung gibt bereits vor, dass Sie sich hierbei an den Bereichen der Nachhaltigkeit (Ökonomie, Ökologie, Soziales) orientieren sollen. Es bietet sich an, dass Sie Ihre Antwort entsprechend strukturieren.*

Eindeichung bzw. Erhöhung bereits bestehender Deiche:
Durch das Bauen von Deichen soll das Meerwasser daran gehindert werden, weit in den Küstenbereich einzudringen. Dadurch sollen Erosion und Landverlust vermieden werden.

- *Ökonomisch:* Die Maßnahme ist sehr teuer. Der Deich muss bei steigendem Meeresspiegel evtl. immer wieder erhöht werden. Große Überflutungsschäden können aber (im Normalfall) verhindert werden.

- *Ökologisch:*
  Der Energieverbrauch beim Bau und damit der Ausstoß von CO_2 sind hoch. Der hinter dem Damm liegende Küstenstreifen wird vom direkten Einfluss des Meeres abgekoppelt, was wiederum zu einer Veränderung der Flora, und in der Folge auch der Fauna, führt.
- *Sozial:*
  Umsiedlungen sind nicht nötig. Allerdings verringern hohe Kosten Investitionen in andere (Infrastruktur-)Projekte. Während des Baus kommt es evtl. zu Belastungen durch Lärm und Abgase.

Umsiedlung der Menschen aus den betroffenen Küstengebieten:
Der Mensch zieht sich aus den vom Meeresspiegelanstieg bedrohten Küstenregionen zurück.

- *Ökonomisch:*
  Im Fall sehr dicht besiedelter Küsten mit großer wirtschaftlicher Bedeutung entstehen enorme Kosten durch Umsiedlungen; in dünn besiedelten Küstengebieten ohne nennenswerte wirtschaftliche Bedeutung sind die ökonomischen Folgen überschaubar.
- *Ökologisch:*
  Durch verstärkte Erosion kommt es zur Rückverlagerung der Küste. Dies bringt eine Veränderung von Flora und Fauna mit sich.
- *Sozial:*
  Die Menschen, die durch den steigenden Meeresspiegel zur Umsiedlung gezwungen sind, verlieren ihre Heimat.

Bepflanzung/Aufforstung der Küsten (z. B. mit Mangroven):
Die einlaufenden Wellen werden früh gebrochen, sodass die Erosionswirkung des Wassers deutlich verringert wird. Im Wurzelwerk verfangen sich außerdem erodierte Partikel, die ansonsten mit dem ablaufenden Wasser ins Meer getragen würden.

- *Ökonomisch*:
  Der Kostenaufwand ist relativ niedrig, der Nutzen vergleichsweise groß, da die Aufforstung dazu beiträgt, die Schäden gering zu halten.
- *Ökologisch:*
  Der natürliche Hochwasserschutz bietet zugleich die Möglichkeit der CO_2-Reduktion in der Atmosphäre, da die Pflanzen während der Fotosynthese CO_2 aufnehmen. Allerdings wird durch das Einbringen der neuen Pflanzen die ursprüngliche Vegetationszusammensetzung verändert. Dadurch entstehen aber auch neue Lebensräume für Tiere.
- *Sozial:*
  Es sind keine Umsiedlungen nötig, sodass der Lebensraum der Anwohnerinnen und Anwohner erhalten bleibt.

Sandvorspülungen:
Durch das „Aufspülen“ eines Sand-Wasser-Gemischs, das vom Meeresboden vor der Küste abgepumpt wird, soll der entstandene Küstenverlust ausgeglichen werden.

- *Ökonomisch:*
  Die Methode ist sehr kostenintensiv, ständige Erneuerungen sind nötig. Die bisherige wirtschaftliche Nutzung des Küstenbereichs kann allerdings größtenteils erhalten werden. Der Energiebedarf ist hoch. Mit steigendem Meeresspiegel wird die Methode immer aufwendiger und damit teurer.
- *Ökologisch:*
  Im Bereich der Abpumpregion ergeben sich negative Auswirkungen auf den Meeresboden. So entstehen beim Abpumpen tiefe Krater, die auch nach Jahrzehnten noch zu erkennen sind. Diese werden nach und nach mit sehr feinem Sediment aufgefüllt, sodass die Sedimentzusammensetzung im Bereich der ehemaligen Entnahmestelle verändert wird. Dies hat genauso Auswirkungen auf die dort lebenden Meeresbewohner wie das Aufwirbeln von Sand, das durch das Abpumpen verursacht wird. Durch den Betrieb der Pumpschiffe werden Abgase (u. a. CO_2) ausgestoßen.
- *Sozial:*
  Die Heimat der Menschen kann meist gesichert werden. Umsiedlungen sind nur selten nötig. Gegebenenfalls kommt es zur Belästigung durch Lärm und Abgase.

Kombinationsprüfung Gemeinschaftskunde/Geographie
Übungsaufgabe 11: Schwerpunktfach Gemeinschaftskunde
Impuls Geographie

Thema: *Das System Erde*

M 1 Impuls: Willkommen im Anthropozän

Das Beispiel simuliert den zweiten Teil einer Prüfung, bei der das Schwerpunktfach „Gemeinschaftskunde" und das Nicht-Schwerpunktfach „Geographie" gewählt wurden.
Nachdem der erste Teil der Prüfung im Schwerpunktfach abgeschlossen ist, erhalten Sie einen Impuls. Dieser leitet zum Nicht-Schwerpunktfach über.
Der folgende Prüfungsverlauf ist nur beispielhaft. Generell hängt dieser sehr stark vom Thema und Ihrer Leistung ab. Die Aufgaben und Fragen werden Ihnen nicht schriftlich vorgelegt, sondern sie ergeben sich im Gespräch. Bedenken Sie, dass für diesen zweiten Teil der Prüfung nur ca. 7 Minuten zur Verfügung stehen.

Möglicher Verlauf des Prüfungsgesprächs

1. *Stellen* Sie das Konzept des Anthropozäns ausgehend von M 1 *dar*.

2. Die Anthroposphäre ist mit allen anderen Geosphären vernetzt. *Charakterisieren* Sie die verschiedenen Geosphären und *beschreiben* Sie mögliche Vernetzungen.

3. Aus dem Einfluss des Menschen auf die verschiedenen Geosphären ergeben sich globale Herausforderungen, die nachhaltige Lösungsansätze erfordern.

   a *Nennen* Sie verschiedene globale Herausforderungen.

   b *Erläutern* Sie das Konzept der „Nachhaltigen Entwicklung" und *beurteilen* Sie, inwiefern es zur Lösung der globalen Herausforderungen beitragen kann.

Lösungsvorschlag

1. *Die erste Aufgabe nimmt klar Bezug zum vorliegenden Impuls. Sie werden dazu aufgefordert, ausgehend von M 1 das Anthropozän-Konzept strukturiert und zusammenhängend zu verdeutlichen.*

   In M 1 ist ein menschlicher Fingerabdruck auf der Weltkugel zu erkennen. Diese Abbildung symbolisiert das Anthropozän-Konzept. Das **Anthropozän-Konzept** beschäftigt sich mit der Frage, ob der Mensch die Erde mit seinem Fingerabdruck bereits so geprägt hat bzw. prägt, dass ein geologisches Zeitalter nach ihm benannt werden sollte. Die **menschlichen Spuren auf der Erde** sind unübersehbar. Sie prägen die Erde in vielerlei Hinsicht (Landwirtschaft, Verkehr, Industrie, Siedlungen, Wirtschaftsflächen etc.). Durch dieses Handeln beeinflusst der Mensch alle Geosphären. Man kann auch davon ausgehen, dass die menschlichen Spuren später in geologischen Schichten nachweisbar sein werden (z. B. Plastikreste in Sedimentablagerungen).
   Der Gedanke, ein geologisches Zeitalter nach dem Menschen zu benennen, war anfangs umstritten, hat sich mittlerweile in der Wissenschaft aber weitgehend durchgesetzt. Allerdings gibt es derzeit noch keine genaue Definition der geologischen Epoche „Anthropozän". So bleibt insbesondere die Frage ungeklärt, ab welchem Zeitpunkt man vom Anthropozän sprechen kann (z. B. ab 1784 mit der Erfindung der Dampfmaschine und dem Start der Industriellen Revolution oder ab 1945 mit dem Abwurf der ersten Atombombe).

2. *Die zweite Aufgabe beinhaltet zwei Operatoren. Zunächst sollen Sie die Grundzüge der verschiedenen Geosphären bestimmen. Anschließend werden Sie dazu aufgefordert, verschiedene Vernetzungen zwischen den Geosphären schlüssig darzulegen. Hier können Sie sehr viele Verknüpfungen anführen und so die Breite Ihres Wissens verdeutlichen.*

Folgende **Geosphären** kann man benennen:

- *Atmosphäre:* Lufthülle der Erde
- *Reliefsphäre:* Oberflächengestalt der Erde
- *Hydrosphäre:* Wasserhülle der Erde
- *Biosphäre:* gesamter belebter Raum der Erde
- *Pedosphäre:* Böden der Erde
- *Lithosphäre:* Erdkruste und fester Teil des Erdmantels, Gesteinshülle der Erde
- *Anthroposphäre:* vom Menschen beeinflusster Raum der Erde

Mögliche **Verknüpfungen von Geosphären** sind zum Beispiel:

- Der Mensch (Anthroposphäre) beeinflusst durch Verbrennung von fossilen Energieträgern (Lithosphäre) das Klima (Atmosphäre).
- Die klimatischen Verhältnisse (Atmosphäre) haben unmittelbare Auswirkungen auf die Kräfte, welche die Oberflächengestalt (Reliefsphäre) der Erde formen.
- Die Temperaturverhältnisse (Atmosphäre), die Verfügbarkeit von Wasser (Hydrosphäre) und die Qualität des Bodens (Pedosphäre) haben unmittelbaren Einfluss auf die Vegetation (Biosphäre).
- Vulkane (Lithosphäre) stoßen bei Ausbrüchen Gase und Asche aus, welche das Klima (Atmosphäre) beeinflussen können.
- Vulkanische Aschewolken (Lithosphäre) können den Flugverkehr (Anthroposphäre) beeinträchtigen.

3 a *Aufgabe 3 besteht aus zwei Teilen. Im a-Teil der Aufgabe sollen Sie verschiedene globale Herausforderungen in knapper Form anführen.*

Globale Herausforderungen sind zum Beispiel:

- Klimawandel,
- Bodendegradation,
- Mangel an Süßwasser,
- Verschmutzung der Ozeane,
- Rohstoffknappheit,
- Wachstum der Weltbevölkerung,
- Armut,
- Verstädterung.

3 b *Im b-Teil der Aufgabe müssen Sie zunächst das Konzept der nachhaltigen Entwicklung veranschaulichen und dann abschließend dessen Relevanz im Hinblick auf die Lösung globaler Herausforderungen untersuchen.*

Das **Konzept der nachhaltigen Entwicklung** kann folgendermaßen erläutert werden: Der Begriff der Nachhaltigkeit stammt ursprünglich aus der Forstwirtschaft („Schlage nur so viel Holz, wie auch nachwachsen kann“). Dieses Prinzip wurde aber auf alle Lebens- und Wirtschaftsbereiche des Menschen erweitert. Vereinfacht gesagt, geht es um die **Nutzung von Ressourcen durch die Men-**

schen, ohne dass dabei die Lebens- und Wirtschaftsgrundlage künftiger Generationen negativ beeinflusst wird.

Es gibt verschiedene Modelle zur Nachhaltigkeit.

- Eines dieser Modelle ist das **Nachhaltigkeitsdreieck**. Dieses geht davon aus, dass die Nachhaltigkeit auf drei wesentlichen Säulen basiert: Ökonomie, Ökologie und Soziales. Dabei sind alle Säulen gleichberechtigt.
- Ein weiteres Modell ist das **Vorrangmodell**. Es basiert ebenfalls auf den Bereichen Ökonomie, Ökologie und Soziales. Allerdings räumt es der Ökologie eine klare Vorrangstellung ein. Außerdem ist der soziale Aspekt höher zu gewichten als der ökonomische. Dies bedeutet, dass ökonomischer Erfolg nur als nachhaltig zu bewerten ist, wenn er die ökologischen und sozialen Belange nicht negativ beeinflusst.
- Diese beiden Modelle wurden im Laufe der Zeit um eine weitere Dimension ergänzt. Neben die Bereiche „ökonomische Leistungsfähigkeit", „ökologische Tragfähigkeit" und „soziale Gerechtigkeit" tritt im Modell des **Nachhaltigkeitsvierecks** noch die „politische Stabilität". Dies verdeutlicht, dass eine nachhaltige Entwicklung nur mit einer soliden politischen Basis möglich ist.

Das Konzept der nachhaltigen Entwicklung kann folgendermaßen **beurteilt** werden: Um globale Herausforderungen erfolgreich meistern zu können, sind die verschiedenen Bereiche des Nachhaltigkeitsmodells zwingend zu beachten. Wirtschaftlicher Erfolg auf Kosten der Umwelt und ohne Rücksicht auf die Lebensbedingungen der Menschen wird letztlich nicht dauerhaft sein (Umweltkatastrophen, Aufstände der Bürgerinnen und Bürger etc.). Ökologische Erfolge, die zu einer deutlichen ökonomischen und sozialen Verschlechterung der Lebensumstände der Menschen führen, werden keine dauerhafte Akzeptanz finden und somit nicht umsetzbar sein.
Soziale und politische Erfolge (z. B. Frieden und Demokratie; Menschenrechte) werden keinen Bestand haben, wenn die Menschen nicht auch wirtschaftlich erfolgreich sind. Genauso dürfen diese Erfolge die ökologische Tragfähigkeit der Erde aber nicht zu sehr beeinflussen, da diese die Voraussetzung für die menschliche Existenz in einem bestimmten Raum ist.
Eine dauerhaft positive Entwicklung kann nur im Zusammenspiel aller vier Komponenten der Nachhaltigkeit eingeleitet werden. Daher müssen Lösungsansätze für die globalen Herausforderungen immer auch die Modelle der nachhaltigen Entwicklung berücksichtigen.

Schriftliche Abiturprüfung Gemeinschaftskunde (Baden-Württemberg) 2016

Leitthema: (K)Eine Zukunft für die Parteien?

In der sich wandelnden Gesellschaft der Bundesrepublik Deutschland stehen Parteien vor vielfältigen Herausforderungen. Es stellt sich die Frage, ob und wie sie in der Lage sind, ihre Zukunft zu sichern.

Aufgaben:

1. Erläutern Sie ausgehend von M 1 die Funktionen von Parteien im politischen System der Bundesrepublik Deutschland. 10 VP

2. Charakterisieren Sie Entwicklung und Zustand der Parteien anhand von M 2 und M 3. 15 VP

3. M 4 und M 5 thematisieren Herausforderungen für die Parteien in Deutschland.
   Vergleichen Sie die darin zum Ausdruck kommenden Positionen. 15 VP

4. WAHLAUFGABE

   Bewerten Sie Maßnahmen, die Parteien ergreifen können, um ihre Zukunftschancen zu verbessern.

   ODER

   Sie sind als Politikberater zu einem Vorstandstreffen einer derzeit im Bundestag vertretenen Partei eingeladen. Gestalten Sie eine Rede, in der Sie begründete Vorschläge unterbreiten, welche die Zukunftsfähigkeit dieser Partei sichern sollen. 20 VP

60 VP

M 1 Grundgesetz

M 2 a) Entwicklung der Parteimitgliedschaften 2001 bis 2014 (Stand jeweils 31. 12., absolute Zahlen und Veränderung zum Vorjahr in Prozent)

	CDU		**SPD**		**CSU**	
	absolut	%	absolut	%	absolut	%
2001	604 135		717 513		177 661	
2002	594 391	-1,6	693 894	-3,3	177 705	0,0
2003	587 244	-1,2	650 798	-6,2	176 989	-0,4
2004	579 526	-1,3	605 807	-6,9	172 892	-2,3
2005	571 881	-1,3	590 485	-2,5	170 117	-1,6
2006	553 896	-3,1	561 239	-5,0	166 928	-1,9
2007	536 668	-3,1	539 861	-3,8	166 392	-0,3
2008	528 972	-1,4	520 970	-3,5	162 232	-2,5
2009	521 149	-1,5	512 520	-1,6	159 198	-1,9
2010	505 314	-3,0	502 062	-2,0	153 890	-3,3
2011	489 896	-3,1	489 638	-2,5	150 585	-2,1
2012	476 347	-2,8	477 037	-2,6	147 965	-1,7
2013	467 076	-1,9	473 662	-0,7	148 380	0,3
2014	457 488	-2,1	459 902	-2,9	146 536	-1,2

	FDP		Grüne		Linke[1]	
	absolut	%	absolut	%	absolut	%
2001	64 063		44 053		77 845	
2002	66 560	3,9	43 881	-0,4	70 805	-9,0
2003	65 192	-2,1	44 052	0,4	65 753	-7,1
2004	64 146	-1,6	44 322	0,6	61 385	-6,6
2005	65 022	1,4	45 105	1,8	61 270	-0,2
2006	64 880	-0,2	44 677	-0,9	60 338	-1,5
2007	64 078	-1,2	44 320	-0,8	71 711	18,8
2008	65 600	2,4	45 089	1,7	75 968	5,9
2009	72 116	9,9	48 171	6,8	78 046	2,7
2010	68 541	-5,0	52 991	10,0	73 658	-5,6
2011	63 123	-7,9	59 074	11,5	69 458	-5,7
2012	58 675	-7,0	59 653	1,0	63 761	-8,2
2013	57 263	-2,4	61 359	2,9	63 756	0,0
2014	54 967	-4,0	60 329	-1,7	60 547	-5,0
1 2007 Vereinigung der PDS mit der WASG						

In: Oskar Niedermayer, Parteimitglieder in Deutschland: Version 2015, Berlin 2015 (Arbeitshefte aus dem Otto-Stammer-Zentrum, Nr. 25, FU Berlin 2015, S. 2) (letzter Zugriff 27. 09. 2015, eigene Darstellung)

M 2 b) Parteimitglieder nach Altersgruppen 2014
(Stand 31. 12. 2014, Angaben in %)

	CDU	SPD	CSU	FDP	Grüne	Linke
14–25 Jahre	2,7	3,6	2,2	4,6	6,3	5,9
26–40 Jahre	12,1	12,1	13,6	20,4	23,4	13,8
41–60 Jahre	34,3	32,1	37,8	36,6	50,7	29,5
60+ Jahre	50,9	52,2	46,3	38,5	19,5	51,0

In: Oskar Niedermayer, Parteimitglieder in Deutschland: Version 2015, Berlin 2015 (Arbeitshefte aus dem Otto-Stammer-Zentrum, Nr. 25, FU Berlin 2015, S. 22) (letzter Zugriff 27. 09. 2015, eigene Darstellung)

M 2 c) Anteil der Frauen an den Parteimitgliedern 2001 bis 2014 (Stand jeweils 31. 12., Angaben in Prozent)

	CDU	SPD	CSU	FDP	Grüne	Linke
2001	25,2	29,5	17,6	24,2	37,4	45,7
2002	25,1	29,7	17,7	23,6	37,2	45,8
2003	25,2	29,9	17,9	23,4	37,0	45,2
2004	25,2	30,2	17,9	23,4	37,0	45,8
2005	25,3	30,4	18,2	23,2	37,1	44,9
2006	25,3	30,7	18,4	23,0	37,1	44,4
2007	25,4	30,9	18,8	22,8	37,4	39,1
2008	25,5	31,1	18,9	22,8	37,4	37,6
2009	25,5	31,2	18,9	22,6	37,4	37,2
2010	25,6	31,3	19,1	22,8	37,1	37,3
2011	25,6	31,3	19,3	23,0	37,3	37,3
2012	25,6	31,5	19,5	23,0	37,8	37,7
2013	25,7	31,6	19,9	23,0	38,2	37,3
2014	25,8	31,8	20,0	23,0	38,5	37,5

In: Oskar Niedermayer, Parteimitglieder in Deutschland: Version 2015, Berlin 2015 (Arbeitshefte aus dem Otto-Stammer-Zentrum, Nr. 25, FU Berlin 2015, S. 18) (letzter Zugriff 27. 09. 2015, eigene Darstellung)

M 3 Stern-Umfrage, Wem die Deutschen vertrauen

2 003 deutsche Bürger wurden 2015 von Forsa nach ihrem Vertrauen in verschiedene Institutionen befragt. Die Grafik zeigt, wie viele Befragte „großes Vertrauen" in die jeweilige Einrichtung hatten (Angaben in Prozent).

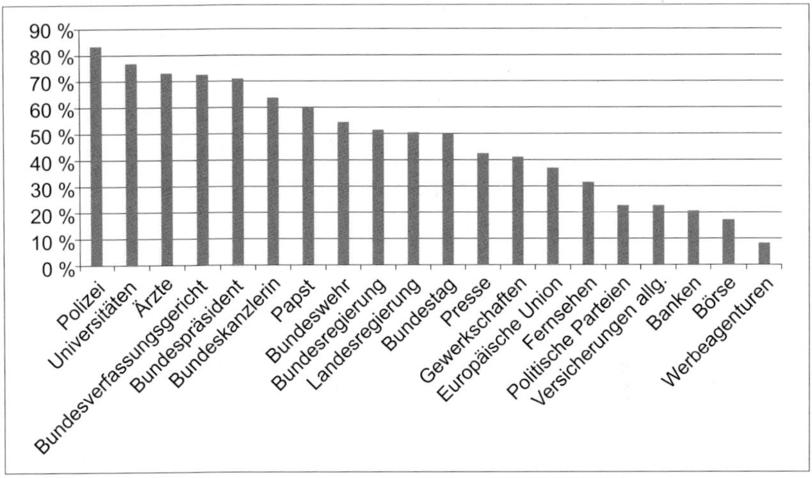

In: http://www.stern.de/politik/deutschland/stern-umfrage--wem-vertrauen-die-deutschen-3479178.html, 28. 01. 2015 (letzter Zugriff 27. 09. 2015, eigene Darstellung) Datenquelle: Forsa-Institut

M 4 Oskar Niedermayer, Die goldene Zeit der Mitgliederparteien ist vorbei, Interview von Zacharias Zacharakis

ZEIT ONLINE: Es gehört geradezu zum guten Ton, sich über Parteien lustig zu machen. Hat das Vertrauen der Bürger in unser politisches System tatsächlich nachgelassen?

NIEDERMAYER: Es gibt die Wahrnehmung, dass wir eine steigende Parteienverdrossenheit haben. Diese Annahme basiert aber auf Studien, die nach dem Vertrauen in verschiedene Institutionen fragen, und die Parteien landen dann meist weit hinten. Wenn man aber konkret nach der Bewertung der im Bundestag vertretenen Parteien fragt, geben höchstens fünf bis sechs Prozent der Befragten eine pauschal negative Beurteilung ab.

ZEIT ONLINE: Was schließen Sie daraus?

NIEDERMAYER: Die Bevölkerung urteilt über die einzelnen Parteien viel differenzierter, als es häufig unterstellt wird. Eine gravierende und mit der Zeit steigende Parteienverdrossenheit gibt es nicht. Zudem gibt es auch keine Verdrossenheit mit dem gesamten politischen System.

ZEIT ONLINE: Trotzdem haben vor allem die beiden großen Parteien, also CDU und SPD, in den vergangenen 20 Jahren fast die Hälfte ihrer Mitglieder verloren.

NIEDERMAYER: Das stimmt. Aber der Rückgang der Parteimitgliedschaften ist eine Verhaltensweise und darf nicht mit einer bestimmten Einstellung verwechselt werden. Deshalb kann man nicht sagen: Weil die Mitgliedschaften zurückgegangen sind, sind die Menschen parteiverdrossener.

ZEIT ONLINE: Welche Gründe gibt es dann für den Rückgang der Mitglieder?

NIEDERMAYER: Für die begrenzte Zahl von politisch aktiven Menschen haben sich in den vergangenen Jahrzehnten mehr Möglichkeiten entwickelt, sich zu engagieren. Die Konkurrenz ist deutlich größer geworden, auch innerhalb des Parteiensystems. Außerhalb des Parteiensystems beteiligen sich politisch aktive Menschen in sozialen Bewegungen wie Attac oder in Umweltverbänden – eine weitere Konkurrenz für Parteien. Hinzukommt, dass die Möglichkeiten einer nicht politischen Freizeitgestaltung exorbitant gewachsen sind. Zudem sind die sozialen Milieus erodiert, aus denen sich früher Mitglieder rekrutierten. Trotzdem ist das Bedürfnis nach politischer Beteiligung auf jeden Fall noch stark vorhanden.

ZEIT ONLINE: Ist nicht auch das Konzept der Parteien veraltet?

NIEDERMAYER: Gerade junge Leute wollen heute nicht mehr jahrelang die Ochsentour durch die Instanzen machen. Politische Beteiligung soll projektbezogen sein und Spaß machen, Ergebnisse bringen und zeitlich begrenzt sein. Diese Anforderungen an moderne, jugendgerechte Partizipation erfüllen die Parteien ganz schwer.

ZEIT ONLINE: Wieso treffen Parteien nicht mehr das Lebensgefühl?

NIEDERMAYER: Bis in die sechziger Jahre hinein gab es sozialmoralische Milieus, also gemeinsame Lebenszusammenhänge, in die man eingebettet war und die ein Sozialisationsumfeld in Richtung einer Partei gebildet haben.

Wenn man dem Arbeitermilieu angehörte, ist man in die Gewerkschaft und dann auch in die SPD gegangen. Diese Milieus sind erodiert, wir haben sie nur noch in Resten. Deshalb sind die normativen Gründe für eine Parteimitgliedschaft zurückgegangen, also die Erwartungen der Umwelt an jeden Einzelnen. Ganz wichtig war in diesem Zusammenhang auch die Übertragung der Parteimitgliedschaft in der Familie: Man ist schon immer Sozialdemokrat, also werden die Kinder auch so erzogen. Auch die traditionellen Familienstrukturen haben abgenommen und entfalten nicht mehr diese Wirkung.

ZEIT ONLINE: Auf der anderen Seite gab es in den vergangenen Jahren mit den Piraten und der AfD durchaus erfolgreiche Neugründungen von Parteien. Wie passt das zusammen?

NIEDERMAYER: Es lagen attraktive Gründe vor, bei den Piraten das Versprechen einer neuen Art von Politik. Wegen der Hoffnung auf Transparenz und Partizipation sind die Leute eingetreten. Oder sie sind aufgrund eines bestimmten Politikbereiches, also der Netzpolitik, eingetreten. Bei der AfD liegen ähnliche Motive vor, hier ist es stärker themenbezogen: Euro-Kritik.

Zacharias Zacharakis, Die goldene Zeit der Mitgliederparteien ist vorbei, ZEIT vom 13.12.2013, http://www.zeit.de/politik/deutschland/2013-12/interview-niedermayer-parteien

M 5 Ralf Schwartz, Das Ende der Parteien

Wie unsere Unternehmen haben es die Parteien geschafft, sich jeglichen Inhaltes, jeglicher Relevanz, jeglichen visionären Denkens zu entledigen. Deshalb passen beide oft derart gut zueinander. Nirgendwo ist eine Vision in Sicht, die – größer als der Einzelne – alle eint, motiviert und voller Tatendrang an einem Strang in Richtung Zukunft ziehen lässt. Wähler und Konsumenten staunen nicht schlecht und wählen das vermeintlich kleinere Übel. Wie Unternehmen haben auch Parteien ihre distinktive Relevanz[1] für die Menschen verloren, seit sie sich nicht mehr voneinander unterscheiden. […] [D]ie Partei [versteift sich] allein auf ihren rostigen Kompass Populismus […], ihren Weg in die Irrelevanz zu vollenden […].

Wie das Unternehmen ist die Partei nur eine weitere Machtstruktur, die von der Spitze her stinkt. Dort sitzt nicht der mit der relevantesten Vision für unser Land, sondern der mit den stärksten Ellbogen. Alle wollen an genau diese Spitze und auf dem Weg dorthin verraten sie ihre Ideale – falls sie einmal welche hatten, die sich von einer hohen Diät oder Pension unterscheiden. […]

Das Individuum geht unter in der Partei, wie auch im durchschnittlichen Unternehmen, eher einem Ameisenstaat gleichend als einem demokratischen Gebilde. Das Individuelle geht unter – sei es als Idee, Inspiration oder Innovation. Sei es als Denken außerhalb der Box, über den Tellerrand hinaus, zu neuen Ufern, Horizonten. Initialfunke gar einer neuen Bewegung, Richtung, Welt.

Partizipation sieht anders aus. Teilnahme. Teilhabe. Wie aber – und dies muss eine der wichtigsten Fragen der kommenden Jahre sein –, wie sollen die Menschen in einem an sich undemokratischen Gebilde wie der Partei engagiert und motiviert an der Weiterentwicklung, am Über-sich-Hinauswachsen der Demokratie selbst arbeiten können?

Parteien sind ein Widerspruch in sich. Wir sollten diesen Widerspruch – und die Partei als solche – auflösen. […]

Parteien und Unternehmen, die nicht intuitiv, empathisch[2] fühlen und wissen, was des Volkes Zukunft wirklich benötigt, was des Volkes wahre Probleme sind, sind schlicht obsolet. Unsere Probleme werden heute weder erkannt noch gelöst. Geschweige vermieden durch vorausschauendes Handeln.

Ohne ein Wertesystem à la „Ungeschriebene Gesetze" bleibt zudem alles Handeln bloßer Aktionismus und äußerst beliebig. Nichts fängt einen auf, gibt einem Halt und Richtschnur. Ohne ein Wertesystem, oder eine entsprechende Unternehmenskultur, fehlt Erdung. Fehlt der Mutterboden, das Biotop, in dem relevanz-gerichtete Selbstführung und -verwirklichung gedeihen kann.

In: http://www.wiwo.de/politik/deutschland/beruehmte-letzte-worte-das-ende-der-parteien/9535782-all.html, 26. Februar 2014 (letzter Zugriff 27. 09. 2015)

Anmerkungen

1 klar unterscheidbare Bedeutsamkeit

2 einfühlsam

Lösungsvorschlag

Die Lösungsvorschläge stellen nur eine mögliche Antwort dar. Andere Lösungsmöglichkeiten sind zugelassen, wenn sie der Aufgabenstellung entsprechen und sachlich richtig sind.

1. *Der Operator „erläutern" erfordert hier, die Funktionen von Parteien im politischen System der Bundesrepublik Deutschland im Zusammenhang zu beschreiben und anschaulich mit Beispielen zu erklären. Die Bezugnahme auf die verfassungsrechtliche Verankerung von Parteien und deren Funktionen im Grundgesetz wird explizit gefordert und sollte der Ausgangspunkt („ausgehend von ...") Ihrer Erläuterungen sein.*

Einleitung mit Bezug zur Aufgabenstellung

Parteien sind in modernen politischen Systemen allgegenwärtig und ihre (plurale) Existenz gilt als Merkmal der Demokratie. Besonders in einer parlamentarischen Demokratie wie der der Bundesrepublik Deutschland erfüllen Parteien wichtige Funktionen, und es lässt sich sagen, dass ein **parlamentarisches Regierungssystem ohne starke Parteien nicht denkbar** ist.

Materialbezug: Verankerung im Grundgesetz

Diese fundamentale Bedeutung der Parteien lässt sich auch daran ablesen, dass sie – anders als andere Träger der politischen Willensbildung (z. B. Verbände, Interessengruppen) – explizit im **Grundgesetz** als solche genannt werden (vgl. Art. 21 Abs. 1), sie also **Verfassungsrang** genießen.

Die Funktionen, die sie in diesem Zusammenhang zu erfüllen haben, lassen sich in zwei Hauptbereiche gliedern: zum einen in **Aufgaben als Mittler zwischen Gesellschaft und Staat**, zum anderen in solche im staatlichen bzw. „**gouvernementalen**" **Bereich**.

Funktionen im intermediären Bereich

Im sogenannten „intermediären" Bereich, also zwischen Gesellschaft und Staat, ist die **Beteiligung an Wahlen** eine Aufgabe der Parteien. Da es in der Regel ihre Funktionäre oder auch Mitglieder sind, die zur Wahl stehen, kommt ihnen die Funktion zu, die **Rekrutierung und Auswahl des politischen Personals** zu übernehmen.

Parteien ermutigen die Bürger zur Teilnahme am politischen Geschehen und bieten ihnen die Möglichkeit, sich selbst in das politische Geschehen einzubringen. Durch die Übernahme von Parteiämtern können sich interessierte Bürger in der Politik engagieren und die Programmatik der Partei mit beeinflussen. Indem sie sich zur Wahl stellen, bieten Parteien auch dem Bürger, der selbst nicht aktiv in einer Partei mitwirken will, die Möglichkeit, von seinem **politischen Teilhaberecht** Gebrauch zu machen – als Wähler. Beides kann unter dem Begriff „**Partizipationsfunktion**" zusammenfasst werden.

Des Weiteren dienen Parteien der **Interessenaggregation und -artikulation**. Dazu wählen sie bestimmte Forderungen aus (**Selektionsfunktion**), bündeln eine Vielzahl heterogener Forderungen zu parteipolitischen Zielen in einem Parteiprogramm (**Programmfunktion**) und bringen dies öffentlich zum Ausdruck. Die Aggregation und Selektion ist hilfreich für die Entscheidungsfindung der Wähler. Bei der Aggregation und Selektion von Interessen sind Parteien um **Interessenausgleich** bemüht. Sie versuchen gegenläufige und widerstreitende Interessen verschiedener gesellschaftlicher Gruppen durch Kompromisse zu versöhnen und einen Ausgleich zwischen ihnen zu erzielen. So integrieren sie breit gestreute Gruppeninteressen.
Indem Parteien die Verbindung herstellen zwischen Bürgern, gesellschaftlichen Gruppen und dem politischen System, tragen sie zur Verankerung der politischen Ordnung im Bewusstsein der Bürger sowie bei den gesellschaftlichen Kräften bei und erfüllen damit eine **Legitimationsfunktion**.

Funktionen im staatlichen Bereich

Neben der im Grundgesetz genannten „politischen Willensbildung des Volkes", die sich auf die Vermittlungsleistungen der Parteien zwischen Staat und Gesellschaft bezieht, übernehmen sie im gouvernementalen Bereich weitere Aufgaben. Diese lassen sich, bedingt durch die Verankerung der Parteien im Regierungssystem, kurz unter dem Begriff der **Herrschaftsfunktion** zusammenfassen.
Diese Funktion üben Parteien durch die **Regierungsbildung**, die Strukturierung des Parlaments durch Fraktionen, durch Bildung der Regierungsmehrheit und der Opposition sowie durch die Politikformulierung und -ausführung aus. Damit eng verbunden ist die oben bereits erwähnte Aufgabe der **Personalrekrutierung**. Die Tatsache, dass seit Bestehen der Bundesrepublik Deutschland nie ein/e Parteilose/r zum Regierungsoberhaupt gewählt wurde, belegt, dass die formale Entscheidungskompetenz über Richtung und Ziele der Politik weitestgehend in den Händen der Parteien liegt.

2. *Der Operator „charakterisieren" erfordert hier, dass Sie anhand der Materialien die Entwicklung und den Zustand der Parteien mit deren typischen Merkmalen beschreiben und in Grundzügen bestimmen. Da die Aufgabenstellung bereits eine Gliederung nach* ***Entwicklung*** *und* ***Zustand*** *der Parteien vorgibt, bietet es sich an, dieser Struktur zu folgen. Die formalen Kriterien der Materialarbeit sind einzuhalten und die Materialien trotz ihrer Vielzahl zumindest knapp vorzustellen.*

Vorstellung der Materialien

Bei den vorliegenden Materialien **M 2a – M 2c** handelt es sich um Statistiken, die in der Publikation „Parteimitglieder in Deutschland" (Berlin 2015) von Oskar Niedermayer veröffentlicht wurden. Zusammen mit Material **M 3**, einer Grafik mit dem Titel „Wem die Deutschen vertrauen", die auf einer Umfrage des Forsa-Instituts beruht und am 28. 01. 2015 auf der Homepage des Stern veröffentlicht wurde, lassen sich **Entwicklung** (M 2a und M 2c) und **Zustand** (M 2b und M 3) **der Parteien** unter verschiedenen Gesichtspunkten charakterisieren.

Bezug zur Aufgabenstellung

M 2a stellt die „Entwicklung der Parteimitgliedschaften 2001 bis 2014" dar, indem tabellarisch nicht nur die **absoluten Zahlen**, sondern jeweils auch die **Veränderungen zum Vorjahr** in Prozent angegeben werden. Hier wird deutlich, dass im untersuchten Zeitraum alle Parteien bis auf die **Grünen** sinkende Mitgliederzahlen zu verzeichnen hatten. Die **SPD** erlitt die größten Verluste und verlor bis ins Jahr 2014 fast 258 000 Mitglieder im Vergleich zum Jahr 2001. Dies entspricht einem Rückgang der Mitgliederzahl um 35,9 %. Mit 459 902 Mitgliedern im Jahre 2014 hatte die SPD daher nur noch 2 414 Mitglieder mehr als die andere Volkspartei, die **CDU**. Diese verlor im betrachteten Zeitraum ebenfalls massiv Mitglieder. Zwar liegt der Rückgang der Mitgliederzahl im dargestellten Zeitraum mit 24,2 % deutlich unter dem der SPD, doch ist auch hier die negative Entwicklung nicht von der Hand zu weisen.

M 2a: Entwicklung der Mitgliederzahlen

Trotz der massiven Einbrüche der Mitgliederzahlen stellen **SPD und CDU** nach wie vor **die beiden mitgliederstärksten Parteien** dar.

Anders als bei ihnen und den drei anderen dargestellten Parteien (CSU, FDP und Linke) zeigt sich die Entwicklung der Mitgliederzahlen bei den **Grünen**. Sie konnten im betrachteten Zeitraum ihre Mitgliederzahl um 36,9 % steigern und verzeichneten im Jahr 2014 mit 60 329 Mitgliedern nur 218 Mitglieder weniger als die Linke und 5 362 Mitglieder mehr als die FDP.

Die Statistik **M 2b** bildet „Parteimitglieder nach Altersgruppen" im Jahr 2014 ab und unterscheidet dabei nach vier Altersgruppen, deren Anteil an der Gesamtmitgliederzahl in Prozent angegeben ist. Deutlich wird so, dass bei allen abgebildeten Parteien die **14- bis 25-Jährigen** nur mit einem **sehr geringen Prozentanteil** vertreten sind. Den geringsten Anteil junger Mitglieder hat dabei die CSU mit 2,2 %, den höchsten verzeichnen die Grünen mit 6,3 % ihrer Mitglieder aus dieser Alterskohorte.

M 2b: Parteimitglieder nach Altersgruppen (Zustand)

Ebenso wie bei der Entwicklung der Mitgliederzahlen (M 2a) stellen die Grünen auch in Bezug auf die altersmäßige Zusammensetzung ihrer Mitglieder eine Ausnahme dar. Anders als bei den anderen Parteien ist bei ihnen mehr als die Hälfte (50,7 %) der Mitglieder zwischen 41 und 60 Jahre alt. Bei allen anderen Parteien stellt die Kohorte der **über 60-Jährigen** den jeweils

größten Prozentsatz, bei CDU, SPD und den Linken sogar jeweils mehr als die Hälfte.

M 2c: Entwicklung des Frauenanteils bei Parteimitgliedschaften

M 2c, das der gleichen Quelle wie M 2a und M 2b entstammt, beschäftigt sich erneut mit einer Entwicklung in Bezug auf Parteien: Es nimmt den Anteil der Frauen an den Parteimitgliedern in den Blick. Wie bereits bei M 2a werden die Jahre 2001 bis 2014 abgebildet; die Entwicklung des Frauenanteils unter den Parteimitgliedern wird in Prozent angegeben.

Hier wird deutlich, dass sich mit Ausnahme der **FDP** (–1,2 Prozentpunkte) und der **Linken** (–8,2 Prozentpunkte) der Frauenanteil in den Parteien zwar leicht erhöht hat, sie aber in den Parteien unterrepräsentiert waren und noch sind. Die **CSU** verzeichnet zwar den größten Zuwachs des Frauenanteils (2,4 Prozentpunkte), ist aber dennoch die Partei mit dem geringsten Anteil an weiblichen Parteimitgliedern: Nur ein Fünftel aller CSU-Mitglieder ist weiblich. Mit 38,5 % weiblicher Mitglieder nehmen die **Grünen** auch im Hinblick auf den Frauenanteil eine erwähnenswerte Position ein: Sie sind im Jahr 2014 die Partei mit dem höchsten Frauenanteil, auch wenn ihr Zuwachs diesbezüglich mit nur 1,1 Prozentpunkten im Vergleich zum Jahr 2001 gering ausfällt.

M 3: Vertrauen in Parteien (Zustand)

Bei Material **M 3** handelt es sich um ein Balkendiagramm mit dem Titel „Wem die Deutschen vertrauen“. Der Darstellung liegen Daten aus dem Jahr 2015 zugrunde. Sie bildet ab, wie viel Prozent der Befragten „großes Vertrauen“ in verschiedene Institutionen bekundeten. Darauf basierend lassen sich auch Aussagen in Bezug auf den Zustand der Parteien treffen.

Auffallend ist, dass nur etwas mehr als 20 % der Befragten angaben, „**großes Vertrauen**“ in politische Parteien zu haben, ein Wert, den auch Versicherungen erreichen. Nur Banken, Börsen und Werbeagenturen erzielen in dieser Umfrage noch niedrigere Werte und so lässt sich zusammenfassend sagen, dass **politische Parteien** im Vergleich zu anderen Institutionen **schlecht abschneiden**. Das große Vertrauen der meisten Befragten genießt die **Polizei**, die mit über 80 % die Rangliste anführt und damit nicht nur deutlich vor politischen Parteien liegt, sondern auch mehr Vertrauen genießt als andere politische Institutionen. Diese schneiden wiederum selbst weit besser ab als Parteien. So sei an dieser Stelle beispielsweise das **Bundesverfassungsgericht** genannt, das großes Vertrauen von mehr als 70 % der Befragten genießt. Auch in die **Bundeskanzlerin** setzen ca. 65 % großes Vertrauen und noch die Hälfte der Befragten spricht dem **Bundestag** großes Vertrauen aus. Damit sind **Parteien das Schlusslicht unter den politischen Institutionen** und gelten im Vergleich nur einem geringen Teil der Befragten als vertrauenswürdig.

Zusammenfassend lässt sich daher festhalten, dass Zustand und Entwicklung der Parteien durch **sinkende Mitgliederzahlen**, eine gewisse **Überalterung** und einen nur **geringen Frauenanteil** charakterisiert wird und sie darüber hinaus nur **geringes Vertrauen** der Bevölkerung genießen.

knappes Fazit

3. *Der Operator „vergleichen" setzt eine strukturierte Herausarbeitung der Kernaussagen in Bezug auf die Herausforderungen für die Parteien in Deutschland aus den Materialien M 4 und M 5 voraus. Die zum Ausdruck kommenden Positionen der Autoren müssen zunächst analysiert und erläutert werden, bevor Sie sie einander gegenüberstellen und ein Fazit formulieren, das den Unterschied in den Ansichten auf den Punkt bringt.*

Oskar Niedermayer thematisiert in einem Interview, das am 13. Dezember 2013 in der Online-Ausgabe der Zeitung „Die Zeit" erschienen ist, wie Bürgerinnen und Bürger Parteien bewerten, und konstatiert in diesem Zusammenhang das Ende der „goldenen Zeit der Mitgliederparteien" (vgl. Titel). Seines Erachtens ist der **Mitgliederschwund** der Parteien jedoch **nicht Ausdruck** einer generellen und gravierenden **Parteienverdrossenheit** und belegt seiner Ansicht nach auch keine Unzufriedenheit oder **Ablehnung des gesamten politischen Systems** durch die Bürgerinnen und Bürger (vgl. Z. 11 ff.). Ursächlich für sinkende Mitgliederzahlen der Parteien sind seiner Einschätzung nach andere Gründe.

Quellenangabe M 4, Kurzbeschreibung

Er hebt zum einen die mangelnde Bereitschaft und Fähigkeit von Parteien hervor, auf die **spezifischen Beteiligungsbedürfnisse junger Menschen** einzugehen (vgl. Z. 34 ff.), sieht aber weitere Gründe auch außerhalb des Einflusses der Parteien selbst. So betrachtet er beispielsweise sowohl die **Erosion der sozialen Milieus** als auch die **Auflösung traditioneller Familienstrukturen** als mitverantwortlich für die Rekrutierungskrise der Parteien (vgl. Z. 44 ff.). Dadurch, so Niedermayer, seien „die normativen Gründe für eine Parteimitgliedschaft zurückgegangen" (Z. 45 f.). Des Weiteren bestünden außerhalb von Parteien zahllose Möglichkeiten, sich politisch zu engagieren. Bewegungen wie „Attac", aber auch Umweltverbände und ähnliches seien daher als **Konkurrenz** zur Mitarbeit in den Parteien anzusehen (vgl. Z. 23 ff.). Auch stellt er nicht in Abrede, dass die stark gestiegene Zahl an **nicht-politischen Aktivitäten** und **Freizeitgestaltungen** den Reiz, in Parteien mitzuarbeiten, schmälerten (vgl. Z. 28 ff.), da sie, ebenso wie politische Beteiligung in anderen Bewegungen, eher dem Wunsch junger Menschen nach „**moderne[r], jugendgerechte[r] Partizipation**" entsprächen (Z. 37). Er betont jedoch, dass die Entscheidung für Aktivitäten außerhalb

M 4: Ursachen des Mitgliederschwundes

von Parteien nicht gleichbedeutend sei mit einer Ablehnung der Parteien als solchen (vgl. Z. 18 ff.).

Quellenangabe M 5, Kurzbeschreibung

Auch Ralf Schwarz thematisiert in seinem Artikel „Das Ende der Parteien", erschienen in der Online-Ausgabe der „Wirtschaftswoche" vom 26. 02. 2014, das Engagement in Parteien. Doch während Niedermayer lediglich das Ende der „goldenen Zeiten" der Parteien konstatiert, spricht Schwartz in **M 5** vom „Ende der Parteien" (vgl. Titel).

M 5: Ursachen des Mitgliederschwundes

Für ihren **Mitgliederschwund** macht er zudem ausschließlich die Parteien **selbst verantwortlich**. Seiner Ansicht nach fehlt den Parteien allesamt eine Vision, die geeignet wäre, zu motivieren (vgl. Z. 3 ff.). Außerdem hätten sie ihre klar **unterscheidbare Bedeutsamkeit verloren** (vgl. Z. 6 ff.). Darüber hinaus bezeichnet er das Handeln der Parteien als „bloße[n] Aktionismus und äußerst beliebig" (Z. 33) und bemängelt, dass sie nicht nur jede **Problemlösungskompetenz**, sondern auch Werte vermissen ließen und Ideale aus **Machtgier** verrieten (vgl. Z. 13 ff). Für ihn sind Parteien an sich **undemokratische Gebilde**, die keine Möglichkeit der demokratischen Teilhabe und Teilnahme böten (vgl. Z. 21 ff.). Einfluss bekäme in Parteien der, der seine Ellenbogen am gezieltesten einsetze (vgl. Z. 12 f.). Parteien sind für Schwartz also nichts weiter als „Machtstrukturen", in denen, genau wie in Unternehmen, der Einzelne untergehe und Ideale dem Profit geopfert würden (vgl. Z. 11 ff.).

Gegenüberstellung

Aufgrund dieser gegensätzlichen Analysen kommen Niedermayer und Schwartz zu **diametral unterschiedlichen Ansichten** zur Zukunftsfähigkeit von Parteien.

Parteineugründungen wie die der Piraten oder der AfD dienen Niedermayer als Beleg für die Zukunftsfähigkeit von Parteien. Er sieht deren große Chance darin, das Augenmerk auf neue, transparente Kommunikations- und Partizipationsformen zu legen oder mit bisher wenig beachteten Politikbereichen zu überzeugen (vgl. M 4, Z. 56 ff.). Schwartz hingegen hält Parteien für undemokratisch und obsolet, weil sie nicht mehr die Interessen der Bürger in den Blick nähmen. Er spricht ihnen damit die Zukunftsfähigkeit ab und fordert ihre Auflösung (vgl. M 5, Z. 22 ff./26 f.).

4. *Bei dieser Aufgabe haben Sie die Möglichkeit, zwischen zwei Aufgabenformaten zu wählen. Rein inhaltlich unterscheiden diese sich jedoch nicht, da Sie bei beiden die Zukunftsfähigkeit von Parteien in den Blick nehmen müssen. Entscheiden Sie sich für den „klassischen" Weg der „Bewertung", müssen Sie nicht nur unterschiedliche Maßnahmen zur Verbesserung der Zukunftschancen der Partei anführen, sondern vielmehr eine persönliche Stellungnahme diesbezüglich abgeben und dabei die eigenen Wertmaßstäbe offenlegen. Entscheidend ist dabei die Nachvollziehbarkeit Ihrer Argumentation, nicht die Anzahl der genannten Maßnahmen.*

Wählen Sie die Gestaltung einer Rede, ist darauf zu achten, dass der Redner die Rolle eines „Beraters“ einnimmt und zu der ausgewählten Partei passende Vorschläge unterbreitet (Adressatenbezug). Dabei soll der Redner nicht nur seine Sachkenntnis unter Beweis stellen, sondern sein Vortrag soll auch lösungsorientiert, nachvollziehbar begründet und in sprachlich angemessener Form überzeugend gestaltet sein. Gegenargumente in die Rede miteinzubeziehen ist ebenso möglich, wie auf die anderen Materialien Bezug zu nehmen.

Bewertung
kurze Ist-Analyse

Fast alle Parteien leiden unter einem massiven **Mitgliederschwund** und sie genießen im Vergleich zu anderen politischen Institutionen in der Bevölkerung nur **wenig Vertrauen**. Zwar wäre es falsch, deswegen von grundsätzlicher Parteienverdrossenheit zu sprechen, es sollten aber dennoch Maßnahmen ergriffen werden, um die Zukunftsfähigkeit von Parteien zu sichern – schließlich kommt ihnen in Bezug auf die politische Willensbildung des Volkes eine herausgehobene Stellung zu. Führt man sich nun vor Augen, dass nicht nur Frauen, sondern vor allem auch die Jüngeren in Bezug auf Parteimitgliedschaften unterrepräsentiert sind, so liegt hier das größte Potenzial, um neue Mitglieder zu rekrutieren.

modernere Kommunikation

Diesbezüglich bieten sich neue und „**moderne Kommunikationswege**“ wie soziale Netzwerke zur Mitgliederrekrutierung und dadurch zur Stärkung der Parteien in besonderem Maße an. Für die Parteien wäre damit zwar ein Mehraufwand verbunden, dafür können aber gleichzeitig sehr viele Menschen unter Aufwendung relativ geringer Kosten erreicht werden (**Effizienz, Finanzierbarkeit**). Gerade Jüngere sind mit sozialen Medien gut vertraut und erhielten so unter Umständen ein anderes und modernes Bild von Parteien. Inwiefern sich junge Menschen aber daraufhin langfristig mit einer Mitgliedschaft an eine Partei binden würden, ist fraglich, da langfristiges Engagement auch im politischen Bereich nicht mehr dem Zeitgeist zu entsprechen scheint (vgl. auch M 4, Z. 35 ff.).

verstärkte Präsenz in den neuen Medien

Dennoch könnte eine verstärkte Präsenz der Parteien in den neuen Medien zu mehr **Partizipation** führen. In Chatforen und Blogs wird Beteiligung niederschwellig und damit attraktiv, Informationen sind leicht verfügbar und stets aktuell. Man könnte einwenden, dass das Werben um Nachwuchs auf modernen Kommunikationswegen nicht gerecht ist, da sich hier vor allem junge Menschen angesprochen fühlen würden. Diese Kritik ist jedoch nicht gerechtfertigt, nicht nur, weil soziale Medien etc. heute keinesfalls mehr nur den Jungen vorbehalten sind, sondern auch, weil mehr Präsenz in einem Bereich in diesem Fall nicht zwangsläufig eine Abkehr von bisherigen Kommunikationswegen bedeutet – die **Realisierbarkeit** beider Wege ist gegeben.

Darüber hinaus ist die Nutzung moderner Medien nicht mehr zwangsläufig an einen bestimmten Bildungsgrad gebunden. Hierin könnte in Bezug auf die Zukunftsfähigkeit der Parteien eine besondere Chance bestehen, denn gerade bildungsferne Schichten wenden sich verstärkt von der Politik und damit von Parteien ab, da sie sich weder wahr- noch ernstgenommen fühlen. Sie leiden verstärkt unter dem in M 5 dargestellten Gefühl, dass es Parteien lediglich um Macht und Einfluss, nicht aber um die Interessen des Volkes ginge (vgl. M 5, Z. 28 ff.). Sich selbst unkompliziert und direkt in Parteiarbeit einbringen zu können, könnte die **Wahrnehmung der eigenen politischen Wirksamkeit stärken** und damit auch die Relevanz der Parteien an sich verbessern.

Einbindung bildungsferner Schichten

Dennoch muss aber auch gesehen werden, dass neue Kommunikationswege in der Regel mit einer größeren Anonymität und Unverbindlichkeit einhergehen. Parteiarbeit basiert jedoch auf Verlässlichkeit und Dauerhaftigkeit. Klicks und Kommentare zwischen Online-Einkäufen und Facebook-Likes können die persönliche Aussprache und Begegnungen der Parteimitglieder nicht ersetzen. Sie können sie aber unter Umständen ergänzen und Parteiarbeit damit **transparenter** machen.

möglicher Kritikpunkt

Gleiches gilt für die **Öffnung von Parteisitzungen** und -treffen für Nichtmitglieder oder auch die Ermöglichung projekt- und **themenbezogener Mitarbeit**.

weitere Ansatzpunkte

Gerade die letztgenannte wird oftmals als eine weitere effiziente Möglichkeit angeführt, um die Attraktivität politischen Engagements insbesondere für junge Menschen zu erhöhen. Der nachlassenden Bereitschaft, sich langfristig und dauerhaft an eine Partei zu binden (vgl. M 4, Z. 34 ff.), würde so Rechnung getragen, indem sich die Parteien den Anforderungen „moderne[r], jugendgerechte[r] Partizipation“ (M 4, Z. 37) anpassten und damit die eigenen Zukunftschancen verbesserten. Die Möglichkeit, sich zunächst zeitlich und thematisch begrenzt in Politik einzubringen, würde daher für viele junge Menschen einen ersten Kontakt mit Parteien erleichtern. Dies könnte unter Umständen dafür sorgen, dass langfristige Bindungen an die Partei entstehen und sich das schlechte Image der Parteien (vgl. M 3) verbessert.

themenbezogene Mitarbeit

Aber: Auch wenn Oskar Niedermayer die Konzentration auf bestimmte Politikbereiche als Chance für die Zukunftsfähigkeit von Parteien sieht (Beispiel Piraten, AfD) (vgl. M 4) – Parteien sind keine Bürgerinitiativen. Sie beschränken sich weder auf begrenzte Sachprobleme, noch genügt es der Definition einer Partei, auf Dauer als „Verhinderungsallianz“ aufzutreten. Die Zukunft der Parteien lässt sich nicht dadurch sichern, sie ihrer auf Dauer angelegten und ausgeprägten Organisationsstrukturen zu berauben.

Daher scheint das Rezept der „themen- und projektbezogenen Mitarbeit" bei genauerer Betrachtung wenig nachhaltig. Vielmehr basiert es auf den Konzepten der „**Dezentralisierung**" und „**Spezialisierung**" – weg von einer starken Parteispitze hin zu interessierten, aktiven kleinen Gruppen; weg von umfassender Politik hin zu klar umrissenen Themengebieten und Fragestellungen. Das mag verlockend klingen und den Anforderungen „jugendgerechte[r] Partizipation" (M 4, Z. 37) genügen, den zentralen **Aggregations- und Problemlösungsfunktionen**, die Parteien ebenfalls erfüllen müssen, können sie so jedoch nicht mehr gerecht werden. Zukunftsaufgaben wie die Friedenssicherung, der Umweltschutz, aber auch sozialpolitische Fragestellungen sind zunehmend global und auf lokaler Ebene ebenso wenig zu lösen wie durch zeitlich begrenztes Engagement.
Gleiches gilt in Bezug auf eine zu starke Spezialisierung. Moderne (Volks-)Parteien benötigen eine **umfassende Thematik**. Dies mag lange Debatten und zähes Ringen mit sich bringen und damit wenig effizient erscheinen. Ziel von Parteien ist jedoch die Mehrheitsfähigkeit, nicht die hohe Effizienz.
Damit wird deutlich, dass die themenbezogene Mitarbeit als Maßnahme zur Verbesserung der Zukunftschancen von Parteien ihrer Komplexität nicht gerecht wird und als alleiniges Mittel zur Zukunftssicherung der Parteien ungeeignet ist. Fazit
Vielmehr wird ihre Zukunft davon abhängen, in welchem Maße es ihnen und allen anderen Trägern der politischen Willensbildung gelingt, junge Menschen auch durch moderne Kommunikation wieder für Demokratie zu begeistern und ihnen Freude an Verantwortung für das Fortbestehen dieser Demokratie zu vermitteln.

Schriftliche Abiturprüfung Gemeinschaftskunde (Baden-Württemberg) 2017

Leitthema: Krise der Medien – Krise der Demokratie: Lassen sich durch neue Medien Partizipationsmöglichkeiten verbessern?

Aufgaben:

1. Charakterisieren Sie anhand der Materialien M 2 bis M 4 die Nutzung und Einschätzung der Medien.	14 VP
2. Erläutern Sie mithilfe von M 5 und M 6 Krisensymptome der Medien.	16 VP
3. Stellen Sie ausgehend von M 1 dar, auf welche Weise andere Akteure als die Medien im politischen Prozess zwischen Bürgern und Staat vermitteln.	12 VP
4. WAHLAUFGABE Nach M 5 befinden sich traditionelle Medien in einer Krise, die zu einer „Kreislaufschwäche unserer Demokratie" (M 5, Z. 61 f.) führt. Beurteilen Sie, inwieweit durch neue Medien Partizipationsmöglichkeiten verbessert werden könnten. ODER Sie sind Teilnehmer auf einem Kongress für politisch interessierte junge Erwachsene zum Thema „Medien & Demokratie". Gestalten Sie eine Rede zum Thema: „Lassen sich durch neue Medien Partizipationsmöglichkeiten verbessern?"	18 VP
	60 VP

M 1 Grundgesetz

M 2 a) Nutzungsdauer der einzelnen Medien in der Gesamtbevölkerung ab 14 Jahre

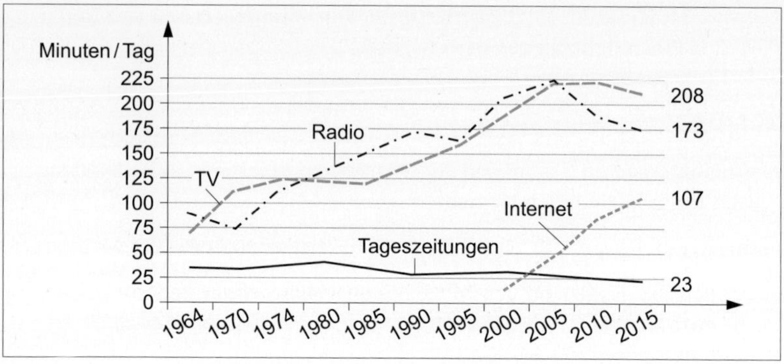

M 2 b) Nutzungsdauer der einzelnen Medien bei 14- bis 29-Jährigen

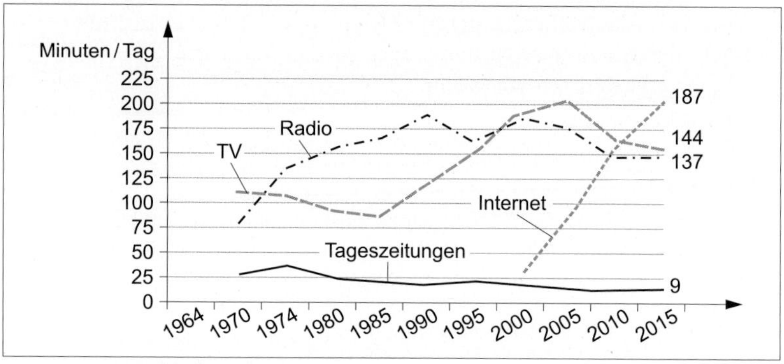

Aus: ARD/ZDF-Langzeitstudie Massenkommunikation 1964–2015, Stand: 10. 09. 2015, Basis: BRD Gesamt (bis 1990 nur alte Bundesländer), 5–24 Uhr, 14+ Jahre
In: eigene Darstellung nach ARD/ZDF-Medienkommission: Media Perspektiven 7-8/2015; www.ard-werbung.de/media-perspektiven/publikationen/fachzeitschrift/2015/heft-7-8/ (letzter Zugriff 13. 10. 2016)

M 3 a) Wer glaubt noch den Medien?

Weniger bis gar kein Vertrauen	Großes bis sehr großes Vertrauen	Weiß nicht/keine Angabe
60 %	39 %	1 %

M 3 b) Das Vertrauen in die politische Berichterstattung ist …

gestiegen	unverändert	gesunken
2 %	70 %	28 %

Aus: Umfrage im Zeitraum 4. bis 6. Mai 2015 unter 1 011 deutschen Wahlberechtigten im Alter ab 18 Jahren; infratest dimap im Auftrag der Wochenzeitung „Die Zeit"
In: eigene Darstellung nach http://www.zeit.de/gesellschaft/2015-06/medienkritik-journalismus-vertrauen, 24. 06. 2015 (letzter Zugriff 13. 10. 2016)

M 4 Ergebnisse einer Studie zum Vertrauen in die Medien

Inwieweit trifft die jeweilige Aussage Ihrer Meinung nach auf die Nachrichtenmedien zu?

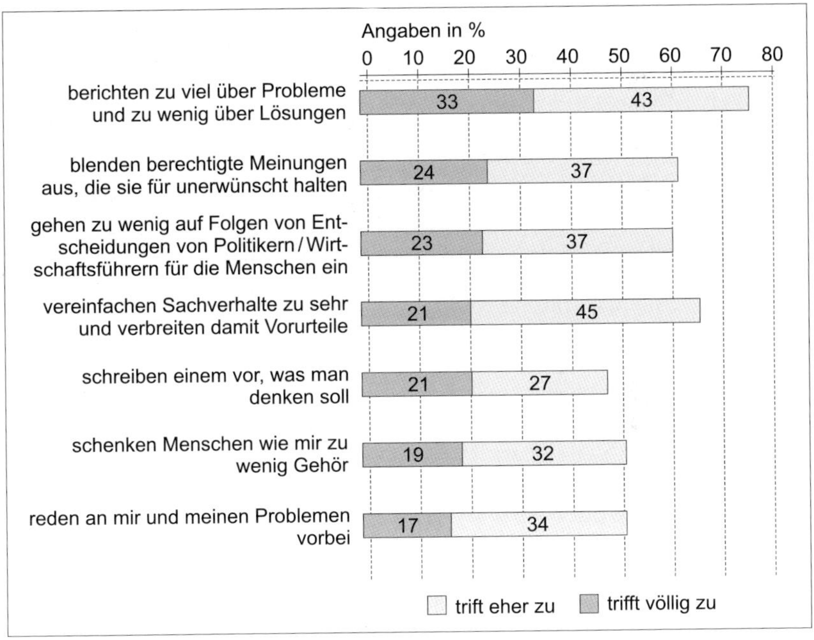

Aus: „Informationen fürs Leben", BR-Studie zum Vertrauen in die Medien vom 02. 05. 2016 (Basis: 1 000 Personen ab 18 Jahren in Deutschland), http://docs.dpaq.de/10742-glaubwuerdigkeitsstudie-pdf-100-1.pdf, S. 18 (letzter Zugriff 13. 10. 2016)

M 5 Wolfgang Herles, Hauptursache für die Glaubwürdigkeitskrise der Medien ist ihre Gefallsucht

Die Gefallsucht der Medien führt dazu, dass geschrieben und gesendet wird, was ankommt. Es ist nicht immer das, was wichtig wäre. Denn Gefallen heißt: Das Publikum bestätigen, nicht Denkschablonen in Frage stellen, sondern bestätigen. Medien, die sich anbiedern, sind leichter verkäuflich. Sie vermitteln die angenehme Illusion, die Welt sei zwar nicht einfach, doch wenigstens einfach zu erklären.

Manche notwendige Debatte wird vom Mainstream verdrängt und tabuisiert. Zum Beispiel der tiefere Zusammenhang zwischen Islamismus und Islam. In welcher Talkshow wurde jemals über die notwendige Trennung von Staat und Religion debattiert? […]

Besonders die öffentlich-rechtlichen Medien setzen zu stark auf die Quote. Die Zwangsgebühr soll das öffentlich-rechtliche Fernsehen von den Regeln des Marktes befreien. Der gesellschaftliche Auftrag von ARD und ZDF ist es, die Bevölkerung durch Information und Bildung diskursfähig zu machen. Ein Fernsehprogramm dagegen, das immer nur möglichst allen gefallen will, bleibt beliebig. Es biedert sich an, ist mutlos, vermeidet den besonderen, genauen Blick auf die Welt, kommt glatt und gefällig daher, scheut Irritation und Provokation, erstarrt aus Angst vor Überforderung der Zuschauer. Fußball und Krimis sichern die Marktführerschaft, aber erfüllen nicht den Programmauftrag. Fernsehmacher, die glauben, sie erfüllten den Auftrag der Gesellschaft durch Marktführerschaft um jeden Preis, haben ihren Auftrag nicht verstanden. Sie verkaufen ihre Seele. Nicht politischer Druck, die Quote ist die schärfste Schere, die je in den Köpfen der Redakteure geklappert hat. Weil alles unterhalten muss, ist Fernsehen zu Junkfood für den Kopf geworden. So wie es ist, macht sich das öffentlich-rechtliche Fernsehen selbst überflüssig. So wie es sein sollte, wäre es unverzichtbar. Gut verkäuflich ist, was so einfach ist, dass es jeder versteht. Gut verkäuflich ist, was die Kunden bewegt, rührt, ängstigt oder amüsiert. Deshalb emotionalisieren alle Medien über Gebühr. Emotionalisieren ist auch eine Form der Versimplung. […]

Eine weitere Strategie der Gefallsucht ist der Alarmismus. Dramatisierung und Skandalisierung prägen die Erregungsgesellschaft. Sie ist auf Skandale angewiesen. Das Geschäft nährt sich an sich selbst. Denn leicht kann zum Skandal werden, wie man sich zu Skandalen äußert. Auch der Skandal ist eine Form der Volksbelustigung. Der gesenkte Daumen ist keine Erfindung des Internets, sondern der römischen Arena. Auch lenkt der Skandal von den wahren Versäumnissen der Politik ab. […]

Ein Einzelbeispiel ist allemal anschaulicher als es ökonomische Zusammenhänge sind. Vor lauter Einzelbeispielen sieht der Konsument das Ganze, den Wald also vor lauter Bäumen nicht mehr.

Wer mit Emotionen arbeitet, erspart sich Recherche und komplizierte Argumente. Es finden sich immer „Opfer“. Frierende Menschen, tote Kinder können die

Debatte um die Komplexität der Integration aber nicht ersetzen. Trotzdem bestimmten sie die Berichterstattung.

Unter dem Strich gilt: Die Lügenpresse lügt selten, aber am mangelnden Vertrauen haben die Medien Anteil. Medienverdrossenheit ist Teil der Politikverdrossenheit geworden und droht zu Demokratieverdrossenheit zu werden. Deshalb ist die Vertrauenskrise von Politik und Medien gleichermaßen gefährlich. Gefallsucht gibt es auf beiden Seiten. Die einen sind auf der Jagd nach Reichweiten, die anderen nach Zustimmung von politikmüden Bürgern.

Gefallsucht und politisch korrekte Mitte bringen einen Journalismus hervor, der ganz überwiegend mehrheitskonform ist. Überall in der Qualitätspresse sind die gleichen Themen und Meinungen zu finden. Der Konformitätsdruck nimmt unter ökonomischen Bedingungen zu und führt zum Rudeljournalismus. Die Empörungsmaschine des Internet ist keine Korrektur des Mainstream-Journalismus. Sie bringt nur Meinungsblasen hervor. Statt miteinander zu streiten, redet man schlecht übereinander. Gemeinden und Szenen igeln sich ein. Die Spaltung der Gesellschaft wird im Internet noch klarer. […]

Die Gesellschaft ist konfliktscheu, zunehmend gelähmt von moralisierender Selbstgefälligkeit und Zukunftsängsten. Medienkritik ist deshalb Gesellschaftskritik. Die Gefallsucht der Medien und der Konformismus[1] in der Politik verursachen einen Populismus der Mitte, der für die Kreislaufschwäche unserer Demokratie verantwortlich ist.

In: Der Tagesspiegel vom 02. 12. 2015, https://causa.tagesspiegel.de/gesellschaft/was-tun-gegen-die-glaubwuerdigkeitskrise-der-medien/hauptursache-fur-die-glaubwurdigkeitskrise-der-medien-ist-ihre-gefallsucht.html (letzter Zugriff 13. 10. 2016).

Anmerkungen

1 Als Konformismus bezeichnet man eine Haltung, die durch Anpassung an die bestehenden Verhältnisse sowie an die jeweils herrschenden Meinungen und Normen gekennzeichnet ist.

M 6 Sascha Lobo, Der Knalleffekt ersetzt die Erkenntnis

Internet-Kommentare sind zum Symbol geworden für ungefähr alles, was an der Welt falsch ist, der Blitzhass, die Knalldummheit, die offen rausgerotzte Gewaltbereitschaft. Anfang November hatte ich versucht, den Rechtspopulismus anhand der Internetfigur des Trolls[2] zu erklären. Es gibt dabei erstaunliche Parallelen, vor allem, sich ständig provoziert zu fühlen: Rechtspopulismus entlarvt sich im Netz als simplizistischer Opferkult nach Troll-Art zur Aufstachelung und Ablehnung eigener Verantwortung. […] Ein Internetkommentar muss nur sich selbst und dem Moment genügen, er ist ausschließlich Kommunikation im Jetzt. Internetkommentare werden viel gelesen und oft verbreitet, wenn sie eine Zuspitzung so formulieren, dass sie den Geschmack der Netzmassen treffen, und das ist das einzige Kriterium, es gibt kein wahr oder falsch, keine Recherche, kein Abwägen, es zählt wirklich nur der Moment der Rezeption. Der Klick auf Like, der Retweet, das Sharen ist eine rein situative und emotionale Angelegenheit. Der Internetkommentar steht daher als Symbol für eine Kommunikation ohne jede Verantwortung für Vergangenheit oder Zukunft oder irgendwelche Folgen.

In den Neunzigerjahren wurde die Wirkung der Massenmedien, vor allem des Fernsehens, auf die Politik unter dem Begriff Mediendemokratie viel diskutiert. Jetzt scheint eine neue Spielart dazugekommen: die Soziale-Medien-Demokratie, die sich entlangbewegt an den viralen Verbreitungsmechaniken von Social Media. [...]

Der Internetkommentar ist ironischerweise das Symbol für das vorläufige Ende des Diskurses: Es kommt nur noch auf die emotionale Inszenierung des Moments an. Die spontan gefühlte Wahrheit ersetzt die Wahrheit, die momentane Überrumpelung ersetzt das Argument, der plötzliche Knalleffekt ersetzt die Erkenntnis. Bei einer Diskussion kommt es nicht darauf an, wer argumentativ überzeugt, sondern wer so wirkt, als habe er gewonnen. Der völlig verbogene Internetdiskurs vollendet damit, was das Fernsehen begonnen hatte: Politik nur für den Moment, Politik für Leute ohne Gedächtnis, Politik ohne Verantwortung für Vergangenheit oder Zukunft.

Das mag sich kulturpessimistisch anhören, aber tatsächlich ist meiner Meinung nach die Voraussetzung für einen wirksamen Gesellschafts- und Fortschrittsoptimismus, sich zunächst die Realität des Netzdiskurses einzugestehen. Und die ist dunkel. Ende des Jahres 2015 gibt es die gleißenden, funkelnden und klugen Netzdiskussionen, es gibt die produktiven Netzdebatten, die sich die Netzavantgarde seit Beginn des Internets erhofft hatte. Aber sie entfalten – noch – eine wesentlich geringere Wirkmacht als die Internetkommentare nach Art der Trolle. Das Netz ist nach gesellschaftlichen Maßstäben gemessen noch sehr jung, und es gibt berechtigte Hoffnung, dass sich irgendwann ein digitaler Diskurs durchsetzt, der differenziert. Aber der Neuaufbau einer funktionierenden Netzzivilisation braucht sehr viel mehr Zeit als erhofft und erwartet.

Bis dahin bestimmen die beschriebenen Prinzipien des dumpfen und dampfigen Internetkommentars immer stärker das politische Geschehen. In den USA mit den Republikanern und deren braunem Schaumkrönchen Trump, in Frankreich mit dem Front National, mit den rechtsdrehenden Regierungen in Polen und Ungarn und in Deutschland mit der Pegida-Partei AfD.

In: Spiegel Online vom 09. 12. 2015, www.spiegel.de/netzwelt/web/soziale-medien-demokratie-knalleffekt-ersetzt-erkenntnis-kolumne-a-1066848.html (letzter Zugriff 13. 10. 2016).

Anmerkungen

2 Als Troll bezeichnet man im Netzjargon eine Person, welche Kommunikation im Internet fortwährend und auf destruktive Weise dadurch behindert, dass sie Beiträge verfasst, die sich auf die Provokation anderer Gesprächsteilnehmer beschränken.

Lösungsvorschlag

Die Lösungsvorschläge stellen nur eine mögliche Antwort dar. Andere Lösungsmöglichkeiten sind zugelassen, wenn sie der Aufgabenstellung entsprechen und sachlich richtig sind.

1. *Der Operator „charakterisieren" erfordert, die in den Materialien enthaltenen Informationen zum Thema Medien zu beschreiben und auszuwerten. Die Aufgabenstellung gibt dabei bereits die Schwerpunktsetzung vor: Die Mediennutzung und die Einschätzung der Medien sollen dargelegt werden. Ein reines „Herausarbeiten" wesentlicher Informationen aus den Materialien M 2 – M 4 genügt für das Erreichen der vollen Punktzahl jedoch nicht. Vielmehr erfordert die Charakterisierung eine Bestimmung der wesentlichen dargestellten Aspekte. Denken Sie daran, die formalen Regeln der Materialarbeit einzuhalten.*

Einleitung: kurze Vorstellung des Materials im Überblick

Bei den Materialien M 2 – M 4 handelt es sich um Diagramme und Statistiken, die sich mit der Nutzungsdauer verschiedener Medien (M 2) sowie der Vertrauenswürdigkeit (M 3) bzw. Kritik an den Medien (M 3) beschäftigen.

M 2 a und M 2 b: Nutzungsdauer

Die Daten der in **M 2 a und M 2 b** dargestellten Liniendiagramme entstammen der ARD/ZDF-Langzeitstudie Massenkommunikation, die in Gänze in „Media Perspektiven 7–8/2015" zu finden ist und unter www.ard-werbung.de/media-perspektiven/publikationen/fachzeitschrift/2015/heft-7-8/ abgerufen werden kann. M 2 a bildet die **tägliche Nutzungsdauer** einzelner Medien (Radio, TV und Tageszeitungen) in Minuten im Zeitraum von 1964 bis 2015 ab; die tägliche Nutzungsdauer des Internets wird erst ab dem Jahr 2000 grafisch dargestellt.

Differenzierung

Während M 2 a die Medien-Nutzungsdauer der **Gesamtbevölkerung** (14 Jahre und älter) veranschaulicht, richtet M 2 b den Blick nur auf die jüngere Generation, die **14- bis 29-Jährigen**, sodass eine differenzierte Charakterisierung der Mediennutzung möglich ist. Sowohl in der Gesamtbevölkerung als auch bei den 14- bis 29-Jährigen ist die **Mediennutzungsdauer im dargestellten Zeitraum insgesamt deutlich** gestiegen.

gestiegene Nutzungsdauer

Die Gesamtbevölkerung nutzte im Jahr 2015 die Medien täglich mehr als 8,5 Stunden (511 Minuten), was im Vergleich zum Ausgangsjahr der Studie ungefähr einer Verdreifachung gleichkommt. Dennoch ist bei beiden Nutzergruppen ein **Wandel** zu erkennen:

sinkende Nutzungszeiten traditioneller Medien

Die tägliche **Nutzungsdauer der eher traditionellen Medien TV und Radio sinkt** seit gut zehn Jahren – eine Tendenz, die **bei den Jüngeren noch deutlicher** zu sehen ist als in der Gesamtbevölkerung. Während TV und Radio in der Gesamtbevölkerung knapp 6,5 Stunden pro Tag genutzt werden, liegt der Wert bei den Jüngeren um gut 1,5 Stunden darunter.

Die **Tageszeitungen** spielen im dargestellten Zeitraum sowohl in der Gesamtbevölkerung als auch in besonderem Maße bei den Jüngeren im Vergleich zu Radio und TV eine untergeordnete Rolle. Während die Tageszeitung in der Gesamtbevölkerung im Laufe der Zeit jedoch nur einen geringen Bedeutungsverlust erfährt, also auf einer **geringen täglichen Nutzungsdauer** von unter einer halben Stunde verharrt, sinkt die tägliche Nutzungsdauer bei den unter 30-Jährigen auf unter zehn Minuten im Jahr 2015. Tageszeitungen spielen für junge Mediennutzer also faktisch keine Rolle mehr.

geringe Bedeutung der Tageszeitungen

Ganz anders stellt sich die Situation in Bezug auf das **Internet** dar. Dessen **Nutzungsdauer nimmt** im Vergleich zu den eher traditionellen Medien in den letzten Jahren **rasant zu** und wird bei den unter 30-Jährigen mit gut drei Stunden pro Tag (187 Minuten) im Jahr 2015 länger genutzt als Radio oder TV. Auch in der Gesamtbevölkerung steigt die tägliche Internet-Nutzungsdauer deutlich, jedoch weniger stark als bei der jüngeren Generation. TV und Radio werden mit 208 bzw. 173 Minuten nach wie vor täglich deutlich länger genutzt als das Internet (107 Minuten).

Bedeutung des Internets

Während die Materialien M 2 eine Entwicklung darstellen, bilden M 3 und M 4 nur Momentaufnahmen ab.

M 3 und M 4: Einschätzung der Vertrauenswürdigkeit der Medien

Bei **M 3** handelt es sich um die Darstellung der Ergebnisse einer Studie von infratest dimap im Auftrag der Wochenzeitung „Die Zeit", die sich mit dem Vertrauen in die Medien befasst und dazu 1 011 deutsche Wahlberechtigte im Mai 2015 befragte. Diese Statistik zeigt das geringe Vertrauen in die Medien: **60 % der Befragten** geben an, **„weniger bis gar kein Vertrauen"** in die Medien zu haben (M 3 a), und fast 30 % sagen, dass ihr **Vertrauen in die politische Berichterstattung gesunken** sei (M 3 b). Zwar gibt der Großteil (70 %) ein unverändertes Vertrauen in die politische Berichterstattung an, dies ist jedoch in Anbetracht der geringen Vertrauensbekundungen (M 3 a) eher als negative Botschaft zu werten. Mögliche Gründe für dieses gering ausgeprägte Vertrauen bzw. für die **Defizite der Medien** aus Nutzersicht werden in **M 4** dargestellt. Das Balkendiagramm, dessen Daten aus einer Studie des Bayerischen Rundfunks zum Vertrauen in die Medien aus dem Jahre 2016 stammen, veranschaulicht, dass mehr als drei Viertel (76 %) der Befragten der These zustimmen, die Medien berichteten **zu viel über Probleme**, aber zu wenig über Lösungen. Auffällig ist zudem, dass zwei Drittel der Befragten der Aussage, Medien vereinfachten Sachverhalte zu sehr und verbreiteten damit Vorurteile, völlig oder eher zustimmen. Knapp die Hälfte (48 %) der Befragten wirft den Medien Meinungsmache vor („schreiben einem vor, was man denken soll"). Kritik üben die

Kritik an den Medien

Nutzer also sowohl an der Darstellung als auch an der Bewertung von Inhalten durch die Medien.

Als charakteristisch für **Mediennutzung** und **Einschätzung** der Medien kann daher ein **verändertes Nutzerverhalten** sowie ein **Glaubwürdigkeitsdefizit** festgestellt werden. Die Änderung im Nutzerverhalten äußert sich in einem deutlichen Bedeutungszuwachs des Internets und dem Rückgang der Nutzung von Radio und TV auf jedoch weiterhin hohem Niveau.

kurze Zusammenfassung charakteristischer Merkmale

2. *Das „Erläutern" der Krisensymptome mithilfe zweier Texte erfordert mehr als die reine Nennung der in den Texten genannten Aspekte. Darauf weist die Formulierung „mithilfe von ..." hin. Zum Erreichen der vollen Punktzahl ist es – neben der Beachtung der formalen Regeln der Textarbeit – erforderlich, die Krisensymptome der Medien im Zusammenhang zu beschreiben und darüber hinaus anschaulich mit Beispielen und Belegen zu erklären. Auf die in Aufgabe 1 bereits behandelten Materialien ebenfalls einzugehen, ist legitim und bietet sich an.*

Einleitung, kurze Vorstellung der Quellen

Mit der Einschätzung der Medien bzw. mit deren Krise beschäftigen sich auch die Texte **M 5** und **M 6**.

Während sich Wolfgang Herles in seinem Artikel aus „Der Tagesspiegel" vom 02. 12. 2015 mit den traditionellen Medien auseinandersetzt und ihnen dabei „Gefallsucht" unterstellt (vgl. M 5, Titel), nimmt M 6 die modernen Medien in den Blick. In seinem auf Spiegel Online am 09. 12. 2015 erschienenen Artikel mit dem Titel „Der Knalleffekt ersetzt die Erkenntnis" kritisiert Sascha Lobo die Diskussionskultur in den modernen Medien.

M 5: Krisensymptome

Das in M 3 a augenfällig werdende mangelnde Vertrauen der Bevölkerung in die Medien konstatiert auch Wolfgang Herles (**M 5**) und macht als Hauptursache dieser Glaubwürdigkeitskrise die **„Gefallsucht"** der Medien aus (vgl. M 5, Titel).

Quote statt Qualität

Seiner Meinung nach erfüllten insbesondere die öffentlich-rechtlichen Sender ihren **Informations- und Bildungsauftrag** nicht mehr, indem auch sie ihr Programm zu stark auf hohe **Einschaltquoten** ausrichteten und nur noch sendeten, was ankomme (vgl. Z. 1 f., Z. 11, Z. 18 f.). Mit dem Ziel, allen gefallen zu wollen, werden Herles' Einschätzung nach ARD und ZDF den Privatsendern in Bezug auf die gesendeten Inhalte und damit auch in Hinblick auf Qualität und Anspruch immer ähnlicher, sodass sie sich selbst überflüssig machten (vgl. Z. 24 f.).

Konformitätsdruck und Rudeljournalismus

Weil alles unterhaltsam sein müsse (vgl. Z. 23 f.) und das Hauptaugenmerk der Medien auf Einschaltquoten und Verkaufszahlen liege, fielen wichtige Themen unter den Tisch, „notwendige Debatte[n] [würden] vom Mainstream verdrängt und tabuisiert" (Z. 7). Medien trauten sich nicht mehr, zu irritieren oder zu provozieren aus Angst, die Zuschauer zu überfordern (vgl. Z. 16 ff.).

Mit Blick auf Einschaltquoten sendeten oder schrieben alle Medien nur noch das Gleiche, leicht Verdauliche, das Herles als „**Junkfood für den Kopf**" bezeichnet (Z. 24). So kämen die Inhalte bei der Masse zwar gut an, seien aber gleichzeitig anspruchslos und unbedeutend. Das Ziel, Bürgerinnen und Bürger diskursfähig zu machen, würde verfehlt (vgl. Z. 13 f.), zumal sich alle Medien möglichst korrekt in der politischen Mitte positionierten (vgl. Z. 50).

Ebenso wie alle anderen Sender setzten auch ARD und ZDF zudem auf **Vereinfachung**, **Dramatisierung** und **Emotionalisierung**, was schlussendlich nicht nur dem Ansehen und der Glaubwürdigkeit der Medien schade, sondern auch zu Demokratieverdrossenheit führen könne (vgl. Z. 45 f.).

Emotionalisierung und Dramatisierung

Einige der von Herles genannten Aspekte, beispielsweise der „Rudeljournalismus" (Z. 53) und der „Populismus der Mitte" (Z. 61), lassen sich mit der Berichterstattung über die **Flüchtlingskrise** anschaulich erklären. Das Thema beherrschte – vermutlich zu Recht – über Wochen und Monate alle Nachrichtensendungen und dem Zuschauer wurden auf allen Kanälen die gleichen Bilder mit der gleichen Botschaft präsentiert. Merkels „Wir schaffen das!" wurde zum Credo vieler Medien, die selbst als gesellschaftspolitische Akteure agierten und oftmals belehrend und einseitig meinungsbildend wirkten. Kritik ließen einige von ihnen kaum zu und werteten geäußerte Zweifel gerne als moralischen Normverstoß und als Solidaritätsbekundung mit Pegida und AfD. Mit einigem zeitlichen Abstand räumten dies einzelne Journalisten ebenfalls ein. Mit der häufig **undifferenzierten Solidarisierung** der Medien mit der von der Politik praktizierten Willkommenskultur könnte Vertrauen der Menschen verloren gegangen sein, da viele das Vorurteil bestätigt fanden, dass die Medien mit der Politik unter einer Decke steckten und das, was ihnen verordnet würde, obrigkeitshörig unterstützten. Rückblickend wäre statt des Konformismus der Medien mehr **Pluralität** angebracht gewesen.

mögliche Beispiele zur Erläuterung

„Refugees welcome!"

Um die von Herles kritisierte **Emotionalisierung** und **Vereinfachung** zu erläutern, kann man erneut auf die Berichterstattung über die Flüchtlingskrise Bezug nehmen. In vielen Nachrichtensendungen erschienen in diesem Zusammenhang nahezu ausschließlich Einspieler, die Kinder und Familien zeigten, obwohl es sich bei fast der Hälfte der Flüchtlinge um junge Männer handelte. Diese Tatsache, die im Zusammenhang mit einer gelingenden Integration nach Meinung vieler hätte deutlicher thematisiert werden müssen, wurde offenbar gescheut (vgl. Z. 41–43).

Auch die mediale Bearbeitung der **Silvesternacht 2015 in Köln** kann als Beleg für die von Herles geäußerte Medienkritik dienen.

„Silvesternacht von Köln"

Da trotz zahlreicher und massiver sexueller Übergriffe durch Asylbewerber auf Frauen erst Tage später in den Medien darüber berichtet wurde, konnte der Eindruck entstehen, die Medien seien lediglich Handlanger der Politik und mehr um **politische Korrektheit** statt um Information und Aufklärung bemüht. Den Medien, denen es gelang, die eigenen Versäumnisse als **Skandal** der Polizei zu inszenieren, waren wiederum steigende Quoten sicher, und die Zahl derer, die nicht nur von den Medien, sondern vor allem auch von der Politik oder sogar der Demokratie als solcher enttäuscht waren, stieg. Damit wird Herles bestätigt, der in der Gefallsucht und dem Konformismus der Medien eine **Gefahr für die Demokratie** erkennt (vgl. Z. 60 ff.), die sich beispielsweise in den Wahlerfolgen populistischer Parteien spiegelt. Diese Parteien wiederum nutzen die Kritik an den Medien, um ihrerseits zu gefallen und sich anzubiedern („Lügenpresse halt die Fresse!“) und finden die geeignete Plattform dafür im Internet.

M 6: Krisensymptome

Mit der **Diskussionskultur in den neuen Medien** setzt sich Sascha Lobo in seinem Text (**M 6**) kritisch auseinander und ist sich insofern mit Wolfgang Herles einig, als dass auch dieser in den Diskussionen im Internet kein Korrektiv für den „Mainstream-Journalismus“ sieht (vgl. M 5, Z. 53 f.).

Effekthascherei

Dazu, so Lobo, seien vor allem die Kommentare im Internet zu undifferenziert und ebenfalls nur auf „Likes“, „Retweets“ und darauf aus, den Geschmack der Masse zu treffen (vgl. M 6, Z. 7 ff.).

Emotionalisierung

Auch in den neuen Medien erkennt er eine **Emotionalisierung** und beklagt Postings, die die Ereignisse inszenieren und nicht darauf bedacht sind, ausgewogen, gut recherchiert oder konstruktiv zu berichten.

Populismus

Vielmehr, so Lobo, bestimmten vielerorts **populistische Äußerungen** die Internetforen und Plattformen (vgl. Z. 42 f.), sodass diese nicht den Ansprüchen eines wirklichen Diskurses gerecht würden, sondern sogar als „das Symbol für das [...] Ende des Diskurses“ (Z. 22 f.) betrachtet werden könnten. Eine differenzierte Debatte im Internet zu erreichen, so Lobo, würde noch einige Zeit dauern (vgl. Z. 38 ff.). Bis dahin, so seine Einschätzung, müsse man sich die dunkle Realität des Netzdiskurses eingestehen (vgl. Z. 33 f.) und damit umgehen, dass nicht nur in den neuen Medien, sondern auch im politischen Geschehen der Knalleffekt die Erkenntnis ersetze (vgl. Titel), also lautes, polteriges Verhalten mehr Beachtung finde als verantwortungsvolles, durchdachtes und weitsichtiges Handeln.

mögliches Beispiel

Auch für die von Lobo genannten Krisensymptome lassen sich Beispiele finden. So verbreitete sich beispielsweise ein „Fake-Tweet“ – angeblich von Renate Künast – im Zusammenhang mit der Ermordung einer Studentin durch einen Flüchtling wie ein Lauffeuer und führte im Netz zu Hasstiraden gegen die Grünen-

Politikerin. Die Richtigstellung hingegen interessierte kaum noch jemanden und ging in den nächsten schnelllebigen Nachrichten unter.

Über die von Herles und Lobo genannten Probleme oder Schwierigkeiten hinaus kämpfen die Medien außerdem gegen die zunehmende „**Gratiskultur**“. Seit Anfang der 2000er-Jahre das Internet zum Massenmedium wurde, begannen die **Online-Ausgaben** vieler Zeitungen und Zeitschriften mit den Print-Ausgaben zu konkurrieren. Inzwischen betreiben nahezu alle Zeitungen große Online-Portale, in denen neben den Artikeln der gedruckten Ausgabe auch noch zusätzliche, aktuelle Berichte zu finden sind. Nur wenige Versuche, Online-Artikel kostenpflichtig anzubieten, funktionierten, und so klagen Verlage und Medienkonzerne zunehmend über **schlechte ökonomische Rahmenbedingungen**. Eng damit verbunden sind die oftmals gehörten Klagen über den „**Niedergang des Qualitätsjournalismus**“, die sowohl in M 5 als auch in M 6 deutlich werden. Kurze, reißerische, bunte oder schockierende Texte und Bilder spiegeln eine veränderte Gesellschaft wider und können als „symptomatisch“ für die Schnelllebigkeit und eventuell auch Oberflächlichkeit der Gesellschaft, aber auch für die Krise der Medien betrachtet werden.

weitere Krisensymptome

3. *Die Aufgabenstellung erfordert, die Gelenkfunktion anderer Akteure des intermediären Systems zwischen Bürger und Staat – ausgehend vom Grundgesetz – zu beschreiben und zu verdeutlichen. Sie können sich also auf diejenigen beschränken, die im Grundgesetz genannt werden. Stellen Sie dar, inwiefern diese Akteure politische Inhalte zwischen den beiden Ebenen vermitteln.*

Neben den Medien gibt es eine Vielzahl weiterer Organisationsformen, die zwischen der politisch interessierten Bevölkerung auf der einen und dem Regierungssystem auf der anderen Seite vermitteln. Auch wenn diese **intermediären Strukturen** ganz generell eine wichtige Rolle bei der Transmission politischer Inhalte und Entscheidungen zwischen der gesellschaftlichen und der politischen Ebene spielen, so kommt den **Parteien**, aber auch den **Verbänden** eine besondere Bedeutung zu.

kurze Einleitung

Parteien sind in modernen politischen Systemen allgegenwärtig, und ihre (plurale) Existenz gilt als Merkmal der Demokratie. Besonders in einer parlamentarischen Demokratie wie der Bundesrepublik Deutschland spielen Parteien eine besonders große Rolle.

Diese fundamentale Bedeutung der Parteien lässt sich auch daran ablesen, dass sie – anders als andere Träger der politischen Willensbildung – **explizit im Grundgesetz** als solche genannt werden (vgl. **Art. 21 Abs. 1**). Als dauerhaft organisierte Verbünde von Bürgerinnen und Bürgern mit ähnlichen politischen Vorstellungen und gemeinsamen Interessen beteiligen sie sich an **Wahlen** und bieten damit allen Wahlberechtigten die Möglichkeit, Rückmeldung in Bezug auf die vergangene Legislaturperiode zu geben und per Stimmzettel über den künftigen Weg des Landes mitzuentscheiden. Da es in der Regel ihre Funktionäre sind, die zur Wahl stehen, kommt ihnen die Aufgabe zu, die **Rekrutierung und Auswahl des politischen Personals** zu übernehmen. So bieten sie den Bürgern die Möglichkeit, sich politisch zu beteiligen, was unter dem Begriff der **Partizipationsfunktion** zusammengefasst werden kann.

Parteien im Grundgesetz: Art. 21 GG

Darstellung der Aufgaben und Funktionen im Vermittlungsprozess

Die **Vermittlungsfunktion** im Bereich zwischen Gesellschaft und Staat und umgekehrt übernehmen Parteien darüber hinaus auch durch **Interessenaggregation**. Dazu wählen sie bestimmte Forderungen ihrer Mitglieder und potenziellen Wähler (**Selektionsfunktion**), bündeln eine Vielzahl heterogener Forderungen zu parteipolitischen Zielen in einem Parteiprogramm (**Programmfunktion**) und artikulieren diese (**Artikulationsfunktion**). Aggregation und Selektion sind hilfreich für die Entscheidungsfindung der Wähler, denn nur klar bestimmbaren Positionen und Forderungen können eindeutige Maßnahmen zugeordnet werden. Bei der Aggregation und Selektion von Interessen sind Parteien um **Interessenausgleich** bemüht. Sie versuchen, gegenläufige und widerstreitende Interessen verschiedener gesellschaftlicher Gruppen durch Kompromisse zu versöhnen und einen Ausgleich zwischen ihnen zu erzielen. So integrieren sie breit gestreute Gruppeninteressen. Indem Parteien die Verbindung herstellen zwischen Bürgern, gesellschaftlichen Gruppen und dem politischen System, tragen sie zur **Verankerung der politischen Ordnung im Bewusstsein der Bürger** und bei den gesellschaftlichen Kräften bei. Sie erfüllen damit eine **Legitimationsfunktion**.

Anders als Parteien sind Vereine und Verbände **nicht explizit** im Grundgesetz als Träger der politischen Willensbildung erwähnt. Sie sind jedoch gemäß **Artikel 9 GG** Ausdruck grundrechtlichen Engagements und ebenso wie Parteien und Medien Teil des intermediären Systems. Als freie Zusammenschlüsse bieten Verbände den Bürgerinnen und Bürgern vielfältige Möglichkeiten, **Partikularinteressen** in allen erdenklichen zentralen Handlungsfeldern durchzusetzen.

Verbände im Grundgesetz: Art. 9 GG

Zwar übernehmen Verbände nicht selbst Regierungsverantwortung, sie übermitteln jedoch die Interessen ihrer Verbandsmitglieder in einem mehrstufigen Prozess durchaus effizient an politische Institutionen. Neben **Öffentlichkeitsarbeit** können sie beispielsweise schon in der Phase der Ausarbeitung eines Gesetzes ihre Interessen geltend machen, indem sie diese mit ihrem **Fachwissen** begleiten. Dies ist nicht nur laut Gemeinsamer Geschäftsordnung der Bundesministerien ausdrücklich erlaubt, sondern spiegelt sich auch in **Art. 5 GG** und **Art. 9 GG** wider. Wie gut – aus Verbandssicht – die Übermittlung der eigenen Interessen dabei funktioniert bzw. wo sich Möglichkeiten und Grenzen diesbezüglich ergeben, ist stark von der personellen und auch finanziellen Ausstattung des jeweiligen Verbandes abhängig.

Darstellung der Aufgaben und Funktionen im Vermittlungsprozess

Neben den oben beschriebenen Parteien und Verbänden sind auch **Bürgerinitiativen** durch **Art. 9 GG** geschützt und ergänzen Verbände als lokal oder regional tätige Akteure im intermediären System.

Bürgerinitiativen

Alle Akteure des intermediären Systems vermitteln zwischen Bürgerinnen und Bürgern und Staat, indem sie erstens die **Komplexität** politischer Probleme und Interessen **reduzieren** und es staatlichen Institutionen so ermöglichen, diese zu bearbeiten und effektiv politisch zu steuern. Dabei geben sie **Inputs**, beispielsweise Informationen über Probleme, die dringend der politischen Bearbeitung bedürfen, oder machen Vorschläge für Lösungsmöglichkeiten bzw. bringen Fachwissen ein.

Zusammenfassung

Zweitens sind repräsentative Demokratien normativ auf die Rückbindung staatlicher Politikentscheidung an den Willen des Volkes angewiesen, um die **Legitimation** politischer Institutionen, Akteure und Entscheidungen zu gewährleisten. Wahlen allein sind als **Partizipationsmöglichkeit** dabei nicht ausreichend. Parteien ebenso wie Verbände und Bürgerinitiativen bieten daher nicht nur weitere Möglichkeiten zur politischen Teilhabe, sondern regen darüber hinaus den ebenfalls unabdingbaren **öffentlichen Diskurs** über Politik an.

4. *Bei dieser Aufgabe können Sie zwischen einer „traditionellen" Beurteilung und dem Gestalten einer Rede wählen. Rein inhaltlich unterscheiden sich die Aufgaben nicht, da Sie bei beiden Formaten die Möglichkeiten neuer Medien, Partizipationsmöglichkeiten zu verbessern, in den Blick nehmen müssen. Dabei müssen Sie bei der Beurteilung die von Ihnen angewandten Kriterien (z. B. Effizienz, Legitimität) zur Überprüfung explizit nennen und bei der Kreativaufgabe darüber hinaus die formalen Anforderungen einer Rede, wie beispielsweise den Adressatenbezug, erfüllen. Im folgenden Lösungsvorschlag ist eine „traditionelle" Beurteilung ausgearbeitet.*

Ein Blick auf die Entwicklung der Wahlbeteiligung oder auch die sinkende Zahl von Parteimitgliedschaften zeigt, dass sich die Bereitschaft der Bürger, politisch zu partizipieren und sich langfristig in Organisationen zu binden, um sich zu engagieren, deutlich verringert hat. Stattdessen bevorzugen sie zielgerichtete, themen- oder projektbezogene Aktivitäten (wie beispielsweise das Engagement in Bürgerinitiativen) und niederschwellige, unverbindliche Beteiligung ohne großen Zeitaufwand oder dauerhafte Bindung. Politische Partizipation findet also zunehmend situativ, kontextabhängig, erlebnis- und betroffenheitsorientiert statt.

Einleitung mit Bezug zur Aufgabenstellung: Beschreibung des Ist-Zustandes

Vor diesem Hintergrund und der dazu widersprüchlich erscheinenden wachsenden Forderung nach mehr Mitsprache und Beteiligung, wird den neuen Medien und deren vielfältigen Möglichkeiten der Kommunikation das Potenzial zugeschrieben, Partizipationsmöglichkeiten zu verbessern.

Inwieweit das **Mehr an Partizipationsmöglichkeiten**, dass das Internet zweifelsohne bietet, jedoch gleichzusetzen ist mit „besseren" Partizipationsmöglichkeiten (vgl. Aufgabenstellung), lässt sich anhand unterschiedlicher **Kriterien** beurteilen.

Quantität ≠ Qualität

Fraglos bietet das Internet eine enorme **Erweiterung** der Möglichkeiten zur **Informationsbereitstellung** durch die politischen Akteure einerseits und zur **Informationsabfrage** durch die Bürgerinnen und Bürger andererseits.

Erweiterung bestehender Partizipationsformen

So können sich die Bürger im Internet über Strukturen, Arbeitsweise und konkrete Projekte sowie Ergebnisse aller staatlichen Organe von der supranationalen über die nationale bis zur kommunalen Ebene, über alle Parteien und Interessengruppen, zivilgesellschaftlichen Initiativen und Bewegungen informieren. Im Gegenzug können all diese Akteure die Bürger ansprechen und beides zusammen erweitert die Zugänge zu politischen Vorgängen und kann diese zugleich **transparenter** machen.

Transparenz

Darüber hinaus ermöglicht das Internet für bereits bestehende Partizipationsformen wie Unterschriftenaktionen, Petitionen oder Referenden eine **schnellere**, **effektivere** und auch **kostengünstigere** Durchführung, die zudem für den Bürger meist einen geringeren Aufwand bedeutet und damit dem oben beschriebenen Zeitgeist entspricht. Dass dies **technisch möglich** ist, zeigt unter anderem Estland, wo e-voting bereits zum Spektrum politischer Partizipation gehört und Fragen der **Sicherheit** vor Hacker-Angriffen zufriedenstellend gelöst worden zu sein scheinen.

Effizienz

Realisierbarkeit, Sicherheit

Die Möglichkeit der Echtzeitinteraktion bietet überdies **neue Formen der Beteiligung** und ermöglicht beispielsweise Online-Konsultationen. Die vor allem von der Piratenpartei forcierte Idee der „**Liquid Democracy**" kann hierbei als Beispiel dienen. Dieses

Ergänzung neuer Partizipationsformen

Konzept steht für demokratische Partizipation, die Merkmale plebiszitärer und repräsentativer Demokratie miteinander verbindet und durch internetbasierte Plattformen Beschränkungen bestehender politischer Entscheidungsprozesse zu „verflüssigen" versucht. Bürgerinnen und Bürger sollen von Fall zu Fall selbst entscheiden, ob sie über eine Frage oder ein Thema direkt abstimmen oder ihre Stimme delegieren. So sollen beispielsweise Parteimitglieder auch das Parteiprogramm selbst mitgestalten können.

Dieses Beispiel kann jedoch auch dazu dienen, die **kritischen Aspekte** dieser neuen Partizipationsformen in den Blick zu nehmen und zu beurteilen. So kann zwar mit direkten Abstimmungen und dem „Liquid Feedback" von den Bürgern unmittelbar auf politische Entscheidungen und Entwicklungen Einfluss genommen werden, es besteht jedoch auch die Gefahr, dass kurzfristige Stimmungen die Entscheidungen maßgeblich beeinflussen und dadurch „Politik […] für den Moment" (M 6, Z. 28 f.) entsteht. Dieser mangelt es dann an **Verantwortung** und **Nachhaltigkeit**, und auch traditionelle Berufspolitiker könnten unter Umständen Gefahr laufen, Politik für die schnellen „Likes" zu machen und populistisch zu agieren.

Kritik

Nachhaltigkeit

Diese Gefahr darf ebenso wenig vernachlässigt werden wie der Hinweis darauf, dass viele (vor allem ältere) Bürgerinnen und Bürger keinen Internetzugang haben oder anstreben. Politische Meinungsbildung würde daher von denen dominiert, die eine technische Affinität haben und gleichzeitig die Zeit aufbringen, sich zu beteiligen. Dies wirft nicht nur die Frage nach der **Legitimität** der online getroffenen Entscheidungen auf, sondern betrifft auch ganz zentral Fragen der **Gerechtigkeit**. Dass vor allem ältere Menschen in Bezug auf die Nutzung des Internets unterrepräsentiert sind, mag sich auf ganz natürlichem Wege mit der nächsten Generation ändern, indem der Anteil der „digital natives" zunimmt. Im Hinblick auf Legitimation und Gerechtigkeit sind daher „**digital divides**", also digitale Kluften, bedeutsamer. Natürlich mögen regionale Unterschiede in Bezug auf die Schnelligkeit des Netzes eine Rolle spielen. Diese sind jedoch angesichts verschiedener Aspekte der **sozialen Selektivität** und **Verfestigung einer Informationselite** von untergeordneter Bedeutung. Das dominante Nutzerprofil ist „jung, männlich, gut ausgebildet", und auch wenn junge Frauen in Bezug auf die Nutzung des Internets aufholen, entscheiden weiterhin vor allem Alter, Ausbildungsstand und Berufsprofil über die Grenze zwischen On- und Offlinern. Das bedeutet, dass die Bevölkerungsteile, die offline politisch interessiert und zur Teilhabe an der Willensbildung bereit sind oder dazu gar selbst mobilisieren (beispielweise bei Bürger-

Legitimität, Gerechtigkeit

initiativen), auch online solche Aktivitäten entfalten werden. Umgekehrt wird jemand, der sich außerhalb des Internets nicht beteiligt, dies kaum online tun. Diskurse und Entscheidungen würden dann von einer aktiven Minderheit angeregt und dominiert, was **der Idee der gleichen Teilhabe** nicht entspricht.

Abschließend lässt sich daher konstatieren, dass „neue Medien" nicht nur bestehende Partizipationsformen ergänzen, sondern auch eine Vielzahl neuer Beteiligungsmöglichkeiten bieten. Aber: Mehr Partizipation im Netz kann die Partizipationsdefizite in der realen Welt nicht durch „Likes" oder „Tweets" kompensieren. „Besser" im Sinne der oben dargestellten Kriterien scheinen die Partizipationsformen im Netz daher nur auf den ersten Blick und im Hinblick auf Schnelligkeit und Finanzierbarkeit. Insbesondere die ungleichen Beteiligungschancen ressourcenschwacher und -starker Bevölkerungsteile bergen eher neue Legitimationsprobleme, als dass sie bestehende beseitigen. Die Vorstellung, dass allein die Realisierbarkeit neuer Partizipationsformen dazu führt, Defizite in der repräsentativen Demokratie zu beheben, scheint recht naiv.

abschließendes Urteil

Schriftliche Abiturprüfung Gemeinschaftskunde (Baden-Württemberg) 2018

Leitthema: Wehrhafte Demokratie – wie kann die Demokratie gegen ihre Gegner verteidigt werden?

Aufgaben:

1. Charakterisieren Sie anhand von M 2 bis M 4 Bedrohungen für die Demokratie in der Bundesrepublik Deutschland. — 14 VP

2. Erklären Sie anhand des Grundgesetzes (M 1) Möglichkeiten des Staates, die freiheitlich-demokratische Grundordnung zu schützen. — 12 VP

3. Die Autoren von M 5 und M 6 thematisieren den Umgang mit Gegnern der Demokratie. Vergleichen Sie die beiden Positionen. — 14 VP

4. WAHLAUFGABE
   Bewerten Sie mögliche Maßnahmen, mit denen sich Bürger und Staat jeweils gegen verfassungsfeindliche Bestrebungen wehren können.

   ODER

   Die Bundeszentrale für politische Bildung hat Sie zu einer Veranstaltung mit dem Titel „Wehrhafte Demokratie“ eingeladen.
   Gestalten Sie eine Rede als politisch engagierter Jugendlicher, in der Sie begründete Vorschläge unterbreiten, wie Bürger und Staat sich jeweils gegen verfassungsfeindliche Bestrebungen wehren können. — 20 VP

60 VP

M 1 Grundgesetz

M 2 Anzahl der politisch motivierten Straftaten in Deutschland 2003 bis 2016
(Angaben in absoluten Zahlen)

	Gesamt-politische Krimi-nalität	Rechte Krimi-nalität	Linke Krimi-nalität	Politisch motivierte Ausländer-kriminalität	Sonstige politische Krimi-nalität
2016	41 549	23 555	9 389	3 372	5 233
2015	38 981	22 960	9 605	2 025	4 391
2014	32 700	17 020	8 113	2 549	5 018
2013	31 645	17 042	8 673	873	5 056
2008	31 801	20 422	6 724	1 484	3 171
2003	20 477	11 576	3 614	1 743	3 544

Daten nach Bundesministerium des Inneren, letzter Zugriff 01 .07. 2017

M 3

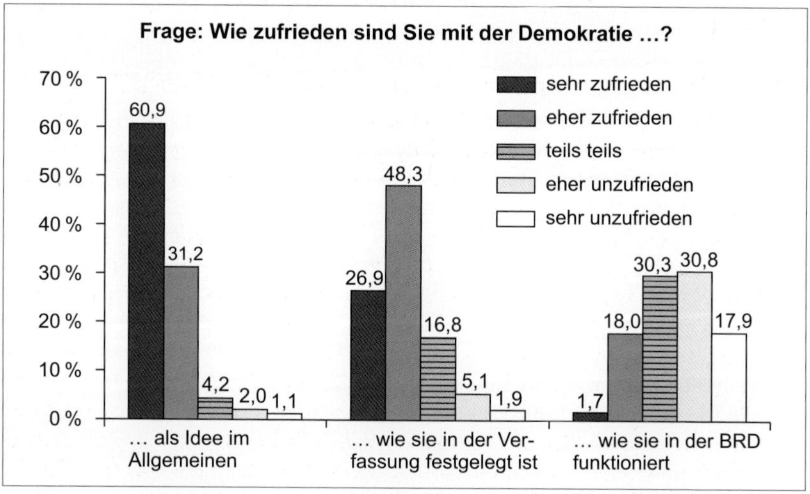

Lars Geiges: TTIP-Proteste: Wer sind die TTIP-Gegner?, 08. 10. 2015, http://www.demokratie-goettingen.de/blog/ttip-proteste (Göttinger Institut für Demokratieforschung)

M 4

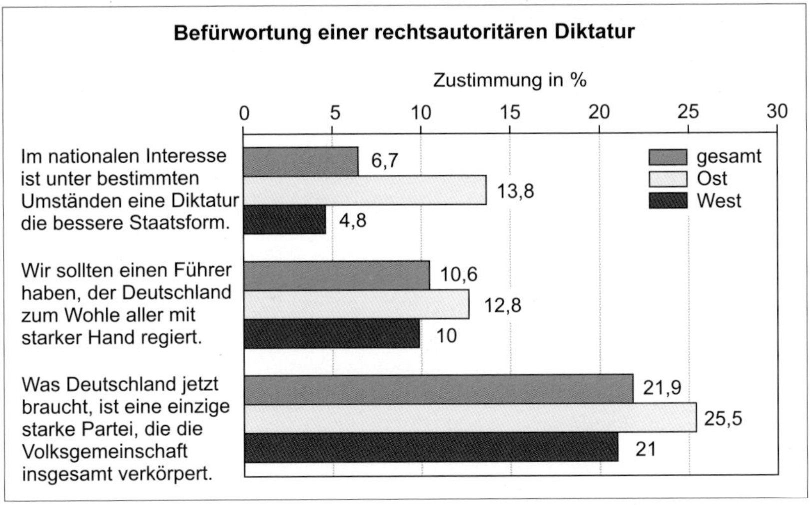

Oliver Decker, Johannes Kiess, Eva Eggers und Elmar Brähler: Die „Mitte"-Studie 2016: Methode, Ergebnisse und Langzeitverlauf. In: Decker, Kiess, Brähler (Hrsg.): Die enthemmte Mitte. Autoritäre und rechtsextreme Einstellung in Deutschland. Gießen: Psychosozial-Verlag 2016, S. 32

M 5 Tanjev Schultz, Die Demokratie darf nicht alles erdulden

Vandalismus lockt weitere Vandalen an, das kennt man aus sozialpsychologischen Experimenten. Stehen demolierte Autos in der Gegend herum, kommen Leute und klauen die Radkappen. Gibt es irgendwo eine wilde Müllkippe, trauen sich immer mehr Menschen, ihren Dreck dort abzuladen.

In der politischen Kultur funktioniert es manchmal ähnlich. Sind die Zäune der Zivilität erst eingerissen, trampeln Fanatiker und Extremisten dreist und furchtlos durch die politische Landschaft. In Dresden ist dieser politische Vandalismus bei Pegida zu besichtigen. […]

Der Rechtsstaat hält viel aus, er muss viel aushalten – aber eines darf er auf keinen Fall zulassen: dass Volksverhetzer ihn verlachen. Deshalb ist es unverständlich, wie viel die Polizei in Dresden laufen lässt. Ungehindert tragen Demonstranten einen Galgen mit den Namen von Politikern herum, ungehindert bedauert ein Redner, die Konzentrationslager seien ja leider außer Betrieb. Das ist nicht nur ein Fall für den Staatsanwalt. Es ist auch ein Fall für die Polizei, die bereits an Ort und Stelle eingreifen müsste.

Sachsen muss schneller und härter gegen rechtsradikale Straftäter vorgehen, sonst werden diese die politische Kultur nach Belieben demolieren. Zu dieser politischen Kultur gehört auch die freie Presse, die von Pegida-Demonstranten als „Lügenpresse" oder „Judenpresse" verhöhnt wird. Journalisten werden bedroht, geschubst und getreten. In diesem Beruf sollte man zwar bestimmt nicht

weinerlich sein; aber abgesehen davon, dass Gewalttaten niemals toleriert werden dürfen, geht es auch um die Grundlagen dieses Staates. […]
Die wehrhafte Demokratie ist oft beschworen worden, wenn es um echte oder vermeintliche Verfassungsfeinde im linken Lager ging. Die Polizei hat früher immer wieder hart zugegriffen und zugeschlagen, wenn sie bei Anti-Atom-Protesten oder Friedensdemos den Befehl bekam, eine Versammlung oder eine Blockade aufzulösen. Nun kann sich niemand wünschen, dass Beamte die Pegida-Bewegung brutal von der Straße prügeln. Deeskalation ist auch in Dresden notwendig und einem Rechtsstaat angemessen. Doch dazu gehört eben auch, eine weitere Eskalation des Hasses und der Hetze zu unterbinden. Wenn die Organisatoren von Pegida das nicht selbst schaffen (oder nicht schaffen wollen), muss es der Staat tun, notfalls sogar mit dem Verbot oder der Auflösung einer Demonstration. Die Demokratie darf nicht alles erdulden.
All jene, die besorgt sind, die Flüchtlinge könnten das hiesige Rechts- und Wertesystem bedrohen, müssten viel besorgter sein über die ständigen Angriffe von Neonazis. Es vergeht ja kein Tag in Deutschland, an dem nicht irgendwo ein Flüchtlingsheim attackiert wird, beschmiert, in Brand gesetzt, mit Steinen beworfen. Es vergeht kein Tag, an dem nicht irgendwo ein rechter Gewalttäter zuschlägt oder zusticht. […]
Das Entsetzen war groß, als die rechte Terrorbande NSU entdeckt wurde. In einem langwierigen Prozess werden derzeit die Hintergründe aufgearbeitet. Das reicht aber nicht. Denn der alltägliche Neonazi-Terror geht weiter, auch ohne NSU. Zwar lassen sich viele Taten, juristisch gesehen, nicht als Verbrechen einer terroristischen Vereinigung fassen, aber für die vielen Opfer rechter Gewalt sind solche Differenzierungen kein Trost. Für sie ist und bleibt es: rechter Terror.
Im Kampf dagegen erweist sich der Staat seit Jahren als schwach und verzagt. […] Der Staatsschutz muss der rechten Szene dauerhaft nachsetzen – und dabei die Fehler der Vergangenheit vermeiden, als diese Szene durch V-Leute eher gepäppelt als kontrolliert und bekämpft worden ist. […]
Bei Pegida laufen sicherlich auch Menschen mit, denen jede Gewalt ein Gräuel ist. Sie müssten spätestens jetzt auf Abstand gehen. Sie müssten zeigen, dass sie doch keine politischen Vandalen sind.

Tanjev Schultz: Die Demokratie darf nicht alles erdulden, 20. 10. 2015, http://www.sueddeutsche.de/politik/pegida-die-demokratie-darf-nicht-alles-erdulden-1.2700182

M 6 Werner J. Patzelt, Populismus. Sachverhalt und richtiger Umgang

Gerade die Demokratie tut sich mit dem Populismus schwer. Der ist ja gleichsam ihr hässlicher Bruder. Beide Geschwister – das eine den griechischen, das andere den lateinischen Namen für das Volk tragend – sind sich darin einig, dass nicht auf Dauer „anregiert" werden sollte gegen das, was ein Großteil der Menschen im Land für richtig hält. Populismus entsteht denn auch immer dann, wenn sich die Ansicht verbreitet, „die da oben" wüssten über die Probleme und Meinungen „von uns da unten" nicht mehr Bescheid. Oder sie nähmen „unsere Ansichten und Interessen“ nicht ernst, ja setzten sich ignorant-arrogant darüber hinweg. Dadurch öffnet sich in Gesellschaften und Parteiensystemen Raum für neue Parteien, welche von sich behaupten, die „da unten“ gegen jene „da oben“ zu vertreten. Oft verkünden ihre Anführer auch, sie stünden – anders als die etablierten Eliten – für so etwas wie den „wahren Volkswillen“. Den stellen sich Populisten außerdem oft so vor, als gäbe es wirklich so etwas wie einen „gemeinsamen Volkswillen“ – und nicht bestenfalls eine breite Mehrheit für eine Entscheidung. Ob sich solcher Populismus eher links oder eher rechts ausdrückt, hängt einesteils von der Leichtigkeit ab, in der sich die zeitabhängig anstehenden Probleme im linken oder rechten Tonfall thematisieren lassen. Und andernteils hängt das Aufkommen von Links- oder Rechtspopulismus stark davon ab, ob im etablierten Parteiensystem eher linke oder eher rechte Positionen vorherrschen […]. Populismus wächst nämlich in Repräsentationslücken. Die aber entstehen genau dann, wenn es in der Bevölkerung Ansichten und Interessen gibt, die von den etablierten Parteien nicht, nicht mehr oder noch nicht vertreten werden.

Die beste Populismusprävention wäre es deshalb, Repräsentationslücken gar nicht erst aufkommen zu lassen. Genau das entspricht auch dem Leitgedanken repräsentativer Demokratie. Was im Staatsvolk an Sichtweisen und Wünschen da ist, soll nämlich in öffentlichen Diskursen erörtert und in den Parlamenten vertreten werden. […] [S]elbst wenn Politiker tatsächlich manches besser wissen als die Bürgerschaft, entbindet sie das in einer Demokratie keineswegs von der Pflicht, mit ihren Auftraggebern – den Bürgerinnen und Bürgern – im Gespräch zu bleiben […]. Es nutzt für das zu sichernde Vertrauen in einer repräsentativen Demokratie ja nur wenig, wenn man ihr Funktionieren nur behauptet; vielmehr muss man dieses Funktionieren auch immer wieder vorführen – und zwar gerade im persönlichen wie im medienvermittelten Kontakt zwischen dem „Volk“ und den „Volksvertretern“. Und überhaupt vollzieht sich Legitimation allein durch Kommunikation. Wer diese abbricht, stellt somit die Arbeit an der Aufrechterhaltung repräsentativer Demokratie ein. Das freilich sollten wir weder für richtig halten noch praktizieren. […]

[Man] darf Populisten auch nicht wie Feinde behandeln, also wie Extremisten. Populisten sind schlicht Andersdenkende oder Schlichtdenkende […]. Wer aber klug ist, der schließt nicht von vornherein aus, dass auch Populisten mit manchen ihrer Positionen auch durchaus Recht haben können, und zwar insbesondere dann, wenn sie in ziemlich breit gewordenen Repräsentationslücken agieren. […] Wenn wir also den jeweils aufkommenden Populismus einfach als ein Warnsignal begreifen und problemlösend darauf reagieren, dann halten uns gerade Populisten dazu an, Störungen demokratischer Willensbildung und Entscheidungsfindung rasch zu beheben. Doch leider scheint es derzeit so zu sein, dass man den Populismus schon für das Problem selbst hält – und eben nicht für einen Hinweis auf die ihm zugrunde liegenden wirklichen Probleme.

Werner J. Patzelt: Populismus. Sachverhalt und richtiger Umgang, 30. 11. 2016, http://wjpatzelt.de/2016/11/13/populismus-sachverhalt-und-richtiger-umgang/

Lösungsvorschlag

Die Lösungsvorschläge stellen nur eine mögliche Antwort dar. Andere Lösungsmöglichkeiten sind zugelassen, wenn sie der Aufgabenstellung entsprechen und sachlich richtig sind.

1. *Der Operator „charakterisieren" verlangt von Ihnen eine Beschreibung der typischen Merkmale der Bedrohungen für die Demokratie der BRD, wie sie aus den vorliegenden Materialien ersichtlich sind. Es wird eine gezielte Auswahl und Akzentuierung erwartet; eine reine Wiedergabe aller Zahlen und Daten entspricht den Anforderungen nicht.*

Bei den vorliegenden Materialien M 2 – M 4 handelt es sich um eine Tabelle und zwei Diagramme, die mit der Entwicklung **politisch motivierter Kriminalität** (M 2), der **Zufriedenheit der Bevölkerung mit der Demokratie** (M 3) sowie deren **Zustimmung zu antidemokratischen Thesen** (M 4) klassische Gefährdungspotenziale für die Demokratie in den Blick nehmen.

kurze sachdienliche Vorstellung der Materialien

Die Angaben der Tabelle M 2 aus dem Jahre 2017 stammen vom Bundesinnenministerium und belegen einen starken Anstieg politisch motivierter Straftaten im Zeitraum zwischen 2003 und 2016. In dieser Zeit hat sich die Anzahl aller politisch motivierten Straftaten von 20 477 auf 41 549 Fälle **mehr als verdoppelt**. Ein besonders starker Anstieg ist dabei in den Jahren 2014 bis 2016 zu verzeichnen. Der geringe Rückgang politischer Kriminalität in den fünf Jahren von 2008 bis 2013 fällt dadurch nicht mehr ins Gewicht.

M 2: starker Anstieg politisch motivierter Straftaten

Neben dem signifikanten Anstieg der gesamtpolitischen Kriminalität sticht der hohe Anteil **rechter Kriminalität** ins Auge: In allen dargestellten Jahren kamen rechte Straftaten deutlich häufiger vor als linke, politisch motivierte Ausländerkriminalität oder sonstige politische Kriminalität, die zusammengenommen in keinem der dargestellten Jahre auch nur die Hälfte der gesamten Straftaten ausmachten. Dennoch darf gerade die **politisch motivierte Ausländerkriminalität** nicht marginalisiert werden. Die Zahl dieser Form der Kriminalität hat sich in den Jahren von 2013 bis 2016 **fast vervierfacht** und damit deutlich an Relevanz gewonnen. Linke Kriminalität ist von 2015 auf 2016 wieder leicht zurückgegangen und stellt somit dahingehend eine Ausnahme dar, dass sie die einzige dargestellte Form politisch motivierter Straftaten ist, die im Jahre **2016** nicht ihren **Höchststand** erreicht.

Ebenso wie politische motivierte Straftaten eine Demokratie bedrohen können, kann auch massive Unzufriedenheit mit dieser Herrschaftsform deren Fortbestand infrage stellen. Diesbezüglich zeigt das Säulendiagramm, M 3, das die Ergebnisse einer Um-

M 3: Einstellung zur Demokratie

frage des Göttinger Instituts für Demokratieforschung zur Demokratieeinstellung abbildet, ein **doppeldeutiges Bild**. So gibt mit 92,1 % der Befragten die überwältigende Mehrheit der Befragten zwar an, mit der **Demokratie als Idee im Allgemeinen** „sehr zufrieden“ oder „eher zufrieden“ zu sein, und gut 75 % äußern Zufriedenheit mit der im Grundgesetz festgelegten Umsetzung, doch sind nicht einmal 20 % mit dem Funktionieren der Demokratie in Deutschland zufrieden. Die Zufriedenheit mit **Verfassungsnorm und Verfassungsrealität** klaffen also weit auseinander. Die Tatsache, dass mit 48,7 % der Befragten knapp die Hälfte „eher“ oder gar „sehr unzufrieden“ mit dem Funktionieren der deutschen Demokratie ist, kann tatsächlich als eine Gefährdung für die Demokratie betrachtet werden.

M 4: Zustimmung zu antidemokratischen Thesen

Das Balkendiagramm M 4 entstammt einer Studie mit dem Titel „Die enthemmte Mitte“ aus dem Jahr 2016 und stellt die prozentuale Zustimmung der Befragten zu drei dezidiert **antidemokratischen Aussagen** grafisch dar. Hierbei wird ersichtlich, dass die Befürwortung einer rechtsautoritären Diktatur im Osten deutlich über der des Westens liegt. So stimmten beispielsweise im Osten 13,8 % der Befragten der These zu, dass eine Diktatur unter bestimmten Umständen die bessere Staatsform sei. Im Westen lag die Zustimmung zu dieser These mit knapp 5 % deutlich darunter. Da jedoch rund ein Fünftel aller Befragten das Mehrparteiensystem, Ausdruck des Pluralismus und damit Säule der Demokratie, ablehnt und sich stattdessen eine „einzige starke Partei“ wünscht, „die die Volksgemeinschaft insgesamt verkörpert“, kann für Teile Deutschlands eine antidemokratische Haltung attestiert und eine Gefahr für die Demokratie ausgemacht werden.

kurzes Fazit

Die vorliegenden Materialien zeigen mit der Anzahl politisch motivierter Straftaten, Zufriedenheitswerten mit der Demokratie sowie der Befürwortung rechtsautoritärer Thesen durchweg relevante Aspekte im Hinblick auf die Stabilität bzw. Gefährdung der Demokratie. Die Auswertung lässt aufhorchen und deutliche Gefährdungspotenziale für die deutsche Demokratie erkennen.

2. *Die Aufgabenstellung erfordert, eigenes Wissen und eigene Einsichten strukturiert in einen Zusammenhang zu stellen. Die Bezugnahme auf das Grundgesetz (M 1) ist dabei unerlässlich und sollte Ausgangspunkt Ihrer Erklärung sein. Die Einhaltung der formalen Regeln des Zitierens ist zur Erreichung der vollen Punktzahl unabdingbar.*

zielführende Einleitung

Vor dem Hintergrund des Nationalsozialismus und des Stalinismus spielten Überlegungen zum Schutz der Demokratie vor ihren Feinden bei der Verabschiedung des Grundgesetzes eine zentrale

Rolle. Dieses **Prinzip der streitbaren oder wehrhaften Demokratie** ist daher fest in der Verfassung verankert und zeigt sich in mehreren Artikeln des Grundgesetzes.

„Ewigkeitsklausel"

Die wichtigste Demokratieschutzkonzeption findet sich im **Artikel 79 (3) GG**, der sogenannten **Ewigkeitsklausel**. Dort heißt es: „Eine Änderung dieses Grundgesetzes, durch welche die Gliederung des Bundes in Länder, die grundsätzliche Mitwirkung der Länder bei der Gesetzgebung oder die in den Artikeln 1 und 20 niedergelegten Grundsätze berührt werden, ist unzulässig."

Art. 1 GG und Art. 20 GG

Die freiheitlich demokratische Grundordnung (fdGO) mit ihren tragenden Pfeilern **Art. 1 GG** und **Art. 20 GG** ist damit unaufhebbar und sowohl der Schutz der Menschenwürde wie auch Rechts-, Bundes- und Sozialstaatsstruktur sind demnach unveränderbar und keiner parlamentarischen Mehrheitsentscheidung zugänglich.

Verbot von Parteien

Darüber hinaus wird der Begriff „freiheitlich demokratische Grundordnung" an zwei Stellen unserer Verfassung explizit erwähnt und deren Schutz über Art. 1 GG und Art. 20 GG hinausgehend verankert. So wird beispielsweise in **Art. 21 (2) GG** das **Parteienverbot** thematisiert und verfügt, dass „Parteien, die nach ihren Zielen oder nach dem Verhalten ihrer Anhänger darauf ausgerichtet sind, die freiheitlich demokratische Grundordnung zu beeinträchtigen oder zu beseitigen oder den Bestand der Bundesrepublik Deutschland zu gefährden, [...] verfassungswidrig" sind.

Auch wenn dieses Verbot an hohe Hürden geknüpft ist, z. B. ist ein solches Verbotsverfahren nicht der Exekutive, sondern dem Bundesverfassungsgericht zugewiesen (vgl. Art. 21 (4) GG), so handelt es sich dabei doch um ein effizientes Mittel der streitbaren Demokratie, sich vor ihren Feinden zu schützen.

Art. 18 GG: Verwirkung von Grundrechten

Auch **Art. 18 GG** spricht die fdGO explizit an und verankert die **Verwirkung oder Einschränkung bestimmter Grundrechte**, sollten diese gegen die fdGO missbraucht werden. Auch wenn seit Bestehen der Bundesrepublik die Verwirkung der Grundrechte nicht ein einziges Mal ausgesprochen wurde, so ist dieser Schutz der Demokratie doch nicht bedeutungslos. Vielmehr zeigt Art. 18 GG den unbedingten Willen der Verfassungsväter, die Demokratie **wehrhaft** zu machen und nicht erneut schutzlos ihren Gegnern zu überlassen. Der Kerngedanke hinter Art. 18 GG lautet, den Feinden der demokratischen Freiheit keine demokratischen Freiheiten zu geben. Die Verwirkung oder deren Ausmaß obliegt, ebenso wie die Frage des Parteienverbots, dem Bundesverfassungsgericht.

Einfacher umsetzbar, da mit weniger hohen verfassungsrechtlichen Hürden versehen, sind die **Art. 8 (2)** und **Art. 9 (2) GG**. Sie verankern die Einschränkung bzw. das Verbot der Versammlungsfreiheit, per Regelung durch das Gesetz, sowie die Einschränkung der Koalitions- und Versammlungsfreiheit, die vom Bundesinnenministerium verfügt werden kann.

keine Freiheit für die Feinde der Freiheit

Zusammenfassend kann daher festgehalten werden, dass das Grundgesetz eine **Vielzahl von Schutzmechanismen** zur Verteidigung der fdGO bereithält und ein möglicher Verfassungsmissbrauch vor allem auch durch eine ausgewogene Verteilung der Kompetenzen der Bundes- und Länderorgane sowie durch die Garantie von Grundrechten verhindert wird. Gemeinsam mit den oben erläuterten Artikeln sind die deutsche Demokratie und ihre freiheitlich demokratische Grundordnung abwehrbereit und wehrhaft gegen ihre Feinde.

knappes Fazit

3. *Der Vergleich der in den Materialien M 5 und M 6 dargestellten Positionen zum Umgang mit den Gegnern der Demokratie erfordert nicht nur eine gewichtende Gegenüberstellung der Gemeinsamkeiten und der Unterschiede, sondern auch das Formulieren eines treffenden Fazits. Zudem sind die formalen Kriterien der Textarbeit, also die beschreibende Vorstellung der Quellen, korrektes Zitieren sowie die Wiedergabe von Textaussagen in indirekter Rede, für das Erreichen der vollen Punktzahl unerlässlich.*

Die Autoren von **M 5 und M 6** thematisieren in ihren Texten beide den Umgang mit den **Gegnern der Demokratie**. Dabei gehen sie jedoch von unterschiedlichen Deutungen aus, sodass sich auch ihre Vorschläge zum möglichen Vorgehen deutlich unterscheiden.

Einleitung, Bezug zur Aufgabenstellung

Tanjev Schultz, der Autor von **M 5**, beschäftigt sich in seinem Artikel „Die Demokratie darf nicht alles erdulden“ aus der Süddeutschen Zeitung vom 20. 10. 2015 mit der Pegida-Bewegung und bezeichnet deren Anhänger als **politische Vandalen** (vgl. Z. 7) und „Volksverhetzer“ (Z. 10), die nicht nur das Recht auf Redefreiheit mit Füße träten, indem sie die Presse wild beschimpften (vgl. Z. 19), sondern auch den Rechtsstaat verlachten (vgl. Z. 10).

Argumentation Schultz’

Ihnen gegenüber fordert er ein deutlich **schnelleres und auch härteres Vorgehen** des Staates (vgl. Z. 16). Seiner Einschätzung nach zeigt sich nicht nur die Polizei viel zu zögerlich im Umgang mit rechtsradikalen Straftätern (vgl. Z. 11 ff.), sondern auch der Rechtsstaat selbst trete „schwach und verzagt“ auf (Z. 46). Für Schultz ist dies inakzeptabel und er fordert, alle **Mittel der wehrhaften Demokratie** voll auszuschöpfen, um Verfassungsfeinden die Stirn zu bieten. Verbote von Demonstrationen oder

Forderung nach entschiedenem Auftreten

deren Auflösungen (vgl. Z. 32 f.) betrachtet er ebenso als probate Mittel wie verstärkte Überwachung der rechten Szene durch den Staatsschutz (vgl. Z. 47 ff.). Gewalt gegen Feinde der Demokratie hält er für falsch, **entschiedeneres Vorgehen gegen Hass und Hetze** tun seines Erachtens jedoch dringend not (vgl. Z. 27 ff.). Dies fordert Schultz dabei jedoch nicht ausschließlich von Polizei und Staatsgewalt, sondern auch von denjenigen, die zwar bei Pegida mitliefen, selbst aber keine politischen Vandalen seien (vgl. Z. 50 ff.).

Zusammengefasst vertritt Schulz also die Auffassung, dass eine Demokratie zwar viel ertragen müsse, aber keinesfalls alles erdulden dürfe (vgl. Titel).

Auch Werner J. Patzelt beschäftigt sich in seinem Text mit dem Titel „Populismus. Sachverhalt und richtiger Umgang" (M 6), der am 30. 11. 2016 auf seiner Homepage erschien, mit Gegnern der Demokratie. Anders als Schultz unterscheidet er jedoch zwischen **Extremisten und Populisten**, sodass auch sein Urteil deutlich differenzierter ausfällt als das des Autors von M 5. Hinführung zu M 6

Anders als für Schultz sind Pegida-Anhänger für Patzelt nicht zwangsläufig Fanatiker und Extremisten, sondern eine Gruppierung derjenigen, die sich ungenügend gehört und repräsentiert fühlten (vgl. Z. 5 ff.).

Daher plädiert er auch dafür, **Populismus „als ein Warnsignal** [zu] begreifen" (Z. 43 f.), und mahnt eindringlich davor, Populismus für das Problem selbst zu halten (vgl. Z. 46 f.). Dies, so Patzelt, verhindere einen konstruktiven Umgang mit Populismus. Patzelts Überzeugung nach gedeiht Populismus dort, wo etablierte Parteien **Repräsentationslücken** entstehen ließen, sie also Teile des Volkswillens nicht mehr in ausreichendem Maße verträten (vgl. Z. 20). Den richtigen Umgang mit Populisten erkennt er schlussfolgernd weder in einer Verallgemeinerung von Populisten und Extremisten noch im Ruf nach Verboten und harten Strafen. Vielmehr sollten Politiker und Parteien die **repräsentative Demokratie stärken**, indem das, „[w]as im Staatsvolk an Sichtweisen und Wünschen da ist, […] in öffentlichen Diskursen erörtert und in den Parlamenten vertreten" wird (Z. 25 ff.). Populisten auszugrenzen oder sie gar als Feinde zu behandeln, erweist seiner Auffassung nach der Demokratie einen Bärendienst. Wer die **Kommunikation** mit Andersdenkenden abbreche, spiele genau denjenigen in die Karten, die beklagen, nicht gehört oder ernstgenommen zu werden, und sich daher gegen die Demokratie richteten. Richtiger Umgang mit den Gegnern der Demokratie bedeutet also für ihn, in den **politischen Dialog** mit Andersdenkenden zu treten, ihre Positionen wahr- und ernst zu nehmen und damit **Repräsentationslücken zu schließen**. Argumentation Patzelts

Da Schultz und Patzelt verschiedene Gegner der Demokratie in den Fokus rücken und diese unterschiedlich als Extremisten bzw. Populisten interpretieren, fallen ihre Vorschläge für den richtigen Umgang auch verschieden aus. Deutlich wird neben diesem Unterschied auch, dass Patzelt um **Prävention und Kommunikation** bemüht ist und die Politik in der Verantwortung sieht, während Schultz der Polizei und dem Verfassungsschutz Versagen vorwirft und hartes Vorgehen als Mittel der Wahl betrachtet.

vergleichendes Fazit

4. *Bei dieser Aufgaben haben Sie die Möglichkeit, zwischen zwei Aufgabenformaten zu wählen und entweder eine Rede zu gestalten oder sich der klassischen „Bewertung" zu widmen. Dabei unterscheiden sich die Aufgaben inhaltlich nicht. Bei beiden Aufgabentypen sind eine Differenzierung zwischen möglichen Maßnahmen des Staates und der Bürger sowie die Anlehnung an Kriterien erforderlich. Die Anzahl der von Ihnen betrachteten Maßnahmen ist für die Bepunktung nicht ausschlaggebend.*
Sollten Sie sich für die Rede entscheiden, so wird neben Ihrer Sachkenntnis auch die sprachlich und formal angemessene Form der Rede bei der Bepunktung berücksichtigt. Im folgenden Lösungsvorschlag ist eine „traditionelle" Bewertung ausgearbeitet.

Die Demokratie ist auch in Deutschland ernst zu nehmenden Gefahren ausgesetzt. Sie wird nicht nur zunehmend von politisch motivierten Straftaten heftig bedroht (vgl. M 2). Auch ein recht hoher Prozentsatz an Menschen, die die Idee der Demokratie zwar generell unterstützen, aber mit deren Funktionieren unzufrieden sind (vgl. M 3), stellt ein Gefährdungspotenzial für die Stabilität der Demokratie dar. Gleiches gilt für die hohe Zahl derer, die eine rechtsautoritäre Diktatur befürworten und die Säulen der Demokratie, wie beispielweise den Pluralismus, ablehnen (vgl. M 4).

kurze Analyse des Ist-Zustandes

Gegen diese verfassungsfeindlichen Bestrebungen ist die Demokratie tatsächlich wehrhaft, denn dem Staat steht ein umfangreiches Instrumentarium zur **effizienten** und **nachhaltigen** Bekämpfung ihrer inneren Feinde zur Verfügung. Dieses beinhaltet unter anderem auch die bereits in Aufgabe 2 genannten **Art. 8 (2) GG**, **Art. 9 (2) GG** und **Art. 18 GG**. Von besonderer Bedeutung ist in diesem Zusammenhang jedoch **Art. 21 (2) GG**, der die Möglichkeit eines Parteienverbot vorsieht. Diese Möglichkeit der Demokratie, sich gegen ihre Feinde im Inneren zu schützen, ist die wohl bekannteste, da im Zuge der Diskussion um ein erneutes NPD-Verbotsverfahrens sowohl die Schwierigkeiten bei der **Umsetzung** deutlich wurden als auch mögliche Konsequenzen in den Medien kontrovers diskutiert wurden. Zwar ist unumstritten, dass das Ende der staatlichen Finanzierung, das mit einem Verbot einhergeht, **wünschenswert** ist und Strukturen der Organisation

Bewertung staatlicher Maßnahmen

nachhaltig schwächt, doch wird oftmals der gerechtfertigte Einwand erhoben, extremistisches Gedankengut könne dadurch weder **wirksam** noch **nachhaltig** bekämpft werden. Vielmehr fänden sich extremistische Gesinnungsgenossen entweder in anderen Parteien wieder zusammen und stärkten diese somit oder sie verlagerten ihre Aktivitäten lediglich in den Untergrund, was wiederum eine Kontrolle und Überwachung zusätzlich erschwere. Noch bedeutsamer erscheint in diesem Kontext jedoch, dass ein gescheitertes Verbotsverfahren wie ein Bumerang wirken kann und die mediale Aufmerksamkeit, die einer zu verbietenden Partei zuteilwird, kontraproduktiv ist.

Nicht nur darum, sondern vor allem auch, weil Demokratie auf dem ungehinderten Wettbewerb von Meinungen und Ideen basiert, ein Parteienverbot zur Ausschaltung politischer Konkurrenz führt und die Offenheit und die Freiheit des politischen Prozesses beschränkt, muss ein Parteienverbot als letztes Mittel gelten. **Präventive Strategien** zur Verhinderung des Auftretens extremistischer Strömungen und die **geistig-politische Auseinandersetzung** sind also jederzeit vorzuziehen. Solche präventiven Maßnahmen könnten unter anderem größere staatliche Unterstützung für bildungspolitische Einrichtungen sowie verstärkter Gemeinschaftskundeunterricht in der Schule sein. Beide Maßnahmen wären zweifelsfrei **finanzierbar** und könnten **nachhaltig** dazu führen, insbesondere jungen Menschen die Bedeutung der Demokratie näherzubringen und sich für deren Schutz verantwortlich zu fühlen. Dabei müssen vor allem auch bildungsferne und politikferne Gruppen angesprochen und aktiviert werden, denn nur so kann **Partizipation** erreicht und somit demokratische **Legitimation** gewährleistet werden.

Bewertung von Maßnahmen, die die Bürger ergreifen können

Damit wird auch deutlich, dass die Demokratie zu verteidigen, nicht allein Aufgabe des Staates sein kann und darf. Vielmehr zeigen die Erfahrungen der Weimarer Republik, wie folgenreich die mangelnde Überzeugung und das fehlende Engagement der Bevölkerung für eine Demokratie sein können. Die Pfeiler der „wehrhaften Demokratie", die die Verfassungsväter errichtet haben, können das Haus alleine nicht tragen, und so ist es unverzichtbar, dass die Menschen sich einbringen und sich auch gegen verfassungsfeindliche Bestrebungen zur Wehr setzen.

Dies können die Bürgerinnen und Bürger nicht nur dadurch tun, dass sie **an Wahlen teilnehmen** und ihre Stimme demokratischen Parteien geben oder sich gar selbst **als Parteimitglied engagieren**, sondern auch indem sie das ganze Spektrum selbst weniger institutionalisierter Beteiligungsformen nutzen. Besonders wirkungsvoll, da einem großen Publikum zugänglich, ist hierbei das **Schreiben von Leserbriefen**. Auch die **Beteiligung an bzw.**

Organisation von Demonstrationen gegen jede Art von Verfassungsfeindlichkeit ist ein starkes Signal, solange sie friedlich abläuft und nicht durch gewaltsame Eskalation kontraproduktiv wirkt.

Fazit

Die Möglichkeiten des Staates sowie seiner Bürger, die freiheitlich demokratische Grundordnung **effektiv** und **nachhaltig** zu schützen, sind umfangreich. Je entschiedener wir diese nutzen, je mehr wir uns einbringen und die **Werte unserer freiheitlich demokratischen Grundordnung verteidigen**, desto besser gewährleisten wir eine Zukunft in Freiheit und Sicherheit auf der Grundlage eines demokratischen Verfassungsstaates.

Schriftliche Abiturprüfung Gemeinschaftskunde (Baden-Württemberg) 2019

Leitthema: Integration von Migranten – Wie kann sie gelingen?

„Auch wenn in den vergangenen zwei Jahren fast ausschließlich über Fluchtmigration gesprochen wurde, war und ist die Zuwanderung nach Deutschland vielfältiger. […] Gemeinsam ist jenen, die neu nach Deutschland kommen, dass sie […] einen längeren Aufenthalt in Deutschland anstreben. Das bringt sowohl Chancen als auch Herausforderungen mit sich."

Özlem Konar, Axel Kreienbrink, Anja Stichs: Zuwanderung und Integration. Aktuelle Zahlen, Entwicklungen, Maßnahmen, http://www.bamf.de/DE/Service/Top/Presse/Interviews/20170704-kreienbrink-fachartikel-bpp/kreienbrink-fachartikel-bpp-node.html, 04.07.2017

Aufgaben:

1.	Charakterisieren Sie anhand von M 2 a bis M 2 d die Auswirkungen der Migration auf die Bevölkerungsstruktur in Deutschland.	14 VP
2.	Analysieren Sie die Karikatur M 3.	12 VP
3.	Die Autoren von M 4 und M 5 beschäftigen sich mit Aspekten der Migration. Vergleichen Sie die beiden Positionen.	16 VP
4.	Bewerten Sie Maßnahmen zur Integration von Migranten in der Bundesrepublik Deutschland.	18 VP
		60 VP

M 1 Grundgesetz

M 2 a) Altersstruktur der Personen mit/ohne Migrationshintergrund in Deutschland 2016

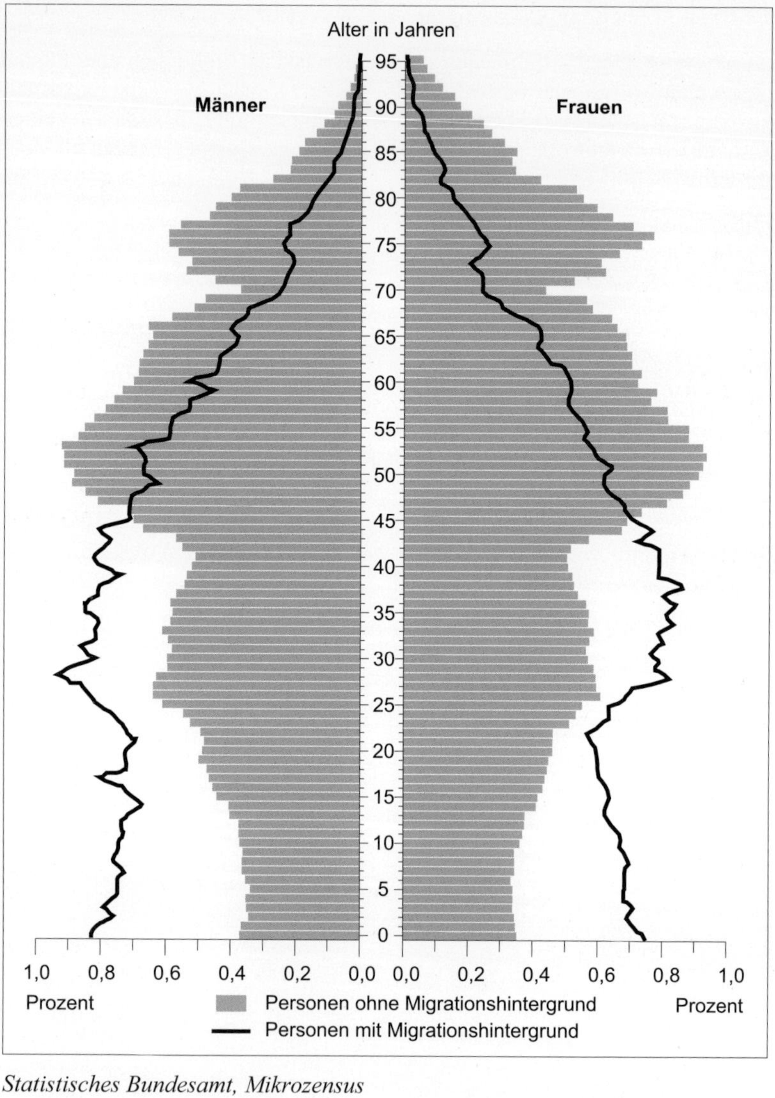

Statistisches Bundesamt, Mikrozensus

M 2 b) Bevölkerung 2016 nach Migrationsstatus

Migrationsstatus	2016		Veränderung gegenüber dem Vorjahr	
	Anzahl	Anteil an der Gesamtbevölkerung		
	in 1 000	in %	in 1 000	in %
Bevölkerung insgesamt	82 425	100,0	1 021	1,3
ohne Migrationshintergrund	63 848	77,5	–438	–0,7
mit Migrationshintergrund	18 576	22,5	1 458	8,5

Statistisches Bundesamt, Pressemitteilung Nr. 261 vom 01.08.2017, bearbeitet

M 2 c) Herbert Brücker u. a., Zuzüge nach Deutschland aus ausgewählten Herkunftsregionen (in Tausend Personen)

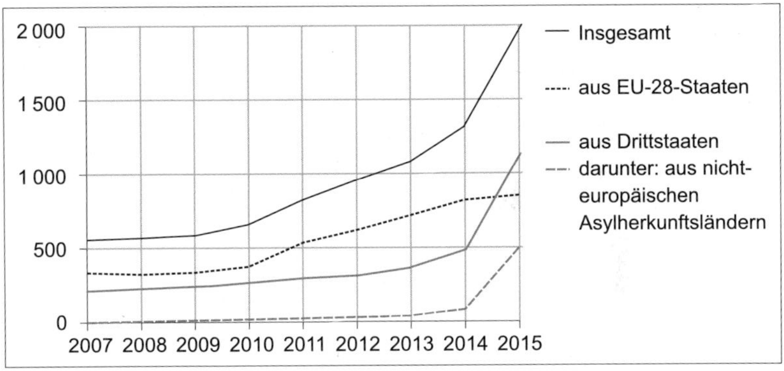

Anmerkung
EU-28 bezeichnet die Mitgliedsstaaten der Europäischen Union zum Stand vom 1. Juli 2013, ohne Deutschland (bis 2013 ohne Kroatien).

Herbert Brückner, Andreas Hauptmann, Steffen Sirries, IAB Institut für Arbeitsmarkt- und Berufsforschung, Aktuelle Berichte 1/2017, http://doku.iab.de/aktuell/2017/aktueller_bericht_1701.pdf, S. 2

M 2 d) Soziodemografische Merkmale von Schutzsuchenden

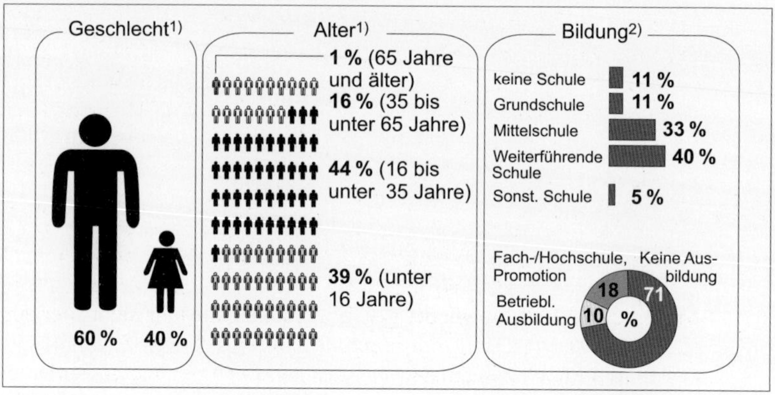

Datenquellen: 1) BAMF, 2) IAB-BAMF-SOEP-Befragung von Geflüchteten 2016

Hinweis
Schutzsuchende sind Ausländerinnen und Ausländer, die sich unter Berufung auf humanitäre Gründe in Deutschland aufhalten. Die Daten wurden zum Jahreswechsel 2016/2017 erhoben.

M 3 Karikatur (ohne Titel)

Hinweis
Die Person im Rollstuhl stellt Wolfgang Schäuble dar (Bundesminister für Finanzen 2010 bis 2018).

M 4 Hans-Werner Sinn, So kann es nicht weitergehen

Deutschland hat im vergangenen Jahr Erstaunliches geleistet. Mit der Hilfe vieler Freiwilliger hat das Land über eine Million Flüchtlinge aufgenommen. Die Flüchtlinge wurden von den Behörden untergebracht und versorgt. Die Kanzlerin verbreitete Optimismus: „Wir schaffen das." Diese Großzügigkeit ist beeindruckend, stößt aber angesichts der Massen, die unkontrolliert einreisen, an Grenzen. […] Schaffen wir das wirklich? Oder überfordern wir nicht die Helfer und das Gemeinwesen? […]

Die Vorstellung, dass man Millionen von Menschen erst nach Deutschland einreisen lassen könne, um nach einer Einzelfallprüfung die nicht asylberechtigten anschließend wieder abzuschieben, ist ohnehin unrealistisch. Wer erst einmal drin ist, der wird kaum wieder gehen. Personen, die hier nicht anerkannt werden, tauchen unter, wechseln ihre Identität und bewerben sich von Neuem oder sie suchen ihr Glück in einem anderen EU-Land. Abgeschoben werden nur wenige, weil das jeweilige Herkunftsland oft nur schwer nachweisbar ist und sich, wenn es denn identifiziert wurde, vielfach weigert, die eigenen Staatsbürger zurückzunehmen. […] [D]ie meisten werden im Dienstleistungssektor unterkommen wollen und sich der Industrie als Fließbandarbeiter anbieten. Ob sie die gewünschten Stellen finden werden, steht allerdings in den Sternen, denn die kommen im Regelfall nur bei einer weiteren Ausspreizung der Lohnskala nach unten zustande, die freilich durch den Mindestlohn behindert wird. […] Angesichts der geringen Qualifikation der Flüchtlinge wird es zu einem erheblichen Teil eine Immigration in die Arbeitslosigkeit geben. Dass die Bundesagentur die arbeitslosen Flüchtlinge in Zukunft nicht mehr in der allgemeinen Arbeitslosenstatistik mitzählen will, spricht Bände. […]

Der Staat ist Treuhänder des öffentlichen Vermögens in Form der freien Natur und der über Generationen aufgebauten Infrastruktur, und er muss die Funktionsfähigkeit der für jedermann verfügbaren öffentlichen Einrichtungen wie Ämter, Kammern, Gerichte, Polizei, Schulen und Universitäten erhalten. Bei der Nutzung all dieser Leistungen besteht eine Rivalität zwischen Flüchtlingen und Einheimischen, und die Erbringung und Sicherung der Nutzungsqualität kostet viel Geld. […]

Ähnliches gilt für die Funktion des Staates als einer Versicherungsinstitution, die Glück und Pech im Leben ausgleicht, indem sie einkommensabhängige Steuern erhebt und den unterdurchschnittlich verdienenden Bürgern mehr soziale Leistungen und öffentliche Güter zur Verfügung stellt, als diese Bürger via Steuern und Sozialversicherungsbeiträge selbst an den Staat entrichten, während die überdurchschnittlich Verdienenden per saldo Mittel an den Staat abführen müssen. […]

Sicher, es könnte theoretisch sein, dass junge und gebildete Migranten zu uns kommen, die den Staat finanziell unterstützen, statt ihn zu belasten. Aber das ist derzeit leider nur bei einer Minderheit der Fall. […] Raffelhüschen [Anm.: Bernd Raffelhüschen, Professor an der Universität Freiburg] hat berechnet, dass eine Million Flüchtlinge den deutschen Staat per saldo und auf die Dauer

450 Mrd. Euro kosten würden, also 450 000 Euro pro Kopf. Dabei unterstellt er, dass sie nach sechs Jahren so integriert würden, wie es die bislang schon in Deutschland anwesenden Altmigranten im Durchschnitt sind. Nach Raffelhüschen kosten bereits die Altmigranten den Staat per saldo viel Geld, weil sie unterdurchschnittliche Markteinkommen haben und deshalb von der Umverteilung des Sozialstaates profitieren. Und die neuen Migranten werden noch teurer als die alten, weil sie erst noch integriert werden müssen. […]
Die humanitäre Aufgabe, den Flüchtlingen zu helfen, ist also nicht zugleich ein Geschäft für den deutschen Staat. Denn die Migranten, die zurzeit nach Deutschland drängen, sind nicht identisch mit jenen, die wir uns aufgrund eines Punktesystems nach kanadischem Muster aussuchen würden.
So gesehen geht es bei der Entscheidung der Bundesregierung, eine unkontrollierte Zuwanderung zuzulassen, keineswegs nur um die Frage, ob die immateriellen Werte einer freien Gesellschaft gefährdet werden. Es geht auch um die konkrete Frage, wie viel die Staatsbürger von ihrem öffentlichen Vermögen und dem sozialstaatlichen Versicherungsschutz hergeben wollen. Das sollte wegen der langfristigen Bindungswirkungen heutiger Entscheidungen nicht die Bundesregierung festlegen, sondern der Bundestag.

Hans-Werner Sinn: So kann es nicht weitergehen, ifo Schnelldienst 69, 2016, Nr. 4, S. 3–6

M 5 Timot Szent-lnvanyi, Flüchtlinge in Deutschland – Zuwanderung als Katalysator für das Sozialsystem

Die AfD und deren Anhänger haben schon den Schaum vor dem Mund. „Flüchtlinge verursachen Milliardenloch bei den gesetzlichen Krankenkassen" – diese Schlagzeile machte nach einem entsprechenden Bericht dieser Zeitung die Runde. Empörte Leser riefen in der Redaktion an: „Jetzt müssen wir wegen der Asylbewerber auch noch höhere Zusatzbeiträge zahlen", beschwerte sich einer der Anrufer.
Die Sache hat aber einen Haken. In dieser sehr verkürzten Variante bekommt die Meldung eine sehr gefährliche Schlagseite: Nicht die Flüchtlinge verursachen Finanzierungslöcher. Es ist die Politik, die Systemfehler zulässt und aus unterschiedlichen Gründen bisher nichts unternimmt, sie zu korrigieren. Der Zuzug von Flüchtlingen verschärft bestehende Probleme, aber ist nicht die Ursache.
Das Beitragssystem der Krankenversicherung ist dafür ein gutes Beispiel. Es ist schon seit Jahren bekannt, dass der Bund für Hartz-IV-Empfänger zu geringe Krankenkassenbeiträge überweist. Nach Angaben der Kassen verursachen die Langzeitarbeitslosen, die häufig gesundheitlich angeschlagen sind, im Jahr etwa 350 Euro höhere Kosten als vom Bund erstattet. Trotz der Proteste der Krankenkassen wurde mit Rücksicht auf den Bundeshaushalt daran nichts geändert. Die Defizite übernehmen notgedrungen die übrigen Versicherten. […]
Und erst jetzt kommen die Flüchtlinge ins Spiel. Finden sie keine Arbeit, haben sie nach einer Wartezeit von 15 Monaten Anspruch auf Hartz IV. Dass viele von

ihnen zunächst keinen Job haben werden, ist schon wegen der ungenügenden Sprachkenntnisse absehbar. Im Herbst hatte die Bundesagentur gemeldet, dass sich die Zahl der Hartz-IV-Empfänger aus den klassischen Herkunftsländern der Flüchtlinge binnen eines Jahres um rund 20 Prozent auf gut 160 000 Menschen erhöht hat.

Ein lange bekanntes Problem wird also durch die Flüchtlinge verschärft. Das wird uns auch noch in anderen Sozialsystemen begegnen. Nur zwei Beispiele: Bei der Rente droht vielen Geringverdienern Altersarmut, wovor Ökonomen seit langem warnen. In der Pflegeversicherung wird von Jahr zu Jahr der von den Versicherten selbst zu tragende Anteil immer höher. Auch das ist nichts Neues.

Erhebliche Missstände gibt es auch im deutschen Steuersystem. Es benachteiligt konsequent die mittleren Einkommen und schont Höherverdiener. Die Zuwanderung wird dafür sorgen, dass immer mehr Menschen unter all diesen Mängeln leiden werden, wenn hier nichts verändert wird.

Gleichzeitig sorgt der Zuzug aber auch für eine Verjüngung Deutschlands, die dringend notwendig ist. Die Asylbewerber von heute werden bald unsere Rente zahlen. Die Menschen sind voller Tatendrang, sie werden den Sozialsystemen nicht dauerhaft auf der Tasche liegen, auch nicht der Krankenversicherung. Sicher, viele der Neuankömmlinge haben gesundheitliche Probleme wie etwa Traumata. Doch sie sind jung und werden die schrecklichen Erinnerungen mithilfe der Ärzte überwinden.

Die Chance besteht, dass die Zuwanderung wie ein Katalysator wirkt für all die Reformen, die das hiesige Sozial- und Steuersystem zukunftsfest machen und für Gerechtigkeit sorgen. Bisher ist die Politik jedoch lediglich mit kurzfristiger Krisenbewältigung beschäftigt. Die mittel- und langfristigen Folgen werden nicht einmal diskutiert, offenbar aus Sorge, das werde rechten Parteien wie der AfD die Wähler zutreiben.

Aber es wird sich beispielsweise nicht wegreden lassen, dass die Flüchtlinge auch in der Krankenversicherung zunächst Geld kosten werden. Das muss den Bürgern erklärt werden, die ständige Wiederholung eines „Wir können das" reicht da nicht aus.

Um bei der Krankenversicherung zu bleiben: Bundesfinanzminister Wolfgang Schäuble muss natürlich mehr Geld zur Verfügung stellen, damit die Gesundheitskosten der Neubürger abgedeckt werden. Das ist eine gesamtstaatliche Aufgabe. Es wäre allerdings akzeptabel, dass die Krankenversicherung auch ihren Anteil beiträgt, schließlich wird sie schon bald von der wachsenden Solidargemeinschaft profitieren. Völlig inakzeptabel wäre es jedoch, damit die Versicherten allein zu lassen.

Timot Szent-Invanyi, Flüchtlinge in Deutschland – Zuwanderung als Katalysator für das Sozialsystem, Berliner Zeitung vom 17.02.2016, https://www.berliner-zeitung.de/wirtschaft/fluechtlinge-in-deutschland-zuwanderung-als-katalysator-fuer-das-sozialsystem-23587026

Lösungsvorschlag

Die Lösungsvorschläge stellen nur eine mögliche Antwort dar. Andere Lösungsmöglichkeiten sind zugelassen, wenn sie der Aufgabenstellung entsprechen und sachlich richtig sind.

1. *Der Operator „charakterisieren" verlangt von Ihnen, anhand der Materialien M 2 a bis M 2 d typische Merkmale der Auswirkungen zu beschreiben, welche die Migration auf die Bevölkerungsstruktur in Deutschland hat. Es wird eine gezielte Auswahl und Akzentuierung erwartet; eine reine Wiedergabe aller Zahlen und Daten entspricht den Anforderungen nicht.*

zentrale Aspekte

Die Materialien geben Aufschluss über **verschiedene Aspekte der Migration** nach Deutschland. Zur Sprache kommen die Altersstruktur, das Bevölkerungswachstum, die Herkunftsregionen und mithin implizit die künftige Zusammensetzung der Bevölkerung in Deutschland sowie soziodemografische Merkmale der Schutzsuchenden.

M 2 a: Altersstruktur

Die **Alterspyramide** M 2 a wurde vom Statistischen Bundesamt veröffentlicht und gibt die **Altersstruktur** der Personen mit und ohne Migrationshintergrund in Deutschland im Jahr 2016 wieder. Während die Altersstruktur der Personen ohne Migrationshintergrund grafisch die Form einer **Urne** aufweist, also eine Überalterung der Gesellschaft zeigt, besitzt die Darstellung der Altersstruktur der Personen mit Migrationshintergrund eher die Kontur eines **Tannenbaums:** Ein vergleichsweise hoher Anteil der betreffenden Bevölkerung ist in der Gruppe der 25- bis 40-Jähringen zu finden, während bei den Menschen ohne Migrationshintergrund der grafische Ausschlag in der Alterskohorte darüber besonders ausgeprägt ist.

M 2 b: Migrationsstatus

Die vom Statistischen Bundesamt am 1. August 2017 herausgegebenen, in Form einer Tabelle aufbereiteten Zahlen über den **Migrationsstatus** der Bevölkerung in Deutschland im Jahr 2016 (M 2 b) beziffert die hier Lebenden auf ca. 82,4 Millionen Menschen. Von Ihnen sind 77,5 Prozent ohne, der Rest mit Migrationshintergrund. Gegenüber dem Vorjahr – dem Jahr der sog. **Migrationskrise** – wuchs die Bevölkerung insgesamt um 1,3 Prozent. Während aber die Zahl der Menschen ohne Migrationshintergrund leicht abschmolz (nämlich um 0,7 Prozent), wuchs die Zahl derer mit Migrationshintergrund merklich um 8,5 Prozent.

M 2 c: Herkunftsregionen der Zuwanderer

In der ersten Ausgabe 2017 ihrer „Aktuellen Berichte" veröffentlichte das Institut für Arbeitsmarkt- und Berufsforschung ein **Liniendiagramm** (M 2 c), das Auskunft über die **Zuzüge nach Deutschland aus ausgewählten Herkunftsregionen** gibt. Während die Zahlen zwischen 2007 und 2010 nahezu konstant waren, nahmen sie ab 2010 zunächst für **Menschen aus den EU-Staaten** zu. Sie verdoppelten sich ungefähr bis zum Jahr 2014 auf ca. 800 000 Zuwanderer. Die Zahl der **Menschen aus Drittstaaten**, darunter Personen aus nichteuropäischen Asylherkunftsländern, wuchs nach 2011 leicht an, um im Jahr 2015 deutlich anzusteigen. In diesem Jahr lag die Zahl der Zuwanderer aus Drittstaaten bei etwa 1,2 Millionen Menschen, die Zahl der Zuwanderer insgesamt bei ca. zwei Millionen Menschen – eine **Verdoppelung seit 2012**.

M 2 d: Geschlecht, Alter und Bildung von Schutzsuchenden

Das von der Bundesagentur für Arbeit publizierte Schaubild M 2 d informiert über **soziodemografische Merkmale von Schutzsuchenden**, also von Menschen, die unter Berufung auf humanitäre Gründe zum Jahreswechsel 2016/2017 in Deutschland lebten. Zwei Fünftel von ihnen sind Frauen, **drei Fünftel Männer**. Eine relative Mehrheit der Schutzsuchenden, nämlich 44 Prozent, befindet sich in der Alterskohorte der 16- bis unter 35-Jährigen, knapp zwei Fünftel sind unter 16 Jahren. Von allen betreffenden Personen verfügen gut **70 Prozent über keinerlei Ausbildung**, ein Zehntel über eine betriebliche Ausbildung, der Rest besuchte im Herkunftsland eine Hochschule oder Fachhochschule. Keine oder nur eine Grundschulbildung weisen 22 Prozent der Schutzsuchenden auf.

Zusammenfassung

Charakteristisch ist, dass Deutschland durch die zuletzt deutlich intensivierte **Zuwanderung jünger wird. Außerdem stieg die Zahl** der Menschen 2016 in Deutschland leicht, was alleine durch die Migration verursacht wurde. Zudem legt die Tatsache, dass deutlich mehr Männer als Frauen unter den Schutzsuchenden sind, nahe, dass die Migration die deutsche Bevölkerung tendenziell **männlicher** macht. Allerdings ist hier zu berücksichtigen, dass der prozentuale Anteil der Schutzsuchenden an der Gesamtbevölkerung vergleichsweise gering ist und damit auch der Einfluss auf die **Gesamtstruktur**. Hier darf es zu keiner Verwechslung mit der Bevölkerung „mit Migrationshintergrund" kommen. M 2 a zeigt in Bezug auf die Geschlechterverteilung, dass die Anzahl der jungen Männer mit Migrationshintergrund nur leicht höher ist als die der Frauen.
Die begriffliche Abgrenzung ist auch bei der Interpretation des Anteils der Schutzsuchenden **ohne Ausbildung** zu berücksichtigen, der sehr hoch ist – durchschnittlich liegt er sicher höher als im Rest der Gesellschaft.

2. *Die Karikatur M 3 zu analysieren, erfordert hier, diese systematisch und gezielt zu untersuchen und auszuwerten. Beschreiben Sie zunächst, was Sie sehen, und erarbeiten Sie im Anschluss eine Interpretation vor dem Hintergrund der politischen Gegebenheiten.*

Die Karikatur M 3 von Klaus Stuttmann trägt keinen Titel und erschien am 14.10.2015 auf der Website des Künstlers. Sie zeigt eine **verbale Konfrontation** zwischen dem damaligen Bundesfinanzminister Schäuble und einem mutmaßlich arbeitslosen Mann. Schäuble verleiht mit folgenden Worten einer gewissen Fassungslosigkeit Ausdruck: „Das kann ja wohl nicht sein, dass ein Flüchtling genauso viel zum Leben bekommt wie einer, der 30 Jahre gearbeitet hat und jetzt arbeitslos ist!" Die Aussage nimmt Bezug auf den massiven Zustrom von Flüchtlingen im Jahr 2015 und dessen Auswirkungen auf den Sozialstaat in Deutschland. Das System der Sozialversicherungen, also auch das der Arbeitslosenversicherung, basiert auf der in der Regel **paritätischen Finanzierung** durch Beiträge von Arbeitnehmern und Arbeitgebern (Lohnnebenkosten).

Beschreibung: Konfrontation Schäuble – Arbeitsloser

Hintergrund: paritätische Finanzierung

Gemäß dem **Äquivalenzprinzip** hängt der Umfang der Sozialleistungen prinzipiell von der Höhe der eingezahlten Beiträge ab. Ferner richtet sich die Dauer des Bezugs von Arbeitslosengeld nach der versicherungspflichtigen Beschäftigung innerhalb der letzten fünf Jahre vor der Arbeitslosmeldung und nach dem Lebensalter bei der Entstehung des Anspruchs. Schäuble wirft die Frage nach der Gerechtigkeit auf, die sich ihm stellt, wenn ein Flüchtling, der nie Beiträge zu den Sozialversicherungen gezahlt hat, nun nach dem **Solidarprinzip** Transferleistungen bezieht.

Äquivalenz- und Solidarprinzip

Der Arbeitslose ist nicht weniger verdutzt, allerdings über Schäubles Wortwahl: „Sagten Sie: Genauso VIEL?!?" Die Frage zielt auf die Höhe von Arbeitslosengeld bzw. Arbeitslosengeld II. In den **sozialpolitischen Debatten über Gerechtigkei**t wird immer wieder der Vorwurf erhoben, die staatlichen Transferleistungen reichten nicht zum Leben aus. Der Mann in der rechten Bildhälfte schließt sich dieser Meinung an und lenkt den Blick auf die Situation des Sozialstaats in Deutschland, und zwar unabhängig von der besonderen Lage nach der Migrationswelle im Jahr 2015.

Höhe der Leistungen

Die Karikatur thematisiert also einerseits die **Belastungen des Sozialstaats durch Migranten**, die (vgl. hierzu auch M 2 d) in näherer Zukunft nicht zu den Beitragszahlern, sondern zu den Beziehern von Transferleistungen gehören werden. Andererseits wirft sie aber auch die Frage auf, ob Klagen über die Belastung der Sozialversicherungssysteme infolge der Zuwanderung von einer **tieferliegenden Problematik** ablenken, nämlich der angemessenen Finanzierung und damit Ausstattung staatlicher Leistungen.

Interpretation: Sozialstaat und Migration

3. *Der Vergleich der in den Materialien M 4 und M 5 dargestellten Positionen fordert von Ihnen nicht nur eine gewichtende Gegenüberstellung der Gemeinsamkeiten und der Unterschiede, sondern auch das Formulieren eines treffenden Fazits. Zudem müssen Sie die formalen Kriterien der Textarbeit, also die beschreibende Vorstellung der Quellen, korrektes Zitieren sowie die Wiedergabe von Textaussagen in indirekter Rede für das Erreichen der vollen Punktzahl beachten.*

Die von der Karikatur M 3 problematisierte Auseinandersetzung über den deutschen Sozialstaat findet sich auch in den Artikeln von Hans-Werner Sinn und Timot Szent-Invanyi wieder. Beide Autoren befassen sich mit den **Auswirkungen der Zuwanderung auf die Sozialsysteme** in Deutschland in zugespitzter Art und Weise, gelangen dabei jedoch zu konträren Bewertungen.

Streitpunkt: Auswirkungen der Zuwanderung auf Sozialsysteme

In seinem im ifo Schnelldienst 2016 veröffentlichten Artikel „So kann es nicht weitergehen" zeichnet Sinn ein **düsteres Bild** von den Folgen der Masseneinwanderung für das Sozialsystem. Wiewohl er eingangs die Beteiligten – Staat und Zivilgesellschaft – für das von ihnen im Jahr 2015 Geleistete lobt (vgl. **M 4**, Z. 1 ff.), hebt er die Grenzen hervor, an die eine unkontrollierte Einwanderung notgedrungen stoßen müsse (vgl. Z. 5 f.). Im Folgenden erläutert Sinn anhand verschiedener Argumente seine **zentrale These**.

Hans-Werner Sinn

Ein Hauptproblem bestehe darin, dass es nicht hinreichend gelinge, jene, die keinen Aufenthaltstitel erhalten, wieder abzuschieben: „**Wer erst einmal drin ist, der wird kaum wieder gehen.**" (Z. 10 f.) In diesem Zusammenhang erwähnt der Autor das Problem, dass Ausreisepflichtige untertauchten, die Behörden über ihre Identität täuschten (vgl. Z. 12) oder „ihr Glück in einem anderen EU-Land" (Z. 13) suchten. Hinzu komme, dass die Herkunftsländer oft wenig kooperativ bei der Rücknahme der aus ihnen geflüchteten Bürgerinnen und Bürger seien (vgl. Z. 14 ff.).

Probleme bei der Ausreisepflicht

Anschließend setzt sich Sinn mit der **Situation am Arbeitsmarkt** auseinander. Er prognostiziert, dass sich die meisten Eingewanderten im Dienstleistungssektor bzw. als Fließbandarbeiter bewerben würden (vgl. Z. 16 f.). Die Stellensuche werde allerdings durch den **Mindestlohn** erschwert (vgl. Z. 20). Dieser Faktor und die **mangelhafte Qualifikation** zahlreicher Flüchtlinge führten zu einer „Immigration in die Arbeitslosigkeit" (Z. 22).

Schwierigkeiten am Arbeitsmarkt

Im Folgenden hebt Sinn die Debatte auf eine **grundsätzliche Ebene**. Er charakterisiert den Staat als „Treuhänder des öffentlichen Vermögens" (Z. 25) sowie als „Versicherungsinstitution" (Z. 32) und prophezeit angesichts der Knappheit der Ressourcen „eine **Rivalität** zwischen Flüchtlingen und Einheimischen" (Z. 29 f.). Der Sozialstaat basiere auf dem Prinzip einer progressiven Einkommensteuer und der Umverteilung zugunsten sozial

Notwendigkeit erhöhter Umverteilung

Schwächerer (vgl. Z. 32 ff.). Da Sinn aufgrund einer Analyse des Finanzwissenschaftlers Bernd Raffelhüschen den Zuwanderern ein oft „unterdurchschnittliche[s] Markteinkommen“ (Z. 48) attestiert, sieht er auf den deutschen Sozialstaat **eine erhöhte Notwendigkeit der Umverteilung** zukommen, welche „langfristige[] Bindungswirkungen“ (Z. 60) entfalten werde. Sinn fordert deshalb eine Beteiligung des Gesetzgebers an entsprechenden Entscheidungen (vgl. Z. 60 f.).

Timot Szent-Invanyi

Auch Szent-Invanyi prognostiziert in seinem am 17. Februar 2016 in der Berliner Zeitung erschienenen Artikel „Flüchtlinge in Deutschland“ einen **mittelfristig höheren Finanzbedarf** zur Bewältigung der Zuwanderungskosten (vgl. **M 5**, Z. 48 f.). Langfristig sieht er aber **positive Effekte** für eine „wachsende[] Solidargemeinschaft“ (Z. 56 f.).

Verzerrung der Berichterstattung

Szent-Invanyi beklagt die ablehnende Haltung vieler Bürgerinnen und Bürger gegenüber den Migranten, die er auf eine **verzerrte Darstellung der Fakten** zurückführt (vgl. Z. 1 ff.). Entscheidend für ihn ist nämlich Folgendes: „Nicht die Flüchtlinge verursachen Finanzierungslöcher. Es ist die Politik […].“ (Z. 8 f.) Anders als Sinn hebt er also auf **strukturelle Defizite** des deutschen Sozialstaats ab, die durch die Flüchtlingskrise allenfalls **verschärft, nicht aber kausal ausgelöst** würden (vgl. Z. 9 ff.).

Probleme des Sozialsystems vor der Flüchtlingskrise

So beklagt der Autor „zu geringe Krankenkassenbeiträge“ (Z. 13 f.) des Bunds für die Bezieher von Hartz-IV-Leistungen, die zur Folge hätten, dass die Solidargemeinschaft der Versicherten für die Defizite geradestehen müsste (vgl. Z. 17 f.). Szent-Invanyi identifiziert **mangelhafte Sprachkenntnisse** vieler Zuwanderer als Ursache von **Arbeitslosigkeit**, was die Zahl der Hartz-IV-Bezieher in die Höhe schnellen lasse (vgl. Z. 21 ff.). Aber auch hier verweist er auf **Defekte des bestehenden Sozialsystems:** Geringverdienern drohe Altersarmut, die Pflegeversicherung decke nicht in ausreichendem Maße die Kosten der Betroffenen (vgl. Z. 28 ff.), und „Missstände […] im deutschen Steuersystem“ (Z. 31) gingen zulasten der Bezieher mittlerer Einkommen.

Zuwanderung als Katalysator für Reformen

Umgekehrt könnten die Zuwanderer helfen, den **Sozialstaat** zu stützen. Sie böten die Chance „für eine Verjüngung Deutschlands“ (Z. 35), welche die Rentenkasse entlasten würde. Im Idealfall wirkten sie also wie ein „**Katalysator**“ (Z. 42) für fällige Reformen im Sozial- und Steuersystem. Dies werde freilich nur dann gelingen, wenn die Politik das Stadium „kurzfristiger Krisenbewältigung“ (Z. 44 f.) hinter sich lasse, anstatt aus Angst vor **populistischen Kampagnen** die Zukunftsdebatte zu scheuen.

abschließender Vergleich

Vergleicht man abschließend die Standpunkte Szent-Invanyis und Sinns, so wird deutlich, dass beide Autoren der Zuwanderung weitreichende Auswirkungen auf das deutsche Sozialversicherungssystem zuschreiben. Doch während Sinn die **langfristigen Konsequenzen einer ungesteuerten Migration** negativ bewertet, hebt Szent-Invanyi mögliche **Chancen für eine Reform des Sozialstaats**, insbesondere mit Blick auf eine Art demografischer Dividende der Zuwanderung jüngerer Menschen, hervor.

4. *Maßnahmen zur Integration von Migranten zu bewerten, verlangt hier, selbstgewählte Maßnahmen zu beurteilen, um dann eine persönliche Stellungnahme abzugeben und dabei die eigenen Wertmaßstäbe offenzulegen. Entscheidend dabei ist nicht die Anzahl der bewerteten Maßnahmen, sondern eine differenzierte, multiperspektivische Auseinandersetzung mit den zur Bewertung herangezogenen Kriterien.*

Einstieg

Im Folgenden werden schwerpunktmäßig Maßnahmen zum **Erwerb von Kenntnissen der deutschen Sprache** und zum **Erwerb von Wissen über die Bundesrepublik** bewertet. Durch beides kann die Integration von Migranten gelingen, allerdings können auch Probleme entstehen.

Maßnahme: kostenlose Kinderbetreuung

Eine mögliche Maßnahme wäre ein **kostenloser Besuch einer Betreuungseinrichtung** (Kita, Kindergarten) für Kinder von Migranten. Der frühzeitige Kontakt mit der **deutschen Sprache**, aber auch mit einschlägigen **Werten** der deutschen Gesellschaft ist vor dem Kriterium der **Effektivität** positiv zu beurteilen. Dies ist eine wesentliche Voraussetzung dafür, dass junge Menschen die Chance erhalten, sich in die Mehrheitsgesellschaft zu integrieren. Die **Wirksamkeit** dieser Maßnahme lässt sich noch steigern, wenn auch die Eltern rasch die deutsche Sprache erlernen, um einerseits den **Sozialisationsprozess** ihrer Kinder aktiv begleiten zu können und andererseits möglichst schnell in den Arbeitsmarkt, aber auch ins Vereinsleben eingegliedert zu werden.

Effektivität

Maßnahme: geförderte Sprachkurse

Hilfreich sind hierzu **geförderte Sprachkurse**. Zahlreiche Studien betonen die Bedeutung der sprachlichen Integration, welche zudem verhindern soll, dass **Parallelgesellschaften** entstehen. **Nachhaltig** wirksam kann dies alles jedoch nur dann werden, wenn die Angehörigen der Mehrheitsgesellschaft ihrerseits die Integrationsbemühungen der Migranten honorieren, indem sie ihnen mit Offenheit und Wertschätzung begegnen. In diesem Zusammenhang spielt auch das Kriterium der **Gerechtigkeit** eine große Rolle. Sind Kindergartenplätze beispielsweise nur für Migranten kostenlos, so kann dies dazu führen, dass sich Nicht-Migranten benachteiligt fühlen und mit Abweisung reagieren. Dies wiederum **hemmt die Effizienz** der Maßnahme enorm.

Nachhaltigkeit

Gerechtigkeit

Maßnahme: Integrationskurse

Um das Verständnis der Kultur zu fördern, bieten sich **Integrationskurse** an, in denen die Migranten mit den Werten und

Gepflogenheiten in Deutschland vertraut gemacht werden. Dadurch kann es gelingen, ein Anecken durch bloßes Nicht-Wissen zu verhindern und somit Konflikte zu vermeiden und die Integration zu fördern.

Stabilität und Akzeptanz

In engem Zusammenhang mit der Integration steht auch das **Kriterium der politischen Stabilität**. Das Aufkommen populistischer Bewegungen nach der Migrationskrise des Sommers 2015 hat vor Augen geführt, dass die **Akzeptanz** für Einwanderung an Grenzen stößt, zumal wenn der Eindruck entsteht, mit den Menschen kommen auch extremistische Ideologien ins Land bzw. die Migration verschärfe **Verteilungskämpfe** um knappe Ressourcen des Sozialstaats. Maßnahmen zum Spracherwerb und die damit erleichterte Eingliederung in die Gesellschaft helfen dabei, Ängste und Barrieren zwischen verschiedenen Teilen der Bevölkerung ab- und Verständnis für die Interessen des anderen aufzubauen.

Effizienz und Legitimität

Allerdings bleibt stets anhand des **Kriteriums der Effizienz** zu überprüfen, ob die beschriebenen Maßnahmen auch die gewünschte Wirkung erzielen, da sonst Zweifel an ihrer **Legitimität** und an ihrer **Gerechtigkeit** aufkommen. Sprach- und Integrationskurse zeitigen nicht zwangsläufig die gewünschte Wirkung, an ihrem Ende steht nicht automatisch ein Job, der von der Notwendigkeit staatlicher Transferleistungen befreit.

Gerechtigkeit

Gerade in den Monaten nach der massiven Zuwanderung 2015 waren die Behörden überfordert, eine **rechtsstaatlich einwandfreie Durchführung** des bürokratischen Prozedere zu gewährleisten. Sämtliche Maßnahmen müssen daher regelmäßig auf den Prüfstand, um den sachgemäßen Einsatz der Mittel sicherzustellen. Vor allem bei älteren Migranten erweist es sich oft als schwierig, mithilfe von **Sprach- und Integrationskursen** die gewünschte Wirkung zu erzielen, zumal wenn die Einwanderung nach Europa mit **falschen Vorstellungen** von den zu erwartenden Perspektiven verknüpft war.

Fazit

Bewertet man Maßnahmen zur Integration anhand der genannten Kriterien, so wird deutlich, dass die Eingliederung von Menschen aus anderen Kulturbereichen eine **langfristige Aufgabe** ist, welche die gesteigerte Aufmerksamkeit der staatlichen und zivilgesellschaftlichen Akteure erfordert. Dabei ist es unerlässlich, dass die Mehrheitsgesellschaft ihren Teil dazu beiträgt, Integration gelingen zu lassen.

Schriftliche Abiturprüfung Gemeinschaftskunde (Baden-Württemberg) 2020

Leitthema: Herausforderungen für den Sozialstaat – Wie kann der Sozialstaat reformiert werden?

Die Bundesrepublik Deutschland gilt vielen im Bereich des Sozialstaats als Vorbild. Gleichzeitig ist unbestritten, dass der Sozialstaat vor großen Herausforderungen steht. Eine Reaktion darauf ist der kontrovers diskutierte Vorschlag, ein bedingungsloses Grundeinkommen einzuführen.
Mit welchen weiteren Maßnahmen kann die Politik den Herausforderungen begegnen?

Aufgaben:

1. Stellen Sie anhand von M 1 das Sozialstaatsgebot des Grundgesetzes der Bundesrepublik Deutschland dar. 8 VP

2. Charakterisieren Sie anhand von M 2a bis M 2e die derzeit bestehenden Herausforderungen für den Sozialstaat in der Bundesrepublik Deutschland. 14 VP

3. Eine sozialpolitische Reformmaßnahme besteht in dem Vorschlag, ein bedingungsloses Grundeinkommen einzuführen.
   Vergleichen Sie dazu die Positionen der Autoren in M 3 und M 4. 18 VP

4. WAHLAUFGABE
   Bewerten Sie weitere Reformmaßnahmen Ihrer Wahl, mit denen die Politik den Herausforderungen für den Sozialstaat begegnen kann.

   ODER

   Der Bundestag hat eine Kommission zur Reform des Sozialstaats eingesetzt und Sie eingeladen.
   Gestalten Sie als Vertreter einer politischen Jugendorganisation eine Rede zum Thema: „Wie kann der Sozialstaat fit für die Zukunft gemacht werden?“ 20 VP

60 VP

M 1 Grundgesetz

M 2 a) Altersaufbau der Bevölkerung in Deutschland

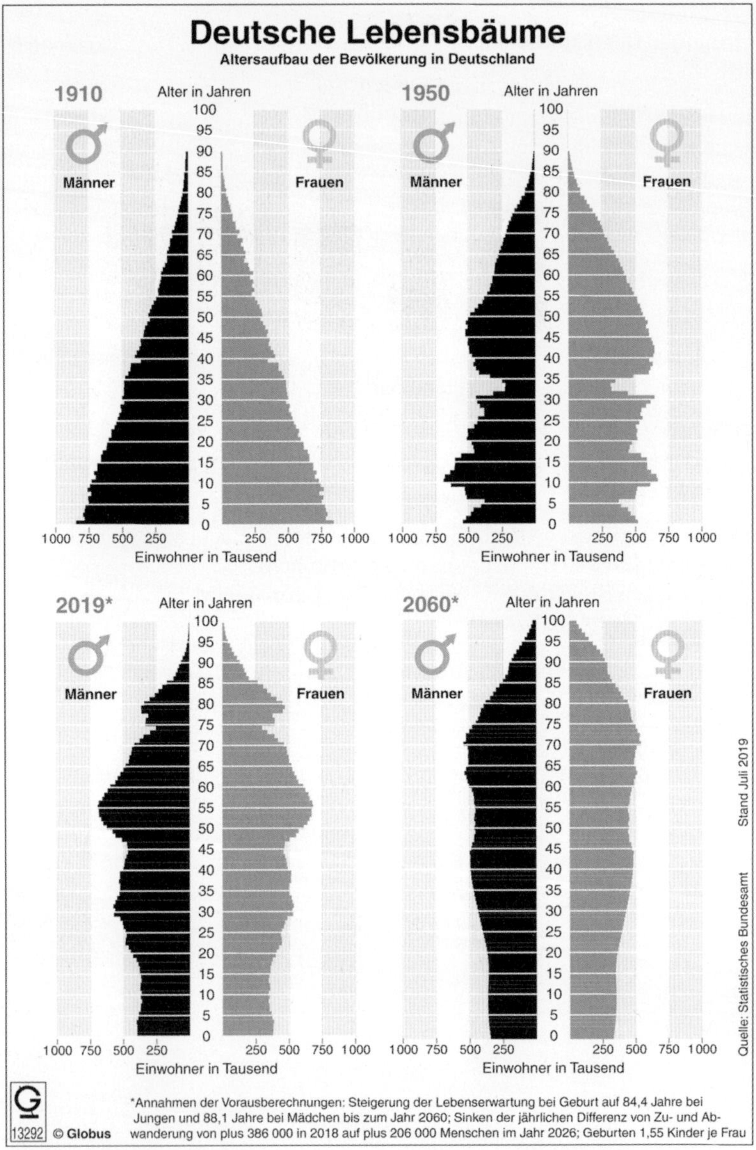

© dpa-infografik, 2019

M 2 b) Die Ausgaben für den Sozialstaat

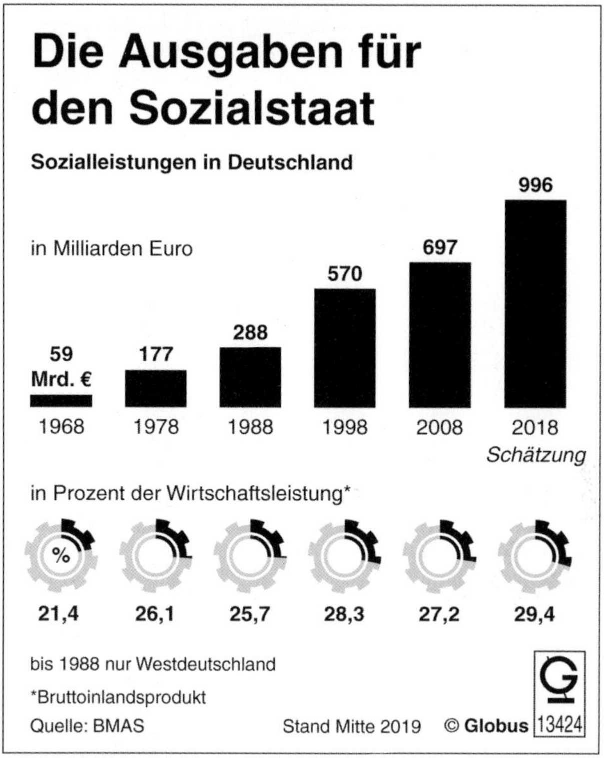

© *dpa-infografik*

M 2 c) Beitragssätze der Sozialversicherungen 2017 bis 2040
(Angaben in Prozent, ohne neue Gesetze)

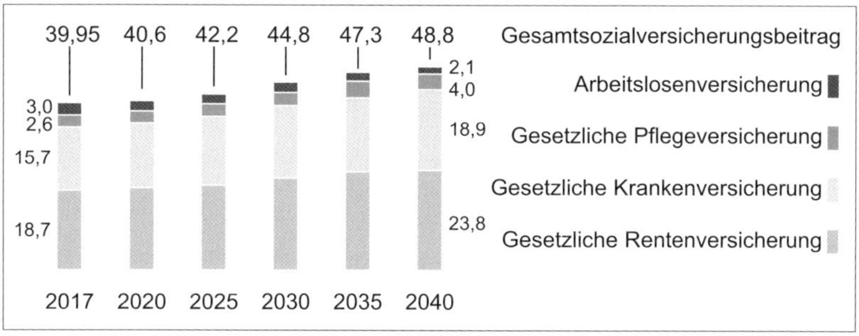

eigene Darstellung, Daten nach: Prognos AG 2017

M 2 d) Durchschnittliche Rentenbezugsdauer in Jahren in Deutschland
(Versichertenrenten; Renten wegen Erwerbsminderung und Alter; Jahresdurchschnitt; Datenstand 10/2018)

Geschlecht \ Jahr	1995	2001	2005	2010	2015	2017
Männer	13,6	13,8	14,7	16,2	17,5	17,9
Frauen	18,2	18,9	19,8	20,9	21,7	21,8
zusammen	15,8	16,3	17,2	18,5	19,6	19,9

eigene Darstellung, Daten nach: Deutsche Rentenversicherung

M 2 e) Ausgewählte Armutsgefährdungsquoten in Deutschland
(in Prozent, 2016)

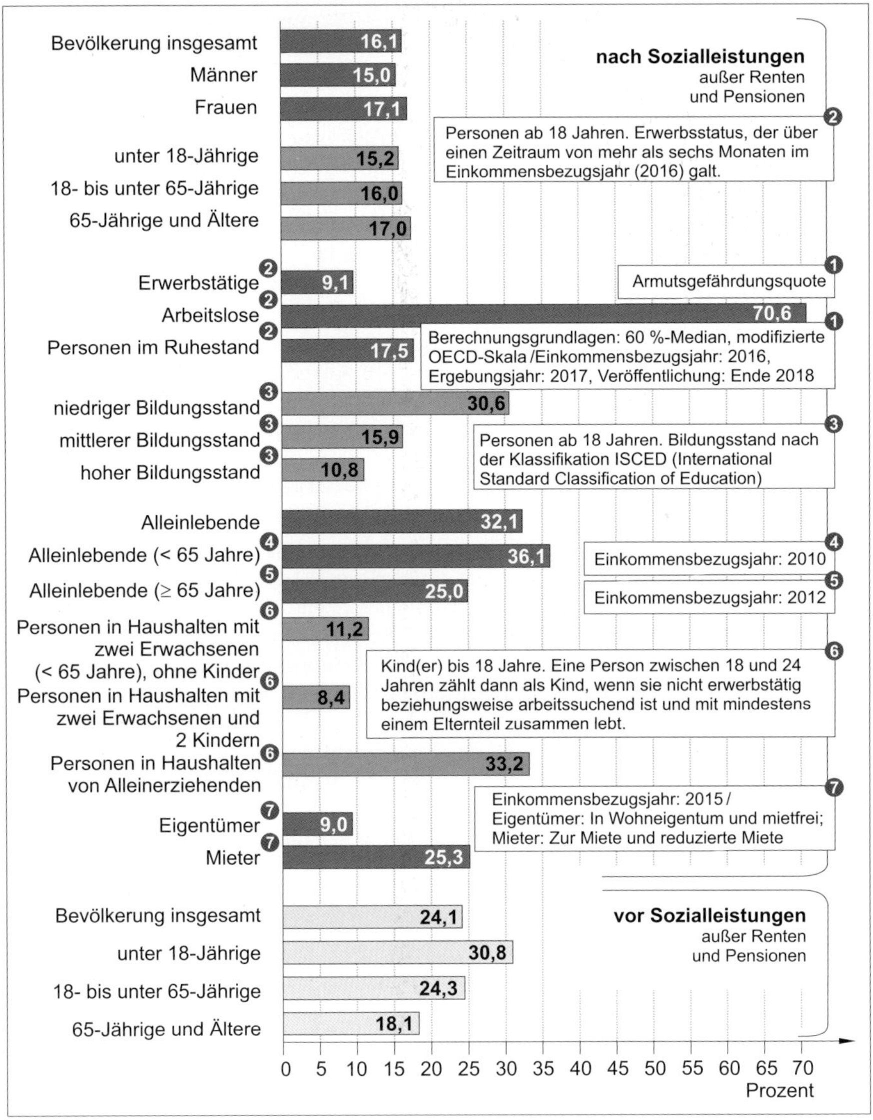

Statistisches Bundesamt: Gemeinschaftsstatistik über Einkommen und Lebensbedingungen (EU-SILC); Lizenz: CC-BY-NC-ND /3.0 /de, Bundeszentrale für politische Bildung 2018, www.bpb.de

M 3 Thomas Straubhaar: Hartz IV hat ausgedient – es ist Zeit für ein steuerfinanziertes Grundeinkommen

Bürgergeld, Bürgerversicherung, Garantiesicherung, Grundsicherung, Grundeinkommen oder wie auch immer: Es ist Bewegung in die sozialpolitische Diskussion in Deutschland gekommen. Mehr und mehr politische Gruppierungen über alle politischen Parteien hinweg sind der Meinung, dass die aus Zeiten der Massenarbeitslosigkeit stammenden Hartz IV-Gesetze mittlerweile ihre Schuldigkeit getan haben und nun angesichts einer in greifbarer Nähe liegenden Vollbeschäftigung durch eine dem Zeitgeist und neuen Arbeitswelten angemessene Sozialpolitik abgelöst werden sollte.

Von links bis rechts dämmert es mehr und mehr Leuten, dass wohl ein Sozialstaat in Schieflage kommen muss, dessen Pfeiler im späten 19. Jahrhundert in der Hochblüte des Industriezeitalters eingerammt wurden. Und dessen Fundament auf lebenslang ungebrochenen Erwerbsbiografien ruht und dessen Finanzierung – zumindest der Absicht nach – mit Abgaben aus dem Arbeitseinkommen erfolgt.

Wenn nimmermüde Roboter, kluge Automaten und künstliche Intelligenz die Arbeitswelt im Zeitalter der Digitalisierung komplett auf den Kopf stellen, dürfte die Lebenswirklichkeit des 21. Jahrhunderts die Tragfähigkeit des Sozialstaates ganz schön auf die Probe stellen. Denn für die wenigsten Menschen wird Arbeit als stetig fließender, lebenslang ungebrochener Fluss verlaufen. Nicht mehr menschliche Arbeit allein, sondern die gesamte Wertschöpfung auch von Daten und Algorithmen, selbständigen Maschinen und autonomen Fahrzeugen wird im 21. Jahrhundert zum Strom, aus dem der Sozialstaat zu finanzieren sein wird.

Ob die Parteien nun ihre Vorschläge als bedingungsloses oder solidarisches oder emanzipatorisches oder nur als Grundeinkommen, Grund- oder Garantiesicherung mit oder ohne Sanktionen, Bürgergeld oder Bürgerversicherung etikettieren, ist eher nebensächlich. […] Wichtiger ist es, dass bei vielen Unterschieden im Detail es bei allen im Grundsatz darum geht, alle und nicht nur die Unselbständigen innerhalb von Bemessungsgrenzen in die Finanzierung der Sozialversicherungen einzubeziehen. Das allein ist ein erfolgreicher Durchbruch, der alte Glaubensgrundsätze überwindet.

Die paritätisch finanzierte Sozialversicherung ist zu einem Mythos für Gerechtigkeit geworden, auch wenn Versprechungen zu bröckeln beginnen, der steuerfinanzierte Anteil immer größer und das Rentenniveau zunehmend geringer werden. Eine auf der breiten Grundlage aller Einkommen aufgebaute Sozialpolitik ohne Versicherungselemente wäre generationengerechter und nachhaltiger als eine einseitig über Lohnbeiträge finanzierte staatliche Sozialversicherung, die ausschließlich Arbeitnehmerinnen und Arbeitnehmer bis zu einer Beitragsbemessungsgrenze einbindet.

Sozialpolitik soll Menschen ohne Umwege direkt finanzieren und nicht Institutionen fördern, deren Hilfen immer mit Sickerverlusten, Bürokratiekosten und Fehlanreizen einhergehen. Frei nach dem Motto: „Füttere nicht die Pferde, wenn es Dir um die hungrigen Vögel geht!“.

Grundeinkommensmodelle folgen genau dieser fundamentalen Erkenntnis. Sie vereinen als Universalzahlung in einem einzigen Instrument alle personenbezogenen staatlichen Transfers und direkten steuerlichen Belastungen. […] Grundeinkommensmodelle […] lösen zwei Probleme auf einen Streich. Erstens wird das heutige Nebeneinander von Sozial- und Steuersystem durch ein einfaches und transparentes, integriertes Steuer- und Transfersystem ersetzt. Und zweitens wäre der Wechsel von lohnabgaben-finanzierten Sozialversicherungen zu einem direkt steuerfinanzierten Bürgergeld ein gewaltiger Schritt nach vorne.

Thomas Straubhaar: Hartz IV hat ausgedient – es ist Zeit für ein steuerfinanziertes Grundeinkommen, STERN vom 11.12.2018, https://www.stern.de/wirtschaft/geld/grundeinkommen-oder-hartz-iv--ein-gastbeitrag-von-thomas-straubhaar-8485776.html

M 4 Christoph Butterwegge: Gerechtigkeit sieht anders aus

Das bedingungslose Grundeinkommen (BGE) ist eine steuerfinanzierte, staatliche Transferleistung, die alle Bürger/innen zur Sicherung ihres Lebensunterhalts ohne Prüfung der Bedürftigkeit und ohne Verpflichtung zur Erwerbsarbeit erhalten sollen. Der mit dem bedingungslosen Grundeinkommen von Befürwortern angestrebte Systemwechsel im Sozialsystem erscheint vielen Menschen geradezu als Erlösung aus einem moralischen Dilemma. Endlich können sie hoffen, vom bisherigen Elend der Armen, die um Almosen betteln, und der ständigen Reformen, die – wie Hartz IV – gravierende Verschlechterungen bewirkt haben, befreit zu werden.

Gleichwohl sprechen gewichtige Gründe gegen das bedingungslose Grundeinkommen. Gerade deshalb hat sich die Idee innerhalb des politischen Systems bisher nicht durchgesetzt. Und auch in den etablierten Parteien stößt das BGE auf keinen ernst zu nehmenden Rückhalt. Die Frage ist: Sind utopische, um nicht zu sagen weltfremde Entwürfe einer BGE-Gesellschaft, die allen Menschen ohne Ansehen der Person und ohne Arbeitspflicht ein gutes Auskommen sichern, wirklich realitätsgerecht? Müssen sie nicht zwangsläufig an der ungeheuren Machtkonzentration im bestehenden Wirtschaftssystem scheitern?

Was auf den ersten Blick einfach, großzügig und sozial gerecht erscheint, entpuppt sich bei genauerem Hinschauen größtenteils als politische Mogelpackung, die mehr Gerechtigkeit bloß vortäuscht: Das bedingungslose Grundeinkommen stellt oft nur eine Pauschalierung bestehender Transferleistungen dar, bliebe wegen seiner immensen Gesamtkosten unter dem bisherigen Sicherungsniveau für Millionen Menschen und würde den Wohlfahrtsstaat weder entlasten noch sinnvoll umstrukturieren.

Letztlich würde das Grundeinkommen wie ein Kombilohn für alle wirken. Weil das Existenzminimum seiner Bezieher/innen gesichert wäre, könnten diese noch schlechter entlohnte Jobs annehmen, wodurch den Unternehmen mehr preiswerte Arbeitskräfte zur Verfügung stehen und die Gewinne noch stärker steigen würden.

Das bedingungslose Grundeinkommen lässt die konkreten Arbeits-, Lebens-, Einkommens- und Vermögensverhältnisse seiner Bezieher/innen unberücksichtigt, denn es wird allen Menschen in gleicher Höhe gezahlt – ganz egal, ob es sich im Einzelfall um einen Multimilliardär oder eine Multijobberin handelt. Eine solche Gleichbehandlung aller Bürger/innen im Sinne der „Nivellierung nach unten“ führt zwangsläufig zu individueller Ungerechtigkeit, weil sie gerade die Menschen in den schwierigsten Lebenslagen, etwa Schwerstbehinderte mit hohen Extrakosten, benachteiligt.

Dasselbe gilt für Alleinstehende sowie Personen, deren Einkommen durch hohe Miet- beziehungsweise Mietnebenkosten gemindert wird. Bessergestellt wären hingegen Personen mit Wohneigentum oder einer geringen Miete sowie in Mehrpersonenhaushalten lebende BGE-Bezieher/innen wegen geringerer Fixkosten.

Es lässt sich festhalten: Bedarfsgerechtigkeit schafft das Grundeinkommen deshalb nicht, weil es alle Bürger/innen über einen Kamm schert, ohne deren spezifische Arbeits-, Wohn- und Lebenssituation (zum Beispiel als Obdachloser, Geringverdienerin oder Schwerstbehinderter) zu berücksichtigen. Leistungsgerechtigkeit verwirklicht das Grundeinkommen deshalb nicht, weil es alle Bürger/innen unabhängig von ihrer jeweiligen Arbeits- oder Lebensleistung in gleicher Höhe erhalten. Verteilungsgerechtigkeit ermöglicht das Grundeinkommen deshalb nicht, weil keine Umverteilung von oben nach unten stattfindet, sondern jeder (Wohn-)Bürger denselben Geldbetrag erhält.

Christoph Butterwegge: Gerechtigkeit sieht anders aus, NDR vom 12.11.2018

Lösungsvorschlag

Die Lösungsvorschläge stellen nur eine mögliche Antwort dar. Andere Lösungsmöglichkeiten sind zugelassen, wenn sie der Aufgabenstellung entsprechen und sachlich richtig sind.

1. *Der Operator „darstellen" verlangt hier von Ihnen, anhand geeigneter Artikel des Grundgesetzes das Sozialstaatsgebot zu beschreiben und zu verdeutlichen, wie diese miteinander zusammenhängen. Dabei müssen nicht alle Bestimmungen der Artikel aufgeführt werden.*

Art. 20 und 28 GG

Das Grundgesetz enthält in **Artikel 20** die obersten Verfassungsgrundsätze, die gemäß der sogenannten **Ewigkeitsklausel** (Art. 79 (3) GG) nicht angetastet werden dürfen und gemäß dem **Homogenitätsprinzip** (Art. 28 GG) auch in den Bundesländern gelten. Zu den fünf Staatsstrukturprinzipien zählt das **Sozialstaatstaatsprinzip.** Artikel 20 (1) („Die Bundesrepublik Deutschland ist ein demokratischer und sozialer Bundesstaat.") wird höchstrichterlich als **Bekenntnis zum Sozialstaat** ausgelegt, ohne damit aber einen Anspruch des Einzelnen auf das Tätigwerden des Gesetzgebers zu formulieren.

Spannungsverhältnis

Demnach besteht eine prinzipielle **Spannung zwischen der Freiheit des Einzelnen und der sozialstaatlichen Ordnung**, die der Politik einen nicht unerheblichen **Spielraum bei der konkreten Ausgestaltung** des Sozialstaats lässt, z. B. als Reaktion auf spezifische gesellschaftliche Entwicklungen wie den demographischen Wandel. Anders ausgedrückt gilt die **Herstellung sozialer Sicherheit und Gerechtigkeit** als Voraussetzung für die tatsächliche Inanspruchnahme der im Grundgesetz verankerten Freiheiten und für die Verwirklichung der unantastbaren **Menschenwürde** (Art. 1 GG). Der Gesetzgeber muss also immer eine Balance zwischen den Prinzipien der **Solidarität**, die sich im Versicherungs-, Versorgungs- und Fürsorgeprinzip konkretisiert („Staat der Daseinsvorsorge"), der **Subsidiarität** und der **Eigenverantwortung** zu wahren suchen.

Art.1 GG: Menschenwürde

Art. 14 GG

Am Beispiel des **Art. 14 GG** lässt sich dieses Spannungsverhältnis veranschaulichen: Er gewährleistet einerseits als klassisches Abwehrrecht gegen staatliche Beeinträchtigungen das **Privateigentum** („Das Eigentum und das Erbrecht werden gewährleistet."), legt andererseits aber dessen **Sozialbindung** fest. Gemäß Art. 14 (2) GG („Eigentum verpflichtet.") soll sein Gebrauch auch dem Wohl der Allgemeinheit dienen. Die **Gemeinwohlverpflichtung** des Eigentumsgebrauchs legitimiert und begrenzt also zugleich mögliche Beschränkungen des Eigentums durch den Gesetzgeber, was etwa bei Debatten über die Legitimität einer Vermögenssteuer eine Rolle spielt.

2. *Der Operator „charakterisieren“ verlangt von Ihnen, anhand der Materialien M 2 a bis M 2 e typische Merkmale der Herausforderungen zu beschreiben, mit denen der Sozialstaat der Bundesrepublik Deutschland derzeit konfrontiert wird. Es wird eine gezielte Auswahl und Akzentuierung erwartet; eine reine Wiedergabe aller Zahlen und Daten entspricht den Anforderungen nicht.*

Die Materialien M 2 a bis M 2 e veranschaulichen **zentrale Herausforderungen**, mit denen der Sozialstaat in Deutschland aktuell und zukünftig konfrontiert wird: den **demographischen Wandel**, die **Finanzierbarkeit** von Sozialausgaben und die **Armutsgefährdung**.

zentrale Herausforderungen

Den **demographischen Wandel** kennzeichnen eine sinkende Zahl von Menschen im jüngeren Alter und eine gleichzeitig steigende Zahl älterer Menschen. Diese Tendenz lässt sich mithilfe der im Jahr 2019 veröffentlichten Globus-Infografik (M 2 a) belegen: Abgebildet ist der **Altersaufbau** der Bevölkerung in Deutschland in den Jahren 1910, 1950, 2019 und eine Prognose für 2060. Von der klassischen Form der **Pyramide** im Zeitalter der Hochindustrialisierung (1910) wandelt sich der „Lebensbaum“ über die Jahrzehnte den Konturen nach hin zu einer **Urne**, die eine **Überalterung** der Gesellschaft symbolisiert – und das trotz hoher Zuwanderung und einer zuletzt wieder steigenden Geburtenrate. Während der „Lebensbaum“ für 1950 deutlich die Einschnitte infolge von Kriegsverlusten zeigt, zeichnen sich 2019 plastisch die Auswirkungen des demographischen Wandels ab, d. h. einer Geburtenziffer von deutlich unter 2,1, die vonnöten wäre, um die Bevölkerungszahl zu reproduzieren.

M 2 a: Altersaufbau

Die tabellarisch aufbereiteten Informationen der Deutschen Rentenversicherung (M 2 d) geben die **durchschnittliche Rentenbezugsdauer** in Deutschland in unregelmäßigen Abständen seit 1995 wieder. Zwischen 1995 und 2017 hat die Rentenbezugsdauer um ein Viertel zugenommen und lag zuletzt bei knapp zwei Jahrzehnten, wobei Frauen länger Altersruhegeld beziehen als Männer. Aufgrund von Fortschritten im Bereich der Medizin und Ernährung nimmt die **Lebenserwartung** in den meisten Industrienationen kontinuierlich zu.

M 2 d: Rentenbezugsdauer

Mit kontinuierlichem Wachstum befassen sich auch die Materialien M 2 b und M 2 c. Die Globus-Infografik (M 2 b) zeigt in Zehn-Jahres-Intervallen zwischen 1968 und 2018 die **Ausgaben für Sozialleistungen** in der Bundesrepublik Deutschland in absoluten Zahlen sowie in Prozent der Wirtschaftsleistung. Während sich die Ausgaben zwischen 1968 und 1998 fast verzehnfachten, verdoppelten sie sich dann in den folgenden beiden Jahrzehnten auf einen Wert von knapp einer Billion Euro. Gemessen am Bruttoinlandsprodukt fällt die Steigerung ebenfalls beachtlich aus: Belief

M 2 b: Sozialleistungen – Ausgaben

sich der Anteil der Sozialausgaben an der Wirtschaftsleistung 1968 noch auf 21,4 Prozent, so steigerte er sich – mit Schwankungen – bis 2018 auf 29,4 Prozent: ein Zuwachs um gut ein Drittel.

Das Säulendiagramm M 2c auf Basis von Daten der Prognos AG prognostiziert die Entwicklung der **Beitragssätze der Sozialversicherungen** zwischen 2017 und 2020 und dann in Fünf-Jahres-Schritten bis 2040. Die auch als **Lohnnebenkosten** bezeichneten Beiträge werden demnach von knapp 40 Prozent (2017) bis zum Jahr 2040 kontinuierlich auf 48,8 Prozent steigen – eine Zunahme von gut einem Fünftel. Dafür sind insbesondere die Zuwächse der Beiträge zur Pflege-, Kranken- und Rentenversicherung verantwortlich, während die Arbeitslosenversicherung mit geringeren Beiträgen auskommen soll. Bei dieser Projektion spielen einerseits die Folgen des demographischen Wandels, andererseits die bis zur Corona-Krise gute Lage am Arbeitsmarkt eine Rolle.

M 2c: Sozialleistungen – Beitragssätze

Die dritte von den Materialien abgedeckte Herausforderung des deutschen Sozialstaats ist die Armutsgefährdung in Deutschland. Ein detailliertes Balkendiagramm der Bundeszentrale für politische Bildung gibt die **Armutsgefährdungsquoten** für das Jahr 2016 wieder. Ohne staatliche Sozialleistungen wäre knapp ein Viertel der Menschen armutsgefährdet, durch **Umverteilung** wird dieser Wert um acht Prozentpunkte reduziert. Ins Auge stechen vier Bevölkerungsgruppen, die überdurchschnittlich von einer Armutsgefährdung betroffen sind: Arbeitslose (70,6 %), Personen in Haushalten von Alleinerziehenden (33,2 %), Alleinlebende (32,1 %) und Menschen mit niedrigem Bildungsstand (30,6 %).

M 2e: Armutsgefährdung

Die Materialien illustrieren in der **Gesamtschau**, wie die einzelnen Entwicklungen miteinander zusammenhängen: Da das deutsche Sozialversicherungssystem ganz wesentlich beitragsfinanziert ist, hängt dessen Solidität nicht nur von einem hohen Beschäftigungsgrad, sondern von einer stabilen demographischen Grundlage ab, die aufgrund der Überalterung der Gesellschaft brüchig wirkt, was wiederum den **Generationenvertrag** in Mitleidenschaft zieht.

kurzes Fazit

3. *Der Vergleich der in den Materialien M 3 und M 4 dargestellten Positionen erfordert nicht nur eine gewichtende Gegenüberstellung der Gemeinsamkeiten und der Unterschiede, sondern auch das Formulieren eines treffenden Fazits. Zudem sind die formalen Kriterien der Textarbeit, also die beschreibende Vorstellung der Quellen, korrektes Zitieren sowie die Wiedergabe von Textaussagen in indirekter Rede für das Erreichen der vollen Punktzahl unerlässlich.*

Thomas Straubhaar und Christoph Butterwegge befassen sich in ihren Artikeln mit der Forderung nach der Einführung eines bedingungslosen Grundeinkommens (BGE). Während beide Autoren in ihrer prinzipiellen **Kritik am bestehenden System sozialer Sicherung** übereinstimmen, divergieren ihre Ansichten jedoch in Bezug auf den Nutzen eines BGE erheblich.

Einstieg

Durch die Überschrift „Hartz IV hat ausgedient" (Stern, 11. 12. 2018) bezeichnet Straubhaar die Reformen der Agenda 2010 als **nicht mehr zeitgemäß:** Da wir uns der **Vollbeschäftigung** und **„neuen Arbeitswelten**" (M 3, Z. 7) näherten, könne ein Sozialstaat, dessen Fundament „in der Hochblüte des Industriezeitalters" (Z. 10 f.) gelegt wurde, nicht mehr angemessen auf die Herausforderungen der Zukunft reagieren, zumal das Fundament zu bröckeln beginne. Denn infolge der **Digitalisierung** werde die „Tragfähigkeit des Sozialstaates […] auf die Probe" (Z. 17 f.) gestellt. Zudem würden die weniger kontinuierlichen Erwerbsbiographien und **veränderte Wertschöpfungsmodelle** (vgl. Z. 18 ff.) ein beitragsfinanziertes Sozialsystem beeinträchtigen.

Straubhaar: Kritikpunkte am Sozialsystem; M 3

Butterwegge betrachtet in seinem am 12. 11. 2018 veröffentlichen Artikel die Forderung nach einem „**Systemwechsel**" (M 4, Z. 5) durchaus mit Sympathie. Hartz IV habe „**gravierende Verschlechterungen**" (Z. 8) bewirkt und das soziale Sicherungssystem in ein „moralische[s] Dilemma" (Z. 6) geführt, das von der Notwendigkeit „ständige[r] Reformen" (Z. 7 f.) verschärft werde.

Butterwegge: Kritikpunkte am Sozialsystem; M 4

Straubhaar spricht sich nach seiner Kritik am bestehenden System im Laufe seines Artikels deutlich für ein BGE aus. Er analysiert insbesondere die **Input-Dimension eines BGE** und gelangt dabei zu einer positiven Bewertung. Unabhängig von der konkreten Ausgestaltung müssten auf jeden Fall „alle und **nicht nur die Unselbständigen** innerhalb von Bemessungsgrenzen in die Finanzierung der Sozialversicherungen" (M 3, Z. 27 f.) einbezogen werden. Straubhaar spricht dem bestehenden System ein Mehr an **Gerechtigkeit** ab, da es weder seine Versprechungen halten noch eine solide Beitragsfinanzierung ohne wachsenden Steuerzuschuss garantieren könne (vgl. Z. 31 ff.). Sowohl in puncto **Generationengerechtigkeit** als auch mit Blick auf die **Nachhaltigkeit** schneide ein BGE besser ab (vgl. Z. 34 ff.). Straubhaar bleibt den Beleg für diese Behauptung freilich schuldig, attestiert einem BGE jedoch geringere **Transaktionskosten**, da es als „Universalzahlung" (Z. 44) weniger bürokratischen Aufwand verursache und obendrein das intransparente „Nebeneinander von Sozial- und Steuersystem" (Z. 47) beseitige.

Straubhaar: Argumente pro BGE; M 3

Auch Butterwegges Argumentation dreht sich um das Kriterium Gerechtigkeit, nimmt dabei jedoch vor allem die **Output-Dimension eines BGE** ins Visier. Für Butterwegge ist das BGE eine

Butterwegge: Argumente kontra BGE; M 4

„politische Mogelpackung“ (M 4, Z. 19), die den Sozialstaat „weder entlasten noch sinnvoll umstrukturieren“ (Z. 23 f.) würde. Er befürchtet vielmehr, dass das Sicherungsniveau sänke. Zudem äußert er den Verdacht, das BGE fungiere als „ein Kombilohn für alle“ (Z. 25), der letztlich zuvörderst Unternehmen zugutekomme, die für schlecht bezahlte Jobs künftig mehr Arbeitnehmerinnen und Arbeitnehmer finden könnten (vgl. Z. 25 ff.). Da individuelle Lebenslagen und Nöte durch ein BGE ausgeblendet würden, sei eine „**Nivellierung nach unten**“ (Z. 34 f.) unvermeidlich. Angelpunkt der Argumentation Butterwegges ist also der Vorwurf, ein BGE führe zu mehr Ungerechtigkeit: Weder berücksichtige ein BGE die Forderung nach **Bedarfsgerechtigkeit**, da es alle Menschen „über einen Kamm schert“ (Z. 43), noch die nach **Leistungsgerechtigkeit**, da es allen „unabhängig von ihrer jeweiligen Arbeits- oder Lebensleistung“ (Z. 47) zufließe. Schließlich erfülle es auch nicht das Kriterium der **Verteilungsgerechtigkeit**, denn es bewirke „keine Umverteilung“ (Z. 49).

Beide Autoren beteiligen sich mit ihren Wortmeldungen an einer seit Jahren intensiv geführten Debatte über die Reform des deutschen Sozialsystems. Sie stimmen zwar darin überein, dass ein akuter Reformbedarf herrsche, formulieren indes ganz unterschiedliche Forderungen. Während Straubhaar die Vorzüge eines BGE akzentuiert, die er vor allem in einer größeren **Transparenz auf der Finanzierungsseite** erblickt, bestreitet Butterwegge vehement die Möglichkeit, durch ein BGE zu einer **gerechteren Gesellschaft** zu gelangen, für deren Verwirklichung eine massivere Umverteilung unerlässlich sei. Fazit

4. *In dieser Aufgabe müssen Sie selbstgewählte Maßnahmen beurteilen, um dann eine persönliche Stellungnahme abzugeben und die eigenen Wertmaßstäbe offenzulegen. Entscheidend dabei ist nicht die Anzahl der bewerteten Maßnahmen, sondern eine differenzierte, multiperspektivische Auseinandersetzung mit den zur Bewertung herangezogenen Kriterien.*
Sollten Sie sich alternativ für die Gestaltungsaufgabe (vgl. folgende Lösung) entscheiden, müssen Sie neben einer stringenten Argumentation wie bei der klassischen Bewertungsaufgabe zusätzlich die formalen Kriterien einer politischen Rede berücksichtigen. Im Beispiel wäre insbesondere der vorgegebene Adressatenbezug zu beachten: Sie sprechen als Vertreterin bzw. Vertreter einer politischen Jugendorganisation im Rahmen der Sitzung einer Kommission des Bundestages. Sie sollten sich also vorab ein passendes parteipolitisches Rollenprofil zurechtlegen und Ihre Argumentation auf dieser Grundlage aufbauen. Je nach politischer Ausrichtung kann somit die Argumentation vom folgenden Beispiel abweichen. Hier wird angenommen, dass der Redner den „Jungen Liberalen“ angehört. Selbstverständlich kann die Beispiellösung nicht gewährleisten, dass ein Mitglied dieser Organisation genau so argumentieren würde. Die Lösung ist lediglich beispielhaft.

Sehr geehrte Damen und Herren, Anrede

„Fragt nicht, was euer Land für euch tun kann – fragt, was ihr für euer Land tun könnt." Die Forderung, die der amerikanische Präsident John F. Kennedy vor nunmehr sechs Jahrzehnten aufstellte, hat nichts von ihrer Aktualität eingebüßt. Gerade im Gefolge der Corona-Krise drohen die **Staatsausgaben ins Uferlose zu steigen**. Eine neue Staatshörigkeit geht um in Europa. Dieser gefährlichen Tendenz werden wir **Junge Liberalen** uns mit aller Macht entgegenstemmen. Im Windschatten der grassierenden Ängste vor den **ökonomischen Folgen von Corona** scheinen die Regierungsparteien nichts Besseres im Sinn zu haben, als klammheimlich Gesetze und Verordnungen durchzupeitschen, die nichts anderes bezwecken, als den Sozialstaat massiv auszubauen – und zwar **auf Kosten der jungen Generation**.

Einstieg mit historischem Zitat

Problem: steigende Sozialausgaben

Bezug zur aktuellen Situation

Doch halten wir kurz inne: Ist es nicht verständlich, dass die Regierung alles tut, um Arbeitsplätze zu sichern? Müssen nicht auch und gerade Liberale eingestehen, dass **soziale Sicherung einen wesentlichen Beitrag zum inneren Frieden** in turbulenten Zeiten leistet? Und wäre es nicht herzlos, den Seniorinnen und Senioren die Rentenerhöhung vom Sommer 2020 zu missgönnen? Meine Damen und Herren, wir sind keine herzlosen Neoliberalen. Nein, wir finden es nur gerecht, wenn Menschen, die unverschuldet in Not geraten, von der **Solidargemeinschaft** Hilfe erhalten. **Doch Solidarität ist keine Einbahnstraße!** Auch in Zeiten von Corona dürfen wir die zentralen Herausforderungen, mit denen der deutsche Sozialstaat seit geraumer Zeit konfrontiert wird, nicht leichtfertig ausblenden. An diesen hat sich auch durch COVID-19 nichts geändert. Allerdings läuft die Regierung mit ihren Maßnahmen Gefahr, die Reformierbarkeit des reformbedürftigen Sozialstaats weiter zu erschweren und dabei insbesondere die **Generationengerechtigkeit unter die Räder** kommen zu lassen.

direkte Ansprache in Richtung der Zuhörer

Stilmittel: rhetorische Fragen

Solidarität

Stilmittel: Exklamation, Metapher

Generationengerechtigkeit

Ich möchte Ihnen anhand von zwei konkreten Beispiel-Maßnahmen unseren Standpunkt verdeutlichen.

konkrete Maßnahmen:

Vor einigen Jahren hat die Bundesregierung beschlossen, dass Menschen, die 45 Jahre lang Beiträge in die Rentenkasse gezahlt haben, bereits mit **63 abschlagsfrei in den Ruhestand** gehen können. Das klingt auf den ersten Blick fair und gerecht. Wer so lange geschuftet hat, soll schließlich irgendwann die Früchte seiner Arbeit genießen können. Der zweite Blick offenbart jedoch die krassen Mängel dieses Wahlgeschenks für die Silver Ager.

flexibler Renteneintritt

Denn der **demographische Wandel** hätte ohne Zweifel eine ganz andere Strategie nahegelegt: Es sollten dringend **finanzielle Anreize** dafür geschaffen werden, dass Menschen **über die Regelaltersgrenze von 67 Jahren hinaus aktiv bleiben**. Das würde nicht nur die stets **klamme Rentenkasse entlasten** und dem Arbeitsmarkt **nicht händeringend gesuchte Fachkräfte entziehen**. Nein, es entspräche auch dem Leitbild der **mündigen Bürgerin und des mündigen Bürgers**, die selbst entscheiden dürfen, wann Schluss ist mit dem Berufsleben. Dass eine solche Maßnahme obendrein ein Zeichen der **Solidarität mit der jüngeren Generation** wäre, muss ich Ihnen bestimmt nicht gesondert auseinandersetzen.

kapitalgedeckte Rente

Das zweite Beispiel hängt mit den allgegenwärtigen, rasanten und irreversiblen Veränderungen in der Arbeitswelt von morgen zusammen, die gerade uns Jungen mit voller Wucht treffen werden. Doch als Liberale wollen wir diese fundamentalen Veränderungen – die Stichworte lauten **Globalisierung und Digitalisierung** – nicht passiv erleiden, sondern **aktiv gestalten**. Machen wir uns nichts vor: Das Normalarbeitsverhältnis unserer Mütter und Väter ist ein Auslaufmodell. Das mag man bedauern oder begrüßen. Fakt ist, dass wir künftig **häufiger zwischen unterschiedlichen Formen der Beschäftigung wechseln** werden: heute noch Angestellte in Deutschland, morgen schon Selbstständige irgendwo im EU-Binnenmarkt oder Expat bei einem Start-up in Shanghai. Nichts ist unmöglich. Doch um diese neuen Freiheiten in einer globalisierten Welt nicht im Alter büßen zu müssen, sollten wir uns schleunigst Gedanken über ein **finanziell nachhaltiges und für alle Generationen gerechtes Rentensystem** machen. Wir fordern deshalb einen Systemwechsel hin zur **langfristig vollständig kapitalgedeckten Rente** – und zwar durchaus weiterhin im Rahmen einer staatlichen Pflichtversicherung. Denn so, wie sie ist, ist die Rente nicht sicher. Die Entwicklung des Kapitalmarkts in den vergangenen Jahrzehnten ist über verschiedene Krisen hinweg indes ein schlagender Beweis für den **Erfolg marktwirtschaftlichen Engagements**. Und daran sollten alle Bürgerinnen und Bürger teilhaben können, nicht nur die Bezieher höherer Einkommen.

aktivierender Sozialstaat

Was Präsident Kennedy einst anlässlich seiner Amtseinführung so überzeugend von seinen Landsleuten einforderte, verlangen wir heute als Leitbild einer modernen Gesellschaft, nämlich einen **aktivierenden Sozialstaat:** Es ist ungerecht und im Sinne einer Teilhabe am gesellschaftlichen Leben widersinnig, Menschen die Arbeitslosigkeit zu finanzieren, anstatt sie möglichst rasch wieder ins Arbeitsleben einzugliedern. Wir können den Sozialstaat nur dann fit für die Zukunft machen, wenn sich **Arbeit lohnt** und **Anreize für einen frühen Eintritt in die Rente abgebaut** werden. Ein Wechsel hin zur Kapitaldeckung bietet zudem die Chance, die Renditen, die – unabhängig von demographischen Entwicklungen bei uns – an den globalisierten Finanzmärkten erwirtschaftet werden, allen Menschen zugutekommen zu lassen.

Meine Damen und Herren, wir Liberalen haben keine Angst vor der Zukunft. Angst sollten wir nur vor jenen haben, die mit Blick auf den nächsten Wahltermin die Zukunft unserer Generation bedenkenlos aufs Spiel setzen.

direkte Ansprache der Zuhörer

Vielen Dank für Ihre Aufmerksamkeit!

Abschlussfloskel

Schriftliche Abiturprüfung Gemeinschaftskunde (Baden-Württemberg) 2021

Leitthema: Soziale Ungleichheit – Wie kann sie bekämpft werden?

Die sozialpolitische Bewältigung sozialer Ungleichheit ist eine der Kernaufgaben des Sozialstaats der Bundesrepublik Deutschland. Es wird allerdings kontrovers diskutiert, wie soziale Ungleichheit bekämpft werden kann. Dies zeigt sich beispielsweise an der Debatte um die Wiedereinführung einer Vermögenssteuer.

Aufgaben:

1. Charakterisieren Sie anhand von M 2a bis M 2c Aspekte der sozialen Ungleichheit in der Bundesrepublik Deutschland. — 12 VP
2. Analysieren Sie die Karikatur M 3. — 12 VP
3. Vergleichen Sie die in M 4 und M 5 dargestellten Positionen. — 16 VP
4. Die Materialien M 4 und M 5 befassen sich mit der Vermögenssteuer. Bewerten Sie weitere Maßnahmen zur Bekämpfung sozialer Ungleichheit. — 20 VP

60 VP

M 1 Grundgesetz

M 2 a) Entwicklung der Ungleichheit
(Gini-Koeffizient der verfügbaren Haushaltseinkommen in Deutschland)

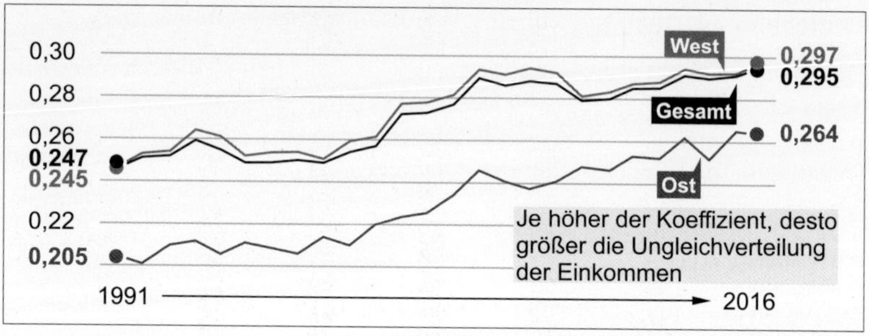

Axel Springer SE

M 2 b) Arm und Reich
(Angaben für 2017, Erwachsene, in Prozent)

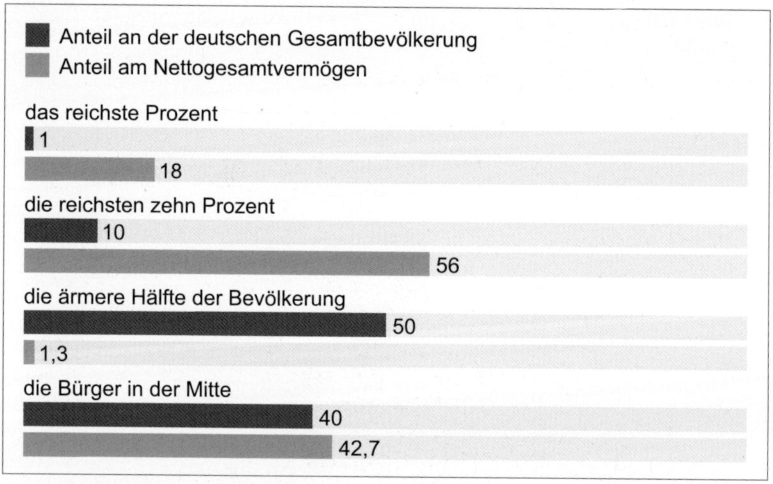

„Deutschlands großer Rückfall", Alexander Hagelüken, SZ.de vom 07.10.2019

M 2 c) Wunsch nach Umverteilung

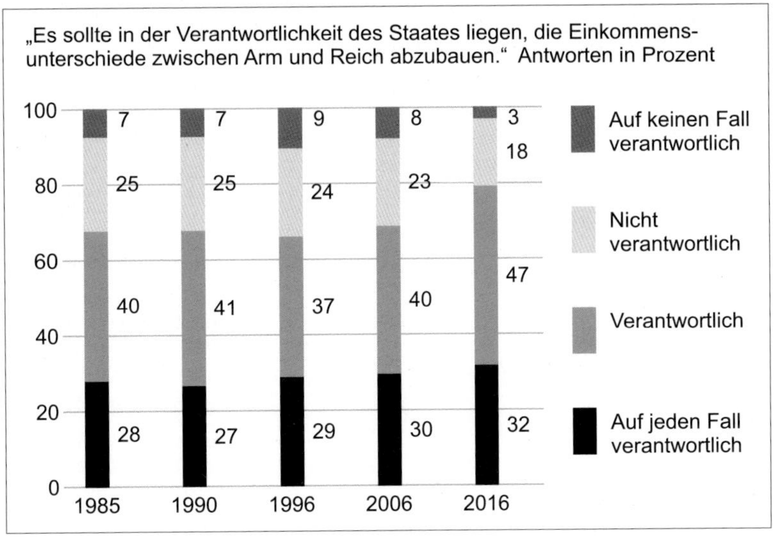

Axel Springer SE

M 3 „Wohin mit der Kohle?!?“

Thomas Plaßmann

M 4 Alexander Hagelüken, Vermögenssteuer – Die SPD erweist dem Land einen Dienst

Wenn die SPD jetzt eine Vermögensteuer vorschlägt, mag das mancher als Verzweiflungstat werten. Wie einen Versuch der nicht mehr als sozial wahrgenommenen Sozialdemokraten, bei den Wahlen im Osten Stimmen zu erjagen. Doch wer die Parteibrille absetzt, erkennt: Deutschland hat sich in eine ungerechte Gesellschaft verwandelt. Die SPD fordert zu Recht, Reichtum mehr für die Allgemeinheit heranzuziehen. Wenn sie sich auf ein durchdachtes Konzept einigt, erweist sie dem Land einen Dienst. In Frage steht nicht das *Ob*, nur das *Wie*.

Der Reichtum ist in der Bundesrepublik so ungleich verteilt wie nirgendwo sonst in der Euro-Zone. Das reichste Hundertstel der Bürger verfügt über ein volles Drittel des Vermögens. Millionen Menschen dagegen besitzen kaum etwas – oder nur Schulden. Diese extreme Schieflage lässt sich durch deutsche Besonderheiten wie die Vielzahl erfolgreicher Familienfirmen erklären, aber schwerlich rechtfertigen.

Studien zeigen: Der Immobilienboom verschärft die Lage. Binnen einer Dekade verdoppelten sich in Städten die Hauspreise. Der Wertzuwachs von drei Billionen Euro übersteigt die gesamten Staatsschulden. Er wanderte zu mehr als der Hälfte in die Taschen der reichsten zehn Prozent. Gleichzeitig stiegen die Mieten dort am stärksten, wo Geringverdiener leben – Villenglück und Wohnungsnot.

[… Mit der Einführung einer Vermögenssteuer] würde die Politik dem wirtschaftlichen Frust vieler Bürger entgegenwirken, der eine wesentliche Ursache des globalen Erfolgs der Rechtspopulisten ist. Die Ungleichheit gehört zu einer längeren Entwicklung, gekennzeichnet durch Globalisierung, rauere Jobverhältnisse und eine schwindende Mittelschicht. Viele Menschen haben das Gefühl, ihnen bleibe von der harten Arbeit am Ende zu wenig. Die Bundesregierung sollte Reichtum stärker besteuern, um die Mehrheit wieder mit der Marktwirtschaft zu versöhnen.

Mit den Zusatzeinnahmen könnte Schwarz-Rot zum Beispiel Wohnungen bauen oder die Masse der Menschen von Steuern und Abgaben entlasten. Das würde bei Geringverdienern einen riesigen Unterschied machen, aber ebenso der Mittelschicht helfen. Notwendig wären auch staatliche Zuschüsse zur Geldanlage. Damit jene, die wenig besitzen, nach und nach Vermögen aufbauen. Wer ein finanzielles Polster gegen Krankheiten und andere Schicksalsschläge besitzt oder gar eine eigene Wohnung, lebt besser. Das vielen Bürgern zu ermöglichen, ist in einem reichen Land anzustreben – und zu leisten.

Eine Vermögensteuer müsste natürlich die meisten Menschen ausnehmen. Frühere rot-grüne Konzepte sahen einen Freibetrag von einer Million Euro für jeden Bürger vor und schonten kleine Betriebe besonders. Damit würden nur ein paar hunderttausend Haushalte besteuert und trotzdem Milliarden eingenommen.

Die Richtung, Reichtum stärker für die Gesellschaft zu nutzen, stimmt also. Die SPD sollte aber darüber nachdenken, welches das beste Instrument für ihr Ziel ist. Eine reine Vermögensteuer hat Nachteile. Sie ist aufwendig, weil das Vermögen jedes Jahr neu zu erfassen ist. Eine Firma muss sie auch zahlen, wenn das Geschäft nicht so läuft. Einfacher ans Ziel kommt der Staat, wenn er ernsthaft zugreift, sobald Erben eine Firma zufällt. Auch der Spitzensatz der Einkommensteuer, der heute zehn Prozentpunkte niedriger liegt als meist unter Helmut Kohl, wäre leichter moderat zu erhöhen. Solche Maßnahmen lassen sich kombinieren, um mit einer Vermögensteuer *light* deren Nachteile kleinzuhalten – gerade im aktuellen Abschwung, wo eine Firma diese Steuer ja unabhängig vom Geschäftsverlauf zahlen muss. Die SPD sollte sich also Zeit für einen Gesamtplan zum Reichtum nehmen.

Die SPD erweist dem Land einen Dienst", Alexander Hagelüken, SZ.de vom 26.08.2019

M 5 Michael Hüther, Keine Verschlechterung der Vermögensverteilung

Heuer (Dlf): So, Herr Hüther! Zwei Drittel der Deutschen glauben, dass die Vermögensschere immer weiter aufgeht. Und jetzt kommen Sie und sagen, das stimmt gar nicht. Wie kommen Sie darauf?

Hüther: Na ja, wir haben ja nur die Möglichkeit, uns an den Fakten zu orientieren und an den Datengrundlagen, die es dazu gibt. Und nachdem ja auch viele schon überrascht waren, was aber alle Verteilungsforscher sagen, dass die Einkommensverteilung seit 2005 etwa sich nicht weiter verschlechtert oder überspannt hat, so gilt das jetzt auch bei allen Datenbetrachtungen für die Vermögensverteilung. […]

Heuer: Aber Geld fließt, Besitz wird vererbt, Vermögen sind in Bewegung. Wieso hat sich dann seit 2002 – so steht es ja in Ihrer Studie – nichts an der Vermögensverteilung geändert?

Hüther: Na ja. Wir haben eine Situation, in der in einer unter Wettbewerbsdruck stehenden Volkswirtschaft, die offen ist, es gelungen ist, viel mehr Arbeitsplätze zu schaffen, und über diese Entwicklung ist es natürlich auch zu einer Stabilisierung sowohl der Einkommensverteilung wie auch der Vermögensverteilung gekommen. Die Vermögensverteilung ist natürlich auch beeinflusst durch das, was beispielsweise in der Finanzkrise passiert ist. Da gibt es aber keine großen Sprünge in die eine oder andere Richtung. Wenn die Menschen glauben, es gibt eine permanente Verschlechterung, so ist das wenig begründet. […] Das sind sehr zähe Prozesse und insofern ist hier erst mal wichtig, dass in dieser Phase, wo so viel auf uns eingeprasselt ist, Finanzkrise, die Entwicklung in Europa, die Herausforderung auf den Weltmärkten und so weiter, Digitalisierung, das nicht weiter auseinandergegangen ist. […]

Heuer: […] Stabilität aber, Herr Hüther, die sagt noch nichts über Gerechtigkeit aus. Das Deutsche Institut für Wirtschaft sagt, zehn Prozent der Deutschen besitzen 56 Prozent. Frage also: Sind die Vermögen in Deutschland stabil ungerecht verteilt?

Hüther: Es ist die Frage, ob damit Chancen behindert werden. Gerechtigkeit ist ja in einer offenen Gesellschaft verbunden mit der Frage, haben die Menschen die Chancen mitzumachen, haben sie die Möglichkeit, immer wieder einzusteigen und damit neue Chancen zu gewinnen. Wenn ich mir den Arbeitsmarkt anschaue, der zentrale Hebel für diese Frage, dann gilt das ganz eindeutig. Wir haben die höchste Erwerbsintegration im wiedervereinigten Deutschland, und das ist beachtlich und wird von Jahr zu Jahr in diesem Punkt auch besser und es ist weiter stabil geworden. Auch das ist ja herausragend in einer Zeit, wo die Umfeldbedingungen – wir gucken auf Trump, wir gucken auf Brexit – nicht gerade leichter geworden sind. Also würde ich immer fragen, passt das beim Arbeitsmarkt. Und die zweite Frage ist, wie geht es mit dem Bildungssystem, ist die Bildungsgerechtigkeit gegeben. Das sind die entscheidenden Fragen. [...]

Heuer: Im Moment erben ja die Baby-Boomer. Die Vermögen werden durch viele geteilt. Die nächste Generation, die nächsten Generationen, die haben dann weniger Kinder. Ist es nur eine Frage der Zeit, Herr Hüther, bis die Vermögensschere sich dann doch drastisch öffnet?

Hüther: Es ist ja nicht an der Größe der Generationen gebunden, ob es ungleicher wird, sondern wie es in den Generationen verteilt ist. Wir haben natürlich in Deutschland, anders als in anderen Gesellschaften, nach dem Krieg überhaupt erst mal Vermögen aufbauen müssen. Das heißt, Erbengenerationen kannten wir in der Form ja lange nicht. Und das, was in der Breite der Gesellschaft schon gelungen ist, ist das, was wir Vermögensbildung nennen. Das findet in unterschiedlichen Formen statt und es findet in Deutschland auch beeindruckt statt durch das System der sozialen Sicherung, das ein hohes Absicherungsversprechen hat. Sie haben immer Länder mit hoher Rentenversicherung, die geringeres Privatvermögen haben, und das gilt auch bei uns. Das heißt, wie tun die Menschen es? Es gibt das Ein-Familien-Haus, es gibt die Sparmöglichkeiten, es gibt die Anlageformen. Aber das ist etwas, wo wir nicht sehen, es ist ungleicher geworden, sondern es hat sich gerade in diesen zuletzt befragten zwei Jahrzehnten stabil entwickelt, und damit ist erst mal, finde ich, nach vorne hin die Annahme begründet, dass es sich auch nicht dramatisch ändern kann, wenn wir einen solchen Arbeitsmarkt haben wie beschrieben.

Heuer: Aber stimmt es nicht auch, dass wer nicht erbt, wer nicht das Haus erbt, nicht das Vermögen erbt, nicht die Firma erbt, dass der einfach kein Vermögen haben wird, weil wir nicht mehr in der Lage sind, das aus eigener Kraft aufzubauen in der jeweiligen Generation?

Hüther: Das sehe ich nicht. [...] Wer in die Erwerbstätigkeit einsteigt, wer in seine Beschäftigungsfähigkeit, in seine Bildung investiert, für den ist alles offen. Der hat in diesem Land die Chancen, auch ein Vermögen aufzubauen. Es ist ja nicht so, dass alles nur vererbt wird, sondern dass wir hier auch immer eine Neusortierung haben, wenn Menschen neu anfangen, wenn sie unternehmerisch tätig sind, wenn sie Innovationen haben, wenn sie mit einem Startup beginnen. Das ist immer an jedem Lebensanfang neu gesetzt, das auch zu tun und sich nicht nur von der Vergangenheit bestimmen zu lassen.

Heuer: Die SPD fordert eine Vermögenssteuer. Es ist kein Geheimnis, Herr Hüther, davon halten Sie nicht viel. Aber wenn wir an die Superreichen denken, an wirkliche Millionäre, ist denen nicht zuzumuten, bei hohen Freibeträgen, dass die irgendwann dann auch mal ein, zwei Prozent ihres Vermögens ausgeben für die Allgemeinheit?

Hüther: Man kann alle möglichen Argumente vortragen, was einem so vorschwebt. Aber die Frage ist ja, was wird denn damit erreicht und was sind die Probleme, die man sich auch einhandelt. […] Wir müssen Privatvermögen und Betriebsvermögen voneinander trennen. Und die Vorstellung, von diesen paar Reichen, die wir da so identifizieren, so viel zu bekommen, dass das Land neue Finanzierungsgrundlagen hat, ist eine Illusion. Und es ist auch nicht ein Beitrag wirklich an ein Problem gerichtet. Das Problem, was genannt wird, haben wir in der Form nicht.

eigene Zusammenstellung nach: Michael Hüther im Gespräch mit Philipp May: Einschränkungen haben bisher nicht wirklich Ertrag gebracht, Deutschlandfunk vom 11.01.2021, https://www.deutschlandfunk.de/oekonom-michael-huether-zum-lockdown-einschraenkungen-haben.694.de.html?dram:article_id=490620

Lösungsvorschlag

Die Lösungsvorschläge stellen nur eine mögliche Antwort dar. Andere Lösungsmöglichkeiten sind zugelassen, wenn sie der Aufgabenstellung entsprechen und sachlich richtig sind.

1. *Der Operator „charakterisieren" verlangt von Ihnen, anhand der Materialien M 2 a bis M 2 c typische Merkmale der in der Bundesrepublik Deutschland herrschenden sozialen Ungleichheit zu beschreiben. Es wird eine gezielte Auswahl und Akzentuierung erwartet; eine reine Wiedergabe aller Zahlen und Daten entspricht den Anforderungen nicht.*

Die drei Abbildungen M 2 a bis 2 c illustrieren **verschiedene Aspekte sozialer Ungleichheit** in Deutschland, wobei sowohl Entwicklungen (M 2 a und c) als auch eine Momentaufnahme (M 2 b) veranschaulicht werden.

Hinführung mit Bezug zu den Quellen

Die Entwicklung der **Ungleichheit der verfügbaren Haushaltseinkommen** in Deutschland (M 2 a) wird mithilfe des **Gini-Koeffizienten** für die Jahre 1991 bis 2016 dargelegt und ist bei Axel Springer SE erschienen. Der Gini-Koeffizient dient als **Maßzahl zur Erfassung von Ungleichheit:** Je ungleicher die Verteilung ist, desto näher liegt der Wert bei 1. Der Graph in M 2 a differenziert zwischen der Entwicklung in Gesamt-, West- und Ostdeutschland im Vierteljahrhundert nach der Wiedervereinigung. Dabei fällt auf, dass die Kurve des Koeffizienten für die ostdeutschen Bundesländer stets deutlich unter der für Westdeutschland verläuft: Der Abstand beträgt zu Beginn des Betrachtungszeitraums gut vier Hundertstel, im Jahr 2016 haben sich die Graphen etwas angenähert und liegen noch gut drei Hundertstel getrennt. Aufgrund des **Ungleichgewichts in der Bevölkerungsverteilung** zwischen Ost und West entspricht der Wert für Gesamtdeutschland fast dem für Westdeutschland. In den westlichen Ländern steigt der Koeffizient dabei im Betrachtungszeitraum um gut ein Fünftel auf 0,297 an, in Ostdeutschland beträgt der Zuwachs sogar gut 28 Prozent.

verfügbares Haushaltseinkommen

Das der Website der Süddeutschen Zeitung vom 07. 10. 2019 entnommene Balkendiagramm (M 2 b) vergleicht den Anteil, den bestimmte Bevölkerungsgruppen an der Gesamtbevölkerung und am **Nettogesamtvermögen** besitzen, und zwar für das Jahr 2017. Ins Auge sticht hierbei eine **erhebliche Diskrepanz** zwischen beiden Größen. Während das reichste Prozent der deutschen Bevölkerung 18 Prozent des Nettogesamtvermögens auf sich vereint, entfallen auf die ärmere Hälfte der Bevölkerung gerade einmal 1,3 Prozent. Die nicht näher definierten „**Bürger in der Mitte**", gemäß dem Schaubild zwei Fünftel der Gesellschaft, besitzen

Vergleich der Nettogesamtvermögen

42,7 Prozent des Nettogesamtvermögens, also des um Verbindlichkeiten reduzierten Bruttogesamtvermögens.

M 2 c nähert sich der kontroversen Frage nach der Notwendigkeit einer Umverteilung mit den Mitteln der **Demoskopie**. Das von Axel Springer SE veröffentlichte Säulendiagramm spiegelt prozentual die Antworten auf die Frage nach der **Verantwortlichkeit des Staates für die Umverteilung** von Einkommen wider, und zwar in verschiedenen Jahren zwischen 1985 und 2016. Innerhalb der gut drei Jahrzehnte schrumpft der Anteil jener, die den Staat nicht oder auf keinen Fall in der Verantwortung sehen, von einem knappen Drittel auf gut ein Fünftel der Befragten. Besonders ausgeprägt ist der Rückgang zwischen 2006 und 2016. Umgekehrt wächst die Gruppe jener, die den Staat mindestens verantwortlich für eine Umverteilung sehen, von anfangs gut zwei Dritteln auf knapp 80 Prozent im Jahr 2016. Nicht ersichtlich wird die genaue statistische Basis der Umfrage.

Umfrage: Notwendigkeit von Umverteilung

Der Zunahme der Ungleichheit (vgl. M 2 a) entspricht demnach eine wachsende Bereitschaft der Befragten, staatliche Maßnahmen zur Umverteilung von Einkommen gutzuheißen.

2. *Die Karikatur M 3 zu analysieren, erfordert hier, diese systematisch und gezielt zu untersuchen und auszuwerten.*

Thomas Plaßmanns Karikatur trägt den Titel „Wohin mit der Kohle?!?“ und thematisiert auf sarkastische Weise die diametral **entgegengesetzten Lebenswelten** zweier Gruppen der Bevölkerung. In der linken Bildhälfte sieht man einen älteren Mann, der vor einem **Berg von Geld** sitzt und darüber zu grübeln scheint, ob er es – ausweislich dreier Schilder – lieber in Immobilien, im Ausland oder in Luxus investieren soll. Im Kontrast dazu rätselt in der rechten Bildhälfte eine jüngere Frau darüber, wie sie mit den **wenigen Groschen**, die vor ihr auf dem Tisch liegen, die laufenden Ausgaben für Miete, Essen und Heizung bestreiten soll.

Thema der Karikatur

Plaßmann geht von einer tiefen **Spaltung der Gesellschaft** aus. Auf der **Sonnenseite** leben Menschen, die zum Beispiel dank **üppiger Erbschaften** oder **hoher Einkommen** die Qual der Wahl des richtigen Investments haben. Eine besondere Rolle spielt dabei die durch die **Niedrigzinspolitik** der Europäischen Zentralbank verursachte Geldschwemme, die zum Beispiel mit dem eklatanten Anstieg der **Immobilienpreise** in Zusammenhang gebracht wird, von denen vor allem ohnehin Vermögende profitieren. Diese können auch eher die Chancen nutzen, Geld in **globale Finanz- und Gütermärkte** zu investieren, während der Kauf von Luxusgütern nicht nur dem **Geltungskonsum**, sondern

Spaltung der Gesellschaft

Leben im Überfluss

auch der gewinnbringenden **Diversifizierung** der Vermögenswerte dient.

Auf der **Schattenseite** der Gesellschaft leben indes Menschen, die, so Plaßmann, kaum in der Lage sind, ihren **täglichen Bedarf** zu stillen. Sie sind zum Beispiel infolge einer **prekären Einkommenssituation**, unter der besonders häufig Alleinerziehende leiden, gezwungen, einen Großteil ihrer Einkünfte für Fixkosten wie die – seit Jahren v. a. in Ballungsräumen stark steigende – Miete aufzuwenden. Dadurch sind sie auch nicht imstande, Mittel für den **langfristigen Vermögensaufbau** abzuzweigen.

prekäre Lebensverhältnisse

Plaßmann wirft mit seiner Karikatur also einen kritischen Blick auf die **Verteilungsgerechtigkeit** in unserer Gesellschaft und identifiziert dabei die extremen Pole des Überflusses und des Mangels.

Verteilungsgerechtigkeit

3. *Der Vergleich der in den Materialien M 4 und M 5 dargestellten Positionen erfordert nicht nur eine gewichtende Gegenüberstellung der Gemeinsamkeiten und der Unterschiede, sondern auch das Formulieren eines treffenden Fazits. Zudem sind die formalen Kriterien der Textarbeit, also die beschreibende Vorstellung der Quellen, korrektes Zitieren sowie die Wiedergabe von Textaussagen in indirekter Rede, für das Erreichen der vollen Punktzahl unerlässlich.*

Alexander Hagelüken und Michael Hüther befassen sich in ihren Einlassungen mit der **Vermögensverteilung** in Deutschland. Während sich Hagelüken in seinem am 26. 08. 2019 auf der Homepage der Süddeutschen Zeitung veröffentlichten Artikel (M 4) vehement für die Einführung einer **Vermögenssteuer** ausspricht, thematisiert Michael Hüther in einem am 17. 12. 2019 mit dem Deutschlandfunk geführten Interview (M 5) die Entwicklung der Vermögensverteilung.

Hinführung mit Bezug zu den Quellen

Zankapfel Vermögenssteuer

Beide Autoren unterscheiden sich grundsätzlich in der **Analyse der aktuellen Vermögenssituation** in Deutschland. Hagelüken beklagt die Entwicklung hin zu einer „ungerechte[n] Gesellschaft“ (M 4, Z. 4 f.), wie sie nirgends sonst in der Euro-Zone zu beobachten sei (vgl. Z. 8 f.). Er macht diese „extreme Schieflage“ (Z. 11) an der Tatsache fest, dass ein Prozent der Bevölkerung ein Drittel des Vermögens besitze (vgl. Z. 9 f.). Insbesondere der „Immobilienboom“ (Z. 14), der wiederum in erster Linie den Vermögenden zugutekomme, trage dazu bei, die **Kluft** zwischen den gesellschaftlichen Schichten zu vertiefen. Hüther hingegen verweist auf eine Untersuchung, der zufolge weder die Einkommens- noch die Vermögensverteilung seit dem Jahr 2005 ungleicher geworden sei (vgl. M 5, Z. 5 ff.). Er führt dies insbesondere auf die Schaffung von „viel mehr Arbeitsplätze[n]“ (Z. 14)

Verteilung der Vermögen in Deutschland

zurück. Die Behauptung einer „**permanente[n] Verschlechterung**“ (Z. 20) der Vermögensverteilung sei damit gegenstandslos.

So wie die Diagnose unterscheiden sich auch die **Forderungen** beider Autoren in Bezug auf gesellschafts- und sozialpolitische Fragen. Hagelüken stellt sich hinter die Forderung der SPD nach der Einführung einer Vermögenssteuer und begründet dies u. a. mit dem **Aufstieg rechtspopulistischer Bewegungen** (vgl. M 4, Z. 19 ff.), welche die Frustration vieler Bürgerinnen und Bürger angesichts einer grassierenden Ungleichheit instrumentalisieren würden. Um die „Mehrheit wieder mit der Marktwirtschaft zu versöhnen“ (Z. 25), sollten die Einnahmen aus einer Vermögenssteuer im Sinne der **Verteilungsgerechtigkeit** zum Bau von Wohnungen und zur steuerlichen Entlastung der Menschen in der Mitte der Gesellschaft verwendet werden (vgl. Z. 27 ff.). Außerdem sei der **Vermögensaufbau** zu fördern, damit Menschen gerade in Notzeiten über ein „finanzielles Polster“ (Z. 32) verfügten.

sozialpolitische Forderungen

Dimensionen der Gerechtigkeit

Für Hüther hingegen bedeutet die Hoffnung auf Einnahmen aus einer Vermögenssteuer eine „**Illusion**“ (M 5, Z. 83), ohne dies jedoch näher zu begründen. Hüther fordert im Übrigen, bei der Diskussion über Verteilungsfragen Privat- von Betriebsvermögen zu trennen (vgl. Z. 80 f.), und möchte den Hebel ohnehin viel lieber bei Aspekten der **Chancen- und Teilhabegerechtigkeit** ansetzen: Die **Integration in den Arbeitsmarkt** (vgl. Z. 32 ff.) und das **Streben nach Bildungsgerechtigkeit** (vgl. Z. 39 f.) seien entscheidende Voraussetzungen für gesellschaftlichen Aufstieg. Obendrein besitze Deutschland ein funktionsfähiges „System der sozialen Sicherung“ (Z. 52).

Während also Hüther eine Vermögenssteuer als untaugliches Instrument rundheraus ablehnt, macht sich Hagelüken noch Gedanken über dessen konkrete Ausgestaltung. Um bürokratische Fallstricke zu umgehen, plädiert er für eine „**Vermögensteuer *light***“ (M 4, Z. 48), welche die Erhöhung des Spitzensteuersatzes mit einer Erbschaftssteuer beim Übergang von Unternehmen auf die nächste Generation kombinieren würde.

Michael Hüthers Argumentation spiegelt eine **angebotstheoretische Perspektive** wider, deren Vertreter*innen in der Regel für eine strikte Zurückhaltung des Staates bei Eingriffen in den Wirtschaftskreislauf werben und insbesondere vor einer Beschneidung der unternehmerischen Freiheiten warnen. Anders Alexander Hagelüken: Er identifiziert einen dringenden Handlungsbedarf seitens des Staates, der sich für einen **stärkeren sozialen Ausgleich** zwischen den auseinanderdriftenden Schichten einsetzen solle.

abschließender Vergleich der Standpunkte

4. *Instrumente zu bewerten, die Ihnen geeignet erscheinen, um soziale Ungleichheit zu bekämpfen, verlangt hier, selbstgewählte Maßnahmen zu beurteilen, um dann eine persönliche Stellungnahme abzugeben und dabei die eigenen Wertmaßstäbe offenzulegen. Entscheidend dabei ist nicht die Anzahl der bewerteten Maßnahmen, sondern eine differenzierte, multiperspektivische Auseinandersetzung mit den zur Bewertung herangezogenen Kriterien.*

Sowohl Alexander Hagelüken (M 4) als auch Michael Hüther (M 5) betrachten trotz grundverschiedener Haltungen zur wirtschafts- und sozialpolitischen Rolle des Staates den **Aufbau von Vermögen** als probates Mittel zur Verringerung der sozialen Kluft in Deutschland. Dabei richten sich die Blicke immer wieder auf den **Immobilienmarkt**, der seit Jahren von einem enormen Boom, v. a. in Ballungsräumen und Universitätsstädten, geprägt ist. Dieser Aufschwung ist in seinen Konsequenzen jedoch **ambivalent:** Immobilienbesitzer profitieren von dieser Entwicklung und können zum Beispiel ihren Haus- oder Wohnungsbesitz im Alter versilbern und damit ihre Rente spürbar aufbessern. Mieterinnen und Mieter indes ächzen unter steigenden Kosten, zumal selbst gutverdienende Angehörige der Mittelschicht heute trotz historisch **niedriger Zinsen** oft nicht mehr in der Lage sind, ein Eigenheim zu finanzieren.

sozialpolitische Maßnahme: Vermögensaufbau

Beispiel: Immobilienbesitz

ambivalente Entwicklung am Immobilienmarkt

Vor diesem Hintergrund wird in aktuellen Debatten regelmäßig die Forderung erhoben, der Staat müsse sich einerseits wieder stärker im **sozialen Wohnungsbau** engagieren, um zum Beispiel prekär Beschäftigten ein menschenwürdiges Dasein zu ermöglichen. Andererseits solle der Staat sowohl **Investor*innen** wie Privatleute dabei unterstützen, Wohnraum zu schaffen, und damit die drängendste Wohnungsnot lindern oder den Aufbau von Vermögen ermöglichen.

sozialer Wohnungsbau

Aus der **Perspektive der Verteilungs- wie der Chancengerechtigkeit** wären entsprechende Maßnahmen zu begrüßen, da sie dazu beitrügen, Immobilienbesitz weiter zu streuen. In Deutschland ist im Gegensatz zu vielen anderen Ländern nur etwa die Hälfte der Menschen Eigentümer*innen von Häusern oder Wohnungen. Würde dieser Anteil merklich steigen, könnten mehr Bürgerinnen und Bürger **am Immobilienboom partizipieren**, zum Beispiel durch die Erwirtschaftung von Mieteinnahmen oder durch allfällige Wertsteigerungen. Dies wiederum würde die Aufnahme von Krediten für andere Investitionen erleichtern bzw. zu einem späteren Zeitpunkt die gewinnbringende Veräußerung des Objekts ermöglichen.

Dimensionen der Gerechtigkeit

Eine solche Entwicklung wäre auch im Sinne der **sozialen wie der ökonomischen Nachhaltigkeit**. So würde der Aufbau von Ver-

Nachhaltigkeit

mögen durch Immobilienbesitz den **intergenerationellen Aufstieg** fördern und die Eigentümer*innen unabhängiger von Mietpreisschwankungen oder Eigenbedarfskündigungen machen. Diese erzwingen bislang oft den Wegzug aus dem angestammten Quartier, da zum Beispiel infolge der **Gentrifizierung** bestimmter Viertel bezahlbarer Ersatzwohnraum oft kaum mehr zu finden ist. Wird durch staatlich unterstützten Wohnungsbau das Vermögen weiter gestreut, trüge dies auch nicht unwesentlich zur **politischen Stabilität** bei. Alexander Hagelüken weist in seinem Beitrag (M 4) nicht von ungefähr auf einen Zusammenhang zwischen sozialer Ungleichheit und dem **Erfolg populistischer Bewegungen** hin. Gelingt es dem Staat, **Handlungsfähigkeit** zu demonstrieren und auf die Sorgen und Nöte der Bürgerinnen und Bürger einzugehen (vgl. hierzu auch M 2c), entzieht er radikalen Gruppierungen den Boden.

Stabilität

Mit Blick auf die **Effektivität** entsprechender Maßnahmen sind hingegen Zweifel angebracht. Zum einen könnten staatliche Förderprogramme den Boom am Immobilienmarkt weiter anfachen, somit die **Grundstücks- und Baukosten** zusätzlich verteuern und so nicht geförderte Mittelschichtsfamilien aus dem seit Längerem außerordentlich angespannten Markt verdrängen. Zum anderen besteht die Gefahr, dass staatliche Maßnahmen eine **Blasenbildung** im Immobiliensektor begünstigen. Eine solche Entwicklung verursachte 2008 den **Kollaps des US-Immobilienmarktes** mit folgenschweren Konsequenzen für Eigentümer*innen wie für die gesamte Weltwirtschaft. Die ursprünglich anvisierte Wirkung wurde somit glatt in ihr Gegenteil verkehrt: Menschen aus sozial benachteiligten Schichten, denen mithilfe zinsgünstiger Kredite und staatlicher Subventionen der Aufbau von Vermögen erleichtert werden sollte, verloren alles und trugen womöglich zu jener **politischen Polarisierung** bei, die Donald Trump 2016 zum Wahlsieg verhalf. Und am Beispiel der 2015 in Deutschland eingeführten, größtenteils wirkungslosen **Mietpreisbremse** lässt sich ablesen, dass staatliche Maßnahmen zuweilen nur Symptome bekämpfen, statt Probleme an der Wurzel zu packen. In diesem Kontext wären zum Beispiel eine hohe Grunderwerbsteuer und bürokratische Hürden wie Umwelt- und Brandschutzvorkehrungen als Hürden auf dem Weg zum Eigenheim zu nennen.

Effektivität staatlicher Maßnahmen

gesellschaftliche Polarisierung

Abschließend ist festzuhalten, dass vor dem Hintergrund der in den zurückliegenden beiden Jahrzehnten **rasant gestiegenen Immobilienpreise** die staatliche Förderung günstigen Wohnraums und des Erwerbs von Eigentum einen substanziellen Beitrag zum Abbau sozialer Ungleichheit leisten kann. Denn wenn es selbst Angehörigen der oberen Mittelschicht nicht mehr

Fazit mit persönlichem Urteil

gelingt, Wohneigentum zu erwerben, und wenn Menschen mit prekärer Beschäftigung zum Teil über vierzig Prozent ihres Einkommens für den Mietzins aufwenden müssen, wird eine soziale Schieflage sichtbar, die auch politisch Spuren hinterlassen kann. Allerdings ist darauf zu achten, dass staatliche Maßnahmen die aktuell zu beobachtenden **Übertreibungen am Immobilienmarkt** nicht weiter verschärfen, deren Konsequenzen schon jetzt weit in die **Mitte der Gesellschaft** hineinwirken.

Schriftliche Abiturprüfung Baden-Württemberg 2022
Gemeinschaftskunde

Um Ihnen die Prüfung 2022 schnellstmöglich zur Verfügung stellen zu können, bringen wir sie in digitaler Form heraus.

Sobald die Original-Prüfungsaufgaben 2022 freigegeben sind, können sie als PDF auf der Plattform **MyStark** heruntergeladen werden (Zugangscode vgl. Farbseiten vorne im Buch).

Prüfung 2022

www.stark-verlag.de/mystark